CENTURY CLASSIC PROSE

百年经典散文

谢冕◎主编

闲情谐趣

著名作家黄蓓佳，著名文学评论家孟繁华、王干，著名特级教师王岱联袂推荐——

聆听大家心语，沐浴经典成长。

山东人民出版社

全国百佳图书出版单位 国家一级出版社

图书在版编目（CIP）数据

闲情谐趣 / 谢冕主编 .— 济南：山东人民出版社，2014. 5（2023.4重印）
（百年经典散文）
ISBN 978-7-209-05707-3

Ⅰ.①闲… Ⅱ.①谢… Ⅲ.①散文集－中国－近现代
Ⅳ.①I26

中国版本图书馆 CIP 数据核字（2014）第 019955 号

责任编辑： 杨云云

闲情谐趣
谢冕　主编

山东出版传媒股份有限公司
山东人民出版社出版发行
社　址：济南市舜耕路517号　邮编：250003
网　址：http://www.sd－book.com.cn
市场部：（0531）82098027　82098028
新华书店经销
三河市华东印刷有限公司印装

规　格　16 开（170mm × 240mm）
印　张　18
字　数　167 千字
版　次　2014 年 5 月第 1 版
印　次　2023 年 4 月第 3 次
ISBN 978-7-209-05707-3
定　价　58.00 元

如有质量问题， 请与印刷厂调换。（010）57572860

那些让人心旌摇荡的文字[①]

谢　冕

这里汇聚了近百年来世界和中国一批散文名家的作品，作者来自中国和中国以外的国度。有的非常知名，有的未必知名，但所有的入选文字都是非常优秀的。这可说是一次空前的集聚。这里所谓的“空前”，不仅指的是作品的主题涉及社会人生浩瀚而深邃的领域，也不仅指的是它们在文体创新方面以及在文字的优美和艺术的精湛方面所达到的高度，而且指的是它们概括了人类长期积累的宝贵经验，它所传达的洞察世事的智慧，特别重要的是它代表了人性的美以及人类的良知。

从十九世纪后期到二十世纪末这一百年间，人类经历了从工业革命到电子革命的沧桑巨变，科技的发达给人类创造了伟大的二十世纪文明。人类理所当然地享受着它应有的荣光，同时，他们也曾蒙受空前的苦难：天灾、战乱、饥饿，特别是两次世界大战给人类留下了巨大的伤痛。在战争的废墟上

① 这是为山东人民出版社《百年经典散文》所写的总序。这套丛书计八卷，分别为《闲情谐趣》《游踪漫影》《天南海北》《励志修身》《亲情无限》《挚友真情》《纯情私语》《哲理美文》。

反顾来路，那些优秀的、未曾沉酣的大脑开始了深刻的反思。于是有了关于未来的忧患和畏惧，有了对于和平的祈求和争取，以及对于人类更合理的生活秩序和理想的召唤。这种反思集中在对于人类本性的恢复和重建上。

世纪的反思以多种方式展开，其中尤以文学的和艺术的方式最为显眼有力，它因生动具象而使这种反思更具直观的效果。以文学的方式出现的诗歌、小说和戏剧的文体当然有着令人印象深刻的贡献。而我们此刻面对的是散文，这是有别于其他文体的一种文学类别。在我们通常的识见中，文学创作的优长之处在它的虚构性。我们都知道，文学的使命是想象的，人们通过那些非凡的想象力获得对物质世界和精神世界更真实也更有力的升华，从而获得更有超越性的审美震撼。

散文作为文学的一种无疑也具有上述特性。但我们觉察到，散文似乎隐约地在排斥文学的虚构，那些优秀的散文几乎总在有意无意地“遗忘”虚构。散文这一文体的动人心魄之处是：它对于人的内心世界的绝对的“忠实”，它断然拒绝情感和事实的“虚拟”。散文重视的是直达人的内心，它弃绝对心灵的虚假装饰。一般而言，一旦散文流于虚情，散文的生命也就荡然无存，而不论它的辞采有多么华美。散文看重的是真情实意。以往人们谈论最多的“形散而神不散”，其实仅仅是就它在谋篇构思等的外在因素而言，并不涉及散文创作的真质。当然，这里表述的只是个人的浅见，并不涉及严格的文体定义。这种表述也许更像是个人对散文价值的一次郑重体认。

广泛地阅读，认真地品鉴，严格地遴选，一百年来中外的散文名篇跃进了选家的眼帘，并在读者面前展示了它的异彩。可以看出，所有的作者面对他的纷繁多姿的世界，面对这个世界的万事万物万种情思，他们都未曾隐匿自己的忧乐爱憎，而且总是付诸真挚而坦率的表达。真文是第一，美文在其次，思想、情怀加上文采，它们到达的是文章的极致。

这些作者通过一百年的浩瀚时空，给了我们一百年人世悲欢离合的感兴，他们以优美的文字记下这一切内心历程，满足我们也丰富我们。有的文字是承载着哲理的思忖，有的文字充盈人间的悲悯情怀，有的文字敞开着宽广的胸怀，是上下数千年的心灵驰骋。人们披卷深思并发现，大自对于五千年后的子孙的深情寄语，论说灵魂之不朽，精神之长在，对生命奥秘之拷问，乃至对抽象的自由与财富之价值判断，他们面对这一切命题，均能以睿智而从容的心境处之。表达也许完美，表达也许并不完美，这都不重要，重要的是，所有的文字均源生于对于自然界的一草一木、人世间的一颦一笑，于日常的举手投足之间，总是充满了人间的智慧和情趣。

这些文字，有的深邃如哲学大师的启蒙，有的活泼如儿童天籁般的童真，有的深沉而淡定，有的幽默而理趣。我们手执一卷，犹如占有整个世界。整个世界都在聆听大师，整个世界都在与我们平等对话，我们像是在过着盛大的节日。这里的奉献，不仅是宽容的、无私的，而且是慷慨的，我们仿佛置身于精神的盛宴。举世滔滔，灯红酒绿，充满了时尚的诱惑与追逐，使人深感被疏远的、从而显得陌生的精神是多么可贵。

能够在一杯茶或一杯咖啡的余温里沐浴着这种温暖的、智性的阳光，这应该是人间的至乐了！朋友，书已置放在你的案前，那些依然健在的，或者已经远去的心灵，在等待与你对话，那些让人心旌摇荡的文字，在等待你的聆听。

二〇一三年一月一日，执笔于北京昌平寓所

目录

目录

目 录

目　录

从百草园到三味书屋

□［中国］鲁迅

我家的后面有一个很大的园，相传叫做百草园。现在是早已并屋子一起卖给朱文公的子孙了，连那最末次的相见也已经隔了七八年，其中似乎确凿只有一些野草；但那时却是我的乐园。

不必说碧绿的菜畦、光滑的石井栏、高大的皂荚树、紫红的桑葚；也不必说鸣蝉在树叶里长吟，肥胖的黄蜂伏在菜花上，轻捷的叫天子（云雀）忽然从草间直窜向云霄里去了。单是周围的短短的泥墙根一带，就有无限趣味。油蛉在这里低唱，蟋蟀们在这里弹琴。翻开断砖来，有时会遇见蜈蚣；还有斑蝥，倘若用手指按住它的脊梁，便会啪的一声，从后窍喷出一阵烟雾。何首乌藤和木莲藤缠络着，木莲有莲房一般的果实，何首乌有臃肿的根。有人说，何首乌根是有像人形的，吃了便可以成仙，我于是常常拔它起来，牵连不断地拔起来，也曾因此弄坏了泥墙，却从来没有见过有一块根像人样。如果不怕刺，还可以摘到覆盆子，像小珊瑚珠攒成的小球，又酸又甜，色味都比桑葚要好得远。

长的草里是不去的，因为相传这园里有一条很大的赤练蛇。

长妈妈曾经讲给我一个故事听：先前，有一个读书人住在古庙里用功，晚间，在院子里纳凉的时候，突然听到有人在叫他。答应着，四面看时，却见一个美女的脸露在墙头上，向他一笑，隐去了。他很高兴，但竟给那走来夜谈的老和尚识破了机关。说他脸上有些妖气，一定遇见"美女蛇"了；这是人首蛇身的怪物，能唤人名，倘一答应，夜间便要来吃这人的肉的。他自然吓得要死，而那老和尚却道无妨，给他一个小盒子，说只要放在枕边，便可高枕而卧。他虽然照样办，却总是睡不着——当然睡不着的。到半夜，果然来了，沙沙沙！门外像是风雨声，他正抖作一团时，却听得豁的一声，一道金光从枕边飞出，外面便什么声音也没有了，那金光也就飞回来，敛在盒子里。后来呢？后来，老和尚说，这是飞蜈蚣，它能吸蛇的脑髓，美女蛇就被它治死了。

结末的教训是：所以倘有陌生的声音叫你的名字，你万不可答应他。

这故事很使我觉得做人之险，夏夜乘凉，往往有些担心，不敢去看墙上，而且极想得到一盒老和尚那样的飞蜈蚣。走到百草园的草丛旁边时，也常常这样想。但直到现在，总还没有得到，但也没有遇见过赤练蛇和美女蛇。叫我名字的陌生声音自然是常有的，然而都不是美女蛇。

冬天的百草园比较的无味，雪一下，可就两样了。拍雪人（将自己的全形印在雪上）和塑雪罗汉需要人们鉴赏，这是荒园，人迹罕至，所以不相宜，只好来捕鸟。薄薄的雪，是不行的；总须积雪盖了地面一两天，鸟雀们久已无处觅食的时候才好。扫开一块雪，露出地面，用一枝短棒支起一面大的竹筛来，下面撒些秕谷，棒上系一条长绳，人远远地牵着，看鸟雀下来啄食，走到竹筛底下的时候，将绳子一拉，便罩住了。但所得的是麻雀居多，也有白颊的"张飞鸟"，性子很躁，养不过夜的。

这是闰土的父亲所传授的方法，我却不大能用。明明见它们进去了，拉了绳，跑去一看，却什么都没有，费了半天力，捉住的不过三四只。闰土的父亲是小半天便能捕获几十只，装在叉袋里叫着撞着的。我曾经问他得失的缘由，他只静静地笑道：你太性急，来不及等它走到中间去。

我不知道为什么家里的人要将我送进书塾里去了，而且还是全城中称为最严厉的书塾。也许是因为拔何首乌毁了泥墙罢，也许是因为将砖头抛到间壁的梁家去了罢，也许是因为站在石井栏上跳了下来罢……都无从知道。总而言之：我将不能常到百草园了。Ade，我的蟋蟀们！ Ade，我的覆盆子们和木莲们！……

出门向东，不上半里，走过一道石桥，便是我的先生的家了。从一扇黑油的竹门进去，第三间是书房。中间挂着一块匾道：三味书屋；匾下面是一幅画，画着一只很肥大的梅花鹿伏在古树下。没有孔子牌位，我们便对着那匾和鹿行礼。第一次算是拜孔子，第二次算是拜先生。

第二次行礼时，先生便和蔼地在一旁答礼。他是一个高而瘦的老人，须发都花白了，还戴着大眼镜。我对他很恭敬，因为我早听到，他是本城中极方正、质朴、博学的人。

不知从哪里听来的，东方朔也很渊博，他认识一种虫，名曰“怪哉”，冤气所化，用酒一浇，就消释了。我很想详细地知道这故事，但阿长是不知道的，因为她毕竟不渊博。现在得到机会了，可以问先生。

“先生，‘怪哉’这虫，是怎么一回事？……”我上了生书，将要退下来的时候，赶忙问。

“不知道！”他似乎很不高兴，脸上还有怒色了。

我才知道做学生是不应该问这些事的，只要读书，因为他是渊博的宿儒，决不至于不知道，所谓不知道者，乃是不愿意说。年纪比我大的人，往往如此，我遇见过好几回了。

我就只读书，正午习字，晚上对课。先生最初这几天对我很严厉，后来却好起来了，不过给我读的书渐渐加多，对课也渐渐地加上字去，从三言到五言，终于到七言。

三味书屋后面也有一个园，虽然小，但在那里也可以爬上花坛去折腊梅花，在地上或桂花树上寻蝉蜕。最好的工作是捉了苍蝇喂蚂蚁，静悄悄地没有声音。然而同窗们到园里的太多、太久，可就不行了，先生在书房里便大叫起来：

“人都到哪里去了！”

人们便一个一个陆续走回去，一同回去，也不行的。他有一条戒尺，但是不常用，也有罚跪的规则，但也不常用，普通总不过瞪几眼，大声道：

“读书！”

于是大家放开喉咙读一阵书，真是人声鼎沸。有念“仁远乎哉我欲仁斯仁至矣”的，有念“笑人齿缺曰狗窦大开”的，有念“上九潜龙勿用”的，有念“厥土下上上错厥贡苞茅橘柚”的……先生自己也念书。后来，我们的声音便低下去，静下去了，只有他还大声朗读着：

“铁如意，指挥倜傥，一座皆惊呢……；金叵罗，颠倒淋漓噫，千杯未醉嗬……”

我疑心这是极好的文章，因为读到这里，他总是微笑起来，而且将头仰起，摇着，向后拗过去，拗过去。

先生读书入神的时候，于我们是很相宜的。有几个便用纸糊的盔甲套在指甲上做戏。我是画画儿，用一种叫做“荆川纸”的，蒙在小说的绣像上一个个描下来，像习字时候的影写一样。读的书多起来，画的画也多起来；书没有读成，画的成绩却不少了，最成片段的是《荡寇志》和《西游记》的绣像，都有一大本。后来，为要钱用，卖给一个有钱的同窗了。他的父亲是开锡箔店的，听说现在自己已经做了店主，而且快要升到绅士的地位了。这东西早已没有了罢。

九月十八日

佳作赏析：

鲁迅（1881—1936），浙江绍兴人。现代思想家、文学家。著有短篇小说

《呐喊》《彷徨》，散文集《野草》等。有《鲁迅全集》印行。

《从百草园到三味书屋》是鲁迅中年时期所作，是一篇脍炙人口的散文。作者通过对少年时期往事的回顾，向人们展示了从自然和阅读中所收获的乐趣。透过作者轻盈优美的笔触，读者可以感受到安静的田园生活与美好的读书雅趣。

百草园是个荒凉的地方，但在作者看来“那时却是我的乐园”，其间就充满了童趣。儿童最大的心理特征就是好奇，蝉的“长吟”，油蛉的“低唱”，蟋蟀的“弹琴”，都是一个孩子对昆虫“语言”的好奇想象。不仅如此，作者还着力描写了百草园冬天的景色以及捕鸟的乐趣。

而作者读书的三味书屋则完全是另一个天地，那是一所规矩很多、老师严厉的书塾。但在枯燥乏味的书屋里，也有着一股亲切的气氛流动其间。“读书图”“课嬉图”，这些充满谐趣的图景生动表现了“严厉”环境中儿童不可压抑的天性和本能。

文章结构清晰，层次分明，“百草园”和“三味书屋”两者之间形成了鲜明的对比。叙事生动活泼，是一篇不可多得的佳作。

两株树

□［中国］周作人

我对于植物比动物还要喜欢，原因是因为我懒，不高兴为了区区视听之娱一日三餐地去饲养照顾，而且我也有点相信“鸟身自为主”的迂论，觉得把它们活物拿来做囚徒当奚奴，不是什么愉快的事，若是草木便没有这些麻烦，让它们直站在那里便好，不但并不感到不自由，并且还真是生了根地不肯再动一动哩。但是要看树木花草也不必一定种在自己的家里，关起门来独赏，让它们在野外路旁，或是在人家粉墙之内也并不妨，只要我偶然经过时能够看见两三眼，也就觉得欣然，很是满足的了。

树木里边我所喜欢的第一种是白杨。小时候读古诗十九首，读过“白杨何萧萧，松柏夹广路”之句，但在南方终未见过白杨，后来在北京才初次看见。谢在杭著《五杂俎》中云：

“古人墓树多植梧楸，南人多种松柏，北人多种白杨。白杨即青杨也，其树皮白如梧桐，叶似冬青，微风击之辄淅沥有声，故古诗云，白杨多悲风，萧萧愁杀人。予一日宿邹县驿馆中，甫就枕即闻雨声，竟夕不绝，侍儿曰，雨矣。予讶之曰，岂有竟夜雨而无檐溜者？质明视之，乃青杨树也。南方绝无此树。”

《本草纲目》卷三五下引陈藏器曰，“白杨北土极多，人种墟墓间，树大皮白，其无风自动者乃杨移，非白杨也。”又寇宗奭云，“风才至，叶如大雨声，谓无风自动则无此事，但风微时其叶孤极处则往往独摇，以其蒂长叶重大，势使然也。”王象晋《群芳谱》则云：“杨有二种，一白杨，一青杨，白杨蒂长两两相对，遇风则簌簌有声，人多植之坟墓间”，由此可知白杨与青杨本自有别，但“无风自动”一节却是相同。在史书中关于白杨有这样的两件故事：

《南史·萧惠开传》：“惠开为少府，不得志，寺内斋前花草甚美，悉铲除，别植白杨。”

《唐书·契苾何力传》：“龙翔中司稼少卿梁脩仁新作大明宫，植白杨于庭，示何力曰，此木易成，不数年可芘。何力不答，但诵白杨多悲风萧萧愁杀人之句，脩仁惊悟，更植以桐。”

这样看来，似乎大家对于白杨都没有什样好感。为什么呢？这个理由我不大说得清楚，或者因为它老是簌簌动的缘故罢。听说苏格兰地方有一种传说，耶稣受难时所用的十字架是用白杨木做的，所以白杨自此以后就永远在发抖，大约是知道自己的罪孽深重。但是做钉的铁却似乎不曾因此有什么罪，黑铁这件东西在法术上还总有点位置的，不知何以这样地有幸有不幸。（但吾乡结婚时忌见铁，凡门窗上铰链等悉用红纸糊盖，又似别有缘故。）我承认白杨种在墟墓间的确很好看，然而种在斋前又何尝不好，它那瑟瑟的响声第一有意思。我在前面的院子里种了一棵，每逢夏秋有客来斋夜话的时候，忽闻淅沥声，多疑是下雨，推户出视，这是别种树所没有的佳处。梁少卿怕白杨的萧萧改种梧桐。其实梧桐也何尝一定吉祥，假如要讲迷信的话，吾乡有一句俗谚云，“梧桐大如斗，主人搬家走”，所以就是别庄花园里也很少种梧桐的。这实在是一件很可惜的事，梧桐的枝干和叶子真好看，且不提那一叶落知天下秋的兴趣了。在我们的后院里却有一棵，不知已经有若干年了，我至今看了它十多年，树干还远不到五合的粗，看它大有黄杨木的神气，虽不厄闰也总长得十分缓慢呢。——因此我想到避忌梧桐大约只是南方的事，在北方或者并没有这句俗谚，在这里梧桐想要如斗大恐怕不是容易的事罢。

第二种树乃是乌桕，这正与白杨相反，似乎只生长于东南，北方很少见。陆龟蒙诗云：“行歇每依鸦舅影”，陆游诗云：“乌桕赤于枫，园林二月中”，又云：“乌桕新添落叶红”，都是江浙乡村的景象。《齐民要术》卷十列“五谷果瓜菜茹非中国物产者”，下注云：“聊以存其名目，记其怪异耳，爰及山泽草木任食非人力所种者，悉附于此，”其中有乌桕一项，引《玄中记》云：“荆阳有乌臼，其实如鸡头，迮之如胡麻子，其汁味如猪脂。”《群芳谱》言：“江浙之人，凡高山大道溪边宅畔无不种，”此外则江西安徽盖亦多有之。关于它的名字，李时珍说，“乌喜食其子，因以名之。……或曰，其木老则根下黑烂成臼，故得此名。”我想这或曰恐太迂曲，此树又名鸦舅，或者与乌不无关系，乡间冬天卖野味有桕子舃（读如呆鸟字），是道墟地方名物，此物殆是鸟类乎，但是其味颇佳，平常所谓舃肉几乎便指此舃也。

桕树的特色第一在叶，第二在实。放翁生长稽山境水间，所以诗中常常说及桕叶，使是那唐朝的张继寒山寺诗所云江枫渔火对愁眠，也是在说这种红叶。王端履著《重论文斋笔录》卷九论及此诗，注云：“江南临水多植乌桕，秋叶炮霜，鲜红可爱，诗人类指为枫，不知枫生山中，性最恶湿，不能种之江畔也。此诗江枫二字亦未免误认耳。”范寅在《越谚》卷中桕树项下说：“十月叶丹，即枫，其子可榨油，农皆植田边。”就把两者误合为一。罗逸长《青山记》云：“山之麓朱村，盖考亭之祖居也，自此倚石啸歌，松风上下，遥望木叶著霜如渥丹，始见怪以为红花，久之知为乌桕树也。”《蓬窗续录》云：

"陆子渊《豫章录》言，饶信间桕树冬初叶落，结子放蜡，每颗作十字裂，一丛有数颗，望之若梅花初绽，枝柯诘曲，多在野水乱石间，远近成林，真可作画。此与柿树俱称美荫，园圃植之最宜。"这两节很能写出桕树之美，它的特色仿佛可以说是中国画的，不过此种景色自从我离了水乡的故国已经有三十年不曾看见了。

桕树子有极大的用处，可以榨油制烛，《越谚》卷中蜡烛条下注曰："卷芯草干，熬桕油拖蘸成烛，加蜡为皮，盖紫草汁则红。"汪曰帧著《湖雅》卷八中说得更是详细：

"中置烛心，外裹乌桕子油，又以紫草染蜡盖之，曰桕油烛。用棉花子油者曰青油烛，用牛羊油者曰荤油烛。湖俗粑神祭先必燃两炬，皆用红桕烛。婚嫁用之曰喜烛，缀蜡花者曰花烛，祝寿所用曰寿烛，丧家则用绿烛或白烛，亦桕烛也。"

日本寺岛安良编《和汉三才图会》五八引《本草纲目》语云："烛有蜜蜡烛虫蜡烛牛脂烛桕油烛，"后加按语曰：

"案唐式云少府监每年供蜡烛七十挺，则元以前既有之矣。有数品，而多用木蜡牛脂蜡也。有油桐子蚕豆苍耳子等为蜡者，火易灭。有鲸鲵油为蜡者，其焰甚臭，牛脂蜡亦臭。近年制精，去其臭气，故多以牛蜡伪为木蜡，神佛灯明不可不辨。"

但是近年来蜡烛恐怕已是倒了运，有洋人替我们造了电灯，其次也有洋蜡洋油，除了拿到妙峰山上去之外大约没有它的什么用处了。就是要用蜡烛，反正牛羊脂也凑合可以用得，神佛未必会得见怪——日本真宗的和尚不是都要娶妻吃肉了么？那么桕油并不再需要，田边水畔的红叶白实不久也将绝迹了罢。这于国民生活上本来没有什么关系，不过在我想起来的时候总还有点怀念，小时候喜读《南方草木状》《岭表录异》和《北户录》等书，这种脾气至今还是存留着，秋天买了一部大版的《本草纲目》，很为我的朋友所笑，其实也只是为了这个缘故罢了。

十九年十二月二十五日，于北平殿药庐。

佳作赏析：

周作人（1885—1967），浙江绍兴人，现代作家。著有散文集《自己的园地》《雨天的书》《苦茶随笔》等。

《两株树》写于上个世纪20年代末，是周作人借物咏怀的作品之一。

周作人散文的特点是朴素平和，风格清新。日常生活中的花、鸟、虫、鱼、苋菜，作者兴之所至，信手拈来，立就成篇，趣味盎然。《两株树》也是这种风格的作品。

作者平生最欣赏的，一是白杨，二是乌桕树。对于白杨，作者觉得“它那瑟瑟的响声第一有意思”“这是别种树所没有的佳处”，充溢着寒斋夜话亲切而闲适的雅趣。而乌桕树则“叶子、果实都很出众”，还考证了古人的一个讹误。

文章并没有汹涌澎湃的感情波涛，作者的情绪、思想总是隐而不显、含而不露地淡淡表现出来，给人一种宁静、幽远、质朴的美感。

故乡的野菜

□［中国］周作人

我的故乡不止一个，凡我住过的地方都是故乡。故乡对于我并没有什么特别的情分，只因钓于斯游于斯的关系，朝夕会面，遂成相识，正如乡村里的邻舍一样，虽然不是亲属，别后有时也要想念到他。我在浙东住过十几年，南京东京都住过六年，这都是我的故乡；现在住在北京，于是北京就成了我的家乡了。

日前我的妻往西单市场买菜回来，说起有荠菜在那里卖着，我便想起浙东的事来。荠菜是浙东人春天常吃的野菜，乡间不必说，就是城里只要有后园的人家都可以随时采食，妇女小儿各拿一把剪刀一只“苗篮”，蹲在地上搜寻，是一种有趣味的游戏工作。那时小孩们唱道：“荠菜马兰头，姊姊嫁在后门头。”后来马兰头有乡人拿来进城售卖了，但荠菜还是一种野菜，须得自家去采。关于荠菜向来颇有风雅的传说，不过这似乎以吴地为主。《西湖游览志》云：“三月三日男女皆戴荠菜花。谚云：三春戴荠花，桃李羞繁华。”顾禄的《清嘉录》上亦说，“芥菜花俗呼野菜花，因谚有‘三月三蚂蚁上灶山’

之语，三日人家皆以野菜花置灶陉上，以厌虫蚁。侵晨村童叫卖不绝。或妇女簪髻上以祈清目，俗号眼亮花。”但浙东人却不很理会这些事情，只是挑来做菜或炒年糕吃罢了。

黄花麦果通称鼠曲草，系菊科植物，叶小微圆互生，表面有白毛，花黄色，簇生梢头。春天采嫩叶，捣烂去汁，和粉作糕，称黄花麦果糕。小孩们有歌赞美之云：

黄花麦果韧结结，
关得大门自要吃，
半块拿弗出，一块自要吃。

清明前后扫墓时，有些人家——大约是保存古风的人家——用黄花麦果作供，但不作饼状，做成小颗如指顶大，或细条如小指，以五六个作一攒，名曰“茧果”，不知是什么意思，或因蚕上山时设祭，也用这种食品，故有是称，亦未可知。自从十二三岁时外出不参与外祖家扫墓以后，不复见过茧果，近来住在北京，也不再见黄花麦果的影子了。日本称作“御形”，与荠菜同为春天的七草之一，也采来做点心用，状如艾饺，名曰“草饼”，春分前后多食之，在北京也有，但是吃去总是日本风味，不复是儿时的黄花麦果糕了。

扫墓时候所常吃的还有一种野菜，俗称草紫，通称紫云英。农人在收获后，播种田内，用作肥料，是一种很被贱视的植物，但采取嫩茎瀹食，味颇鲜美，似豌豆苗。花紫红色，数十亩接连不断，一片锦绣，如铺着华美的地毯，非常好看，而且花朵状若蝴蝶，又如鸡雏，尤为小孩所喜，间有白色的花，相传可以治痢。很是珍重，但不易得。日本《俳句大辞典》云：“此草与蒲公英同是习见的东西，从幼年时代便已熟识。在女人里边，不曾采过紫云英的人，恐未必有罢。”中国古来没有花环，但紫云英的花球却是小孩常玩的东西，这一层我还替那些小人们欣幸的。浙东扫墓用鼓吹，所以少年常随了乐音去看“上坟船里的姣姣”；没有钱的人家虽没有鼓吹，但是船头上篷窗下总露出些紫云英和杜鹃的花束，这也就是上坟船的确实的证据了。

一九二一年二月作，选自《雨天的书》

佳作赏析：

《故乡的野菜》是周作人的另一篇代表作，语言质朴平淡，风格从容平和却富有哲理，令人回味无穷。

在这篇篇幅不长的散文中，作者介绍了其故乡浙东常见的一些野菜：荠菜、马兰头、鼠曲草、紫云英，以及与其相关的民俗。字里行间充盈着浓浓的怀旧情绪和对家乡的怀念。

俗中见雅是本文的一大特色。文章写的是不登大雅之堂的野菜，但作者却从这“俗物”中找到了“雅趣”。全篇虽不过一千二百字，但引文却占了近六分之一。作者先后引用《西湖游览志》和《清嘉录》，以古证今，把吴地和浙东一带的民俗提高到了文化史的层次，小小的野菜竟也能贯穿古今，大大增加了文章的雅趣。

谈吃

□［中国］夏丏尊

说起新年的行事，第一件在我脑中浮起的是吃。回忆幼时一到冬季就日日盼望过年，等到过年将届就乐不可支，因为过年的时候有种种乐趣，第一是吃的东西多。

中国人是全世界善吃的民族。普通人家，客人一到，男主人即上街办吃场，女主人即入厨罗酒浆，客人则坐在客堂里口嗑瓜子，耳听碗盏刀俎的声响，等候吃饭。吃完了饭，大事已毕，客人拔起步来说“叨扰”，主人说“没有什么好的待你”，有的还要苦留，“吃了点心去”“吃了夜饭去”。

遇到婚丧，庆吊只是虚文，果腹倒是实在。排场大的大吃七日五日，小的大吃三日一日。早饭、午饭、点心、夜饭、夜点心，吃了一顿又一顿，吃得不亦乐乎，真是酒可为池，肉可成林。

过年了，轮流吃年饭，送食物。新年了，彼此拜来拜去，讲吃局。端午要吃，中秋要吃，生日要吃，朋友相会要吃，相别要吃。只要取得出名词，就非吃不可，而且一吃就了事，此外不必有别的什么。

小孩子于三顿饭以外，每日好几次地向母亲讨铜板，买食吃。普通学生最大的消费不是学费，不是书籍费，乃是吃的用途。成人对于父母的孝敬，重要的就是奉甘旨。中馈自古占着女子教育上的主要部分。“食不厌精，脍不厌细”“沽酒，市脯”“割不正”，圣人不吃。梨子蒸得味道不好，贤人就可以出妻。家里的老婆如果弄得出好菜，就可以骄人。古来许多名士至于费尽苦心，别出心裁，考案出好几部特别的食谱来。

不但活着要吃，死了仍要吃。他民族的鬼只要香花就满足了，而中国的鬼仍依旧非吃不可。死后的饭碗，也和活时的同样重要，或者还更重要。普通人为了死后的所谓“血食”，不辞广蓄姬妾，预置良田。道学家为了死后的冷猪肉，不辞假仁假义，拘束一世。朱竹垞宁不吃冷猪肉，不肯从其诗集中删去《风怀二百韵》的艳诗，至今犹传为难得的美谈，足见冷猪肉牺牲不掉的人之多了。

不但人要吃，鬼要吃，神也要吃，甚至连没嘴巴的山川也要吃。有的但吃猪头，有的要吃全猪，有的是专吃羊的，有的是专吃牛的，各有各的胃口，各有各的嗜好，古典中大都详有规定，一查就可知道。较之于他民族的对神只作礼拜，似乎他民族的神极端唯心，中国的神倒是极端唯物的。

梅村的诗道“十家三酒店”，街市里最多的是食物铺。俗语说“开门七件事”，家庭中最麻烦的不是教育或是什么，乃是料理食物。学校里最难处置的不是程度如何提高，教授如何改进，乃是饭厅风潮。

俗语说得好，只有“两脚的爷娘不吃，四脚的眠床不吃”。中国人吃的范围之广，真可使他国人为之吃惊。中国人于世界普通的食物之外，还吃着他国人所不吃的珍馐：吃西瓜的实，吃鲨鱼的鳍，吃燕子的窠，吃狗，吃乌龟，吃狸猫，吃癞蛤蟆，吃癞头鼋，吃小老鼠。有的或竟至吃到小孩的胞衣以及直接从人身上取得的东西。如果能够，怕连天上的月亮也要挖下来尝尝哩。

至于吃的方法，更是五花八门，有烤、有炖、有蒸、有卤、有炸、有烩、有醉、有炙、有熘、有炒、有拌，真正一言难尽。古来尽有许多做菜的名厨师，其名字都和名卿相一样煊赫地留在青史上。不，他们之中有的并升到高位，老老实实就是名卿相。如果中国有一件事可以向世界自豪的，那么这并不是历史之久，土地之大，人口之众，军队之多，战争之频繁，乃是善吃的一事。中国的菜肴已征服了全世界了。有人说中国人有三把刀为世界所不及，第一把就是厨刀。

不见到喜庆人家挂着的福禄寿三星图吗？福禄寿是中国民族生活上的理想。画上的排列是禄居中央，右是福，寿居左。禄也者，拆穿了说就是吃的东西。老子也曾说过，“虚其心实其腹”“圣人为腹不为目”。吃最要紧，其他可以不问。“嫖赌吃着”之中，普通人皆认吃最实惠。所谓“着威风，吃受用，赌对冲，嫖全空”，什么都假，只有吃在肚里是真的。

吃的重要更可于国人所用的言语上证之。在中国，吃字的意义特别复杂，什么都会带了“吃”字来说。被人欺负曰“吃亏”，打巴掌曰“吃耳光”，希求非分曰“想吃天鹅肉”，诉讼曰“吃官司”，中枪弹曰“吃卫生丸”，此外还有什么“吃生活”“吃排头”等等。相见的寒暄，他民族说“早安”“午安”“晚安”，而中国人则说：“吃了早饭没有？”“吃了中饭没有？”“吃了夜饭没有？”对于职业，普通也用吃字来表示，营什么职业就叫做吃什么饭。“吃赌饭”“吃堂子饭”“吃洋行饭”“吃教书饭”，诸如此类，不必说了。甚至对于应以信仰为本的宗教者，应以保卫国家为职志的军士，也都加吃字于上。在中国，教徒不称信者，叫做“吃天主教的”“吃耶稣教的”，从军的不称军人，叫做“吃粮的”，最近还增加了什么“吃党饭”“吃三民主义”的许多新名词。

衣食住行为生活四要素，人类原不能不吃。但吃字的意义如此复杂，吃的要求如此露骨，吃的方法如此麻烦，吃的范围如此广泛，好像除了吃以外就无别事也者，求之于全世界，这怕只有中国民族如此的了。

在中国，衣不妨污浊，居室不妨简陋，道路不妨泥泞，而独在吃上分毫不能马虎。衣食住行的四事之中，食的程度远高于其余一切，很不调和。中国民族的文化，可以说是口的文化。

佛家说六道轮回，把众生分为天、人、修罗、畜生、地狱、饿鬼六道。如果我们相信这话，那么中国民族是否都从饿鬼道投胎而来，真是一个疑问。

佳作赏析：

夏丏尊（1886—1946），浙江上虞人。现代作家。著有《平屋随笔》《人间爱晚晴》等。

俗话说："民以食为天"，中国的饮食文化在世界上是很有名的，饮食方法也是目前世界上公认的最好的之一。值得注意的是，作者的这篇《谈吃》并没有就如何吃、具体吃法展开详细论述，而是把重点放在了何时何地吃上，后面还和社会生活、宗教信仰搭上了关系。

从行文风格来看，作者对于中国人的重吃、擅吃是持有保留意见的，对于一些与吃的社会现象和风俗有所讽刺，但从另一个角度来看，作者对于中国吃文化的观察和了解不可谓不深，描写得也颇为到位，不失为一篇关于饮食文化的佳作。

石榴

□［中国］郭沫若

五月过了，太阳增强了它的威力，树木都把各自的伞伸张了起来，不想再争奇斗艳的时候，有少数的树木却在这时开起了花来。石榴树便是这少数树木中的最可爱的一种。

石榴有梅树的枝干，有杨柳的叶片，奇崛而不枯瘠，清新而不柔媚，这风度实兼备了梅柳之长，而舍去了梅柳之短。

最可爱的是它的花，那对于炎阳的直射毫不辟易的深红色的花。单瓣的已够陆离，双瓣的更为华贵，那可不是夏季的心脏吗？

单那小茄形的骨朵已经就是一种奇迹了。你看，它逐渐翻红，逐渐从顶端整裂为四瓣，任你用怎样犀利的劈刀也都劈不出那样的匀称，可是谁用红玛瑙琢成了那样多的花瓶儿，而且还精巧地插上了花？

单瓣的花虽没有双瓣的豪华，但它却更有一段妙幻的演艺，红玛瑙的花瓶儿由希腊式的安普刺变为中国式的金罍，殷、周时代古味盎然的一种青铜器。博古家所命名的各种锈彩，它都是具备着的。

你以为它真是盛酒的金罍吗？它会笑你呢。秋天来了，它对于自己的戏法好像忍俊不禁地破口大笑起来，露出一口皓齿，那样透明光嫩的皓齿你在别的地方还看见过吗？

我本来就喜欢夏天。夏天是整个宇宙向上的一个阶段，在这时使人的身心解脱尽重重的束缚。因而我更喜欢这夏天的心脏。

有朋友从昆明回来，说昆明石榴特别大，子粒特别丰腴，有酸甜两种，酸者味更美。

禁不住唾津的潜溢了。

佳作赏析：

郭沫若（1892—1978），四川乐山人，作家、学者。有诗集《女神》，历史剧《屈原》，学术论著《中国古代社会研究》《甲骨文研究》等。

《石榴》一文想象丰富、奇特，再加上高超的语言手法，使之成为一篇不可多得的佳作。

在对石榴花的描写上，作者并不仅仅限于写实，而是紧紧抓住石榴花的花形特点，展开了丰富的想象，取得了意想不到的艺术效果。原本平淡无奇的石榴花在作者笔下一下子变得不同凡响、美不胜收：有的好像插在用红玛瑙琢成的花瓶里，那些花瓣匀称大方；有的则变成了古味盎然的青铜器——中国殷、周时盛酒的酒杯。作者观察事物之敏锐，想象之丰富、奇特，令人惊叹。

作者对石榴形象的刻画也颇具匠心。除了对一些具有强烈色彩感词汇的精确运用，诸如“比喻”和“拟人”这样的修辞技巧在作品中也有相当频繁而又极为成功的使用。比如，将石榴花比喻为“花瓶”“希腊式的安普剌”和“中国式的金罍”。这不仅使对于石榴的刻画更加逼真形象，也使作品更加生动有趣，从而将石榴的生命活力展现在读者面前。

螟蛉虫

□［中国］周建人

夏天的早晨，太阳光从窗口射进来，照得房间里面很亮，窗门口常常看到小虫豸。有一种小蜂子，特别引起我的注意。它比做倒挂莲蓬形的窠之抛脚黄蜂，又称九里蛤的，要小些，颜色是黑的，也不像九里蛤的橙黄色。但腰也很细，肚皮尖端也是尖尖的。它常常飞到窗门口的太阳光下面，停在窗门框上，动着它的肚皮，好像在想些甚么或计划甚么似的。

那时候我年纪还很小，因为夏天起床很早，早饭前须先吃些点心。有一天向窗前的桌子上拿糕时，又看见那种使人注意的小蜂子，祖母脱口说出来，“螟蛉虫，又来了。”我于是知道它叫螟蛉虫，这名字，我一听到就永远不会忘记它。

以后，我常常遇见螟蛉虫，有时候它在种荸荠的小缸的边上走。走过去，又回转来，好像在找寻些什么。有时候同样的在荷花缸边上徘徊。我的故乡的住屋，窗门外面有明堂，种些荷花及别的花草及小树，荸荠虽然不会开美丽的花，可是它的碧绿的像筷子粗的干子，一丛生出来，像茂密的竹林，很好看的，不过竹有枝条，它没有枝。这细长的，空管子似的干子里面有密密的横隔，如果用手指把它捺扁，便发出清脆的唧唧的声音。荷花是许多人家爱栽种的花卉，它的圆形的大叶，上面生着蜡质的毛丛，遇水不会濡湿的。水滴在叶上滚来滚去像“走盘珠”。花大而好看，有清香。它的大叶与有清香的花早上舒展开来，使人见了觉得清凉。

螟蛉虫不但在荸荠缸边或茶花缸边行走，有时候头朝着缸里的烂泥注意地看，或者用嘴去咬。一会儿，它去了，但不久又回转来，再来缸边行走，好像在寻找些什么东西。它找寻些什么呢？不是咬烂泥吗？因为缸边常有烂泥露出水上的。

不久，我在明堂里朝南的窗格上看见了许多约莫榛子大的泥房，下端放在窗格的木条上，当然是平的，上面呈圆形。仔细看时，可以看出是由一粒粒的小泥粒堆成的。螟蛉虫嘴里把泥土含去，拌和唾液，去造成这种养儿子的小圆房。

螟蛉虫不但早上有得看见，傍晚也有遇到。夏天的时候，一家人常在明堂即天井里吃晚饭的。天还没有暗，但太阳已没有了，排好桌子与椅子，预备吃饭时，屋檐旁边的蜘蛛也出来赶忙修网了。修好网，准备捉生物吃。它修好网，或者还未修好，螟蛉虫也来了。它这时候不到荷花缸边去行走，却飞往蜘蛛网边去冲撞。一撞，二撞，或者接连三四地撞上去。当初我疑心螟蛉虫看不见网，错撞上去的。但几次以后，我觉得它是有计划地冲撞了。蝴蝶、蜜蜂等是常常撞到蜘蛛的网上去的，它们真是由于错误，不是有意的。它们一撞之后，常被丝粘住。用力挣扎企图逃走时，蜘蛛便赶过去，急忙放出丝来，用脚向落了陷阱的牺牲者的身上缚过去。如果被捕的是蝴蝶，它便站在近旁接连的缚；如果是蜜蜂，它急忙用丝缚几转便逃开，少息又去缚几转，又逃开，好像知道它是劲敌，有针刺，可怕的。等到脚及翅膀等都已缚住，无法施展力时，它才敢站在近旁，再用丝密密地绑缚它的全身。

现在螟蛉虫朝着网去撞，分明不是出于错误，却是有意的，它往来其间从来不会被丝粘住。它如果撞一下，不见蜘蛛赶开去，就打一个小圈子，再撞上去。蜘蛛不赶过去倒也罢了，如果赶去捕捉它，那就上当了。螟蛉虫不知怎么一来，蜘蛛措手不及，反被捉了去。一落在螟蛉虫的手里，便无法脱逃，被拿去封在泥房里，给它的儿子做食粮。你如果拆开窗格上的泥房来看，常常封着大小恰好的蜘蛛。它不会动弹，但是活的。你如果翻查讲昆虫的书籍来看，它会告诉你：那蜘蛛已被螟蛉虫用肚皮末端的针刺过，已经昏迷过去，但没有死去，所以藏在泥房里无害于它的卵，也不会腐烂的。我们把食物用盐咸了来保藏，晒干了来保藏，用蜜渍了来保藏，用冰冰了来保藏，做了罐头来保藏，螟蛉虫却用麻药麻醉了来保藏。这种保存方法真合用，它失了知觉，不会害它的幼子的，但没有死去，味道仍然新鲜，很好吃。你如果拆开泥房的时候已迟了，那么蜘蛛已没有了，却卧着一个带淡黄色的，身子弯曲的，一动也不动的蜂蛹。它就是将来变成螟蛉虫的前些时期蛹子，再过些时，就蜕壳变成螟蛉虫，钻通泥房跑出去。去看得再迟些时，泥房已有孔，里面只剩一些蜕下的皮壳之类，别的东西都不见了。

但螟蛉虫的泥房不是一定造在窗格子上的，因为种类有些不同。环境有些不同，也会造在别的地方，封在房里的活食粮也常常不相同。有一回我从一条树枝上拆开一个泥房来看，里面关的不是蜘蛛，却是几条尺蠖，而且很活泼的，不像麻醉的样子。莫非因为尺蠖不吃荤腥的东西，不会害螟蛉虫的儿子，所以用不着麻醉吗？

因为螟蛉虫种类不同，搜集给儿子吃的食粮的确常常不同的，有一回我看见一个螟蛉虫在拖一个紫油油的大蟑螂。螟蛉虫咬住它的一根长须，向后退走。起初蟑螂很有力气，螟蛉虫不但牵它不动，有时反被蟑螂牵动。但经过一个挣扎的时候，蟑螂渐渐颓唐了，力气渐渐没有了，好像有些脚软身麻，渐渐地随它牵走。

有一回我看见一个螟蛉虫拖一只较小形的八脚。八脚是蜘蛛类的动物，但不结网，比蟢子还要高大，脚粗长，体隆起。螟蛉虫咬住它的一脚，二方像拉绳的用力拉，当初螟蛉虫常被八脚拉过去。螟蛉虫用力支撑住，不让它拉去过多的路。少息又拼命拉过来。经过一个挣扎时期以后，八脚力气渐渐不支，脚渐渐弯曲。莫非疲倦了吗？形状不像疲倦，简直像生病。也许已被螟蛉虫的针刺过了，现在毒发，遂不能够支持了。捕捉较大的动物之螟蛉虫身体也大些，可知它的儿子的食量也大些，所以食粮要贮藏得多些的。

好几年后，我看看古书，说有蜾蠃，腰细，常常捕捉小青岭，名叫螟蛉的，封在房里，若干日后，变为她的女儿，这话当然不对的，别的虫捉来在自己造的房里，怎样能够变成像自己的虫呢？这话的不对，清朝嘉庆年间有一个学者，叫做郝懿行的已经观察过，他拆开蜾蠃的泥房来看，看出蜾蠃自己生有卵子，捉去的小青虫是给它吃的。他注的《尔雅义疏》里，这件事情说得很清楚，并且说古人说小青虫会变蜾蠃是因为古人观察得不精细，还要无凭无据地推测而来的。郝懿行真是一个细心的观察家。

讲到这里，我还有一句话要说明白，便是古时候本叫那小蜂子为蜾蠃，树上的小青虫为螟蛉的，现在却多叫蜾蠃为螟蛉虫了。我听到别人也都叫它螟蛉虫，可见它已成了普通名称。又有些地方还称蛉子为螟蛉子，可见还没有忘记普通传述的“螟蛉有子，蜾蠃负之”的意思。在科学上是完全不对的，不过也还觉得好玩与有“诗意”。

佳作赏析：

周建人（1888—1984），鲁迅之弟，浙江绍兴人。著有《花鸟虫鱼》《鲁迅回忆录》，科学著作《科学杂谈》等。

周建人是一位著名的科普作家，他的文章通俗易懂、趣味盎然，读来令人欲罢不能。

《螟蛉虫》一文介绍了螟蛉虫的生物特性，在普通科学知识的同时，又充满生活情趣。不仅如此，作者还引用古书中的相关记载，纠正了古人的一些错误认识，令人受益匪浅。

白果树

□[中国]周建人

上海真是热闹的地方，也许特别在热天的时候，牌声、留声机或无线电的声音，有时更有爆仗声，往往闹得人不能睡觉。这实在是很窘的。有时候，譬如灯下写点东西，看看时候已经十一点钟了，赶紧睡下，想望早点睡熟，以便明天起来好做事情。偏偏这边邻舍的牌声还没有停止，那边又开起留声机来了。逢年逢节还要放爆仗，这自然更是挡不住。而且常常这等声音还没有闹了，卖馄饨的又来了。广东馄饨担是敲竹板的，发出噼噼啪啪尖脆的声音；本地馄饨担是敲竹筒的，发出沉重的钝声。我的故乡也有这样的馄饨担，但是用短木棒敲在竹筒上，声音比较低些；上海的馄饨担往往用短铁棒来敲，声音也就特别响亮了。有时候刚把思想制止住，正要睡去，接连的被外面闯进来的声浪数次闹醒之后，便会许多时候睡不着。第二天因为睡眠不足，身体觉得不大清爽，就不能好好地做事情了。

近几天来，这等闹人睡眠的声音没有减少，却加添了卖热白果的声音了。白果担子挑来歇下，便发出镬子里炒白果的索朗的声音来，卖白果的人一面口中唱道："糯糯热白果，香又香来糯又糯，白果好像鹅蛋大，一个铜板买三颗！"

但是我觉得白果担倒并不怎样吵闹的。因为叫唱的声音并不十分高，而且挑来得早，回去也早。有时候倒觉得叫卖声中带给我们秋天来了的消息，使我知道白果卖了之后，将有檀香橄榄买，荷花已开了，燕子要回到马来、印度等地方去了。

上海秋天虽然各处卖热白果，但是白果树却很少见的。我的故乡有很大的白果树。它又称银杏，有些讲花木的书上又叫它公孙树。意思是说它的成长很慢，阿公种植的白果树，需到孙子手里才开花结子。日本的植物学书上便常用这名称的。它的科学的名字是叫 Ginkgo bilopa。它是植物界中的老古董。它的系统直从中生代的侏罗纪传来，到了现在，只剩了它一种了。中国是它的家乡。普通只见它种在庙宇寺院里，有些植物学者疑心现在已没有自生的白果树了，米耶尔（Meyer）虽说浙江山中还有自生的，但是别有些人却不相信他的话。

植物学者虽觉得白果树已渐将衰亡，但是人工种植的却还很多。它很容易种，只要把种子种在泥土里，大约五十天后芽便出来了。它幼时的树形像座塔，后来枝条散开，成了伞状的大树。据说最大的白果树能高到九丈以上，但普通没有这么大。它的叶子有长柄，叶身很像内地扇炉子用的"火扇"。到了秋季，变成黄颜色，是很好看的，它是落叶树，冬季只剩了枝干。

白果树是雌雄异株的，大约四月间开花。花极简单，没有花萼、花瓣这些东西。雄花只在一条柄上生着些雄蕊，每个雄蕊只生两个花粉囊，雌花只在每条长柄上生着两个裸出的胚珠。因为它的花太不明显了，一般人从不曾看见过，因此便造下一个靠不住的传说，说白果树的花是"大年夜"（阴历除夕）后半夜开的，而且开的时间又极短，只闪三闪，就不见了。这传说先前曾叫一个长塘乡人上过一次当。他是一个求知心很切的人，大年夜的半夜里，跑到近地的一株白果树下等候它开花，足足等了半夜，不见一点动静，这才使他对于那传说发生了疑惑。

但白果树的确是开花的，不过不在冬末，却在春末生叶的时候。胚珠长大起来后，变成一个种子，形状很像杏子，颜色也是黄的，但皮肤很光滑，除去外面的薄皮和肉质，里面包着一层白色坚硬的薄壳，这便是普通所卖的白果。长足的白果，连外边的肉大约只有三厘米大，除去肉质，那核自然更小了。上海担上的白果，似乎特别小，然而卖白果的人偏说"好像鹅蛋大"，未免太夸张；可是比之于有些广告，却要算是老实的了。

我个人呢，虽不爱吃白果，但很爱白果树。它的木材虽不甚坚硬，然而纹理细密，色白微黄，略带丝光，漆上中国的黄漆，颜色极光亮。你只要去问木工，他会告诉你用"银杏板"做书箱之类是很好的。还有，它的叶子上从不见会生虫，因此我想到做"马路树"一定很适宜的。北平的路旁常种着槐树或洋槐，叶上常生一种青色的幼虫，仿佛名叫槐蚕，它有时候吐出丝来，挂在半空里，或者脚下踏成虫酱。上海马路旁种的多是筱悬木，它的掌状的大叶还好看，只是会生一种毛刺虫——雀瓮蛾的幼虫——身上生着刺，如果刺在赤膊的身子上，是很疼痛的。白果树上不生这等虫，叶子又好看。它也是落叶树，夏季生叶很密，可以遮住太阳，冬季叶子脱落了，不致阻碍阳光，和筱悬木等一样。

佳作赏析：

《白果树》是周建人的又一篇科普佳作，生活气息浓郁是其最大特色。

看开头的一段，误以为文章是篇纯粹的文艺散文，作者对自己日常生活的描述生动有趣，充满生活气息。而随着小贩卖白果叫喊声的出现，话题被作者自然而然地引用到白果树上，从而开始步入主题。其转折之巧妙、自然，令人拍手叫绝。

在对白果树的相关科学知识介绍完以后，作者又将自己对白果和白果树的好恶以及白果树对人们生活的好处、用途作了交代，一篇生活气息浓郁的科普佳作就此打住。

书房的窗子

□［中国］杨振声

说来可怜，八年抗战归来，卧房都租不到一间，何言书房？既无书房，又何从说到书房的窗子！

唉，先生，你别见笑，叫花子连做梦都在想吃肉，正为没得，才想得厉害，我不但想到书房，连书房里每一个角落，我都布置好。今天又想起了我那书房的窗子。

说起窗子，那真是人类穴居之后一点灵机的闪耀才发明了它。它给你清风与明月，它给你晴日与碧空，它给你山光与水色，它给你安安静静地坐窗前，欣赏着宇宙的一切，一句话，它打通你与天然的界限。

但窗子的功用，虽是到处一样，而窗子的方向，却有名人的嗜好不同。陆放翁的“一窗晴日写黄庭”，大概指的是南窗，我不反对南窗的光朗与健康。特别在北方的冬天，南窗放进满屋的晴日，你随便拿一本书坐在床下取暖，书页上的诗句全浸润在金色的光浪中，你书桌旁若有一盆腊梅那就更好——以前在北平只值几毛钱一盆，高三四尺者亦不过一两元，腊梅比红梅色雅而秀清，价钱并不比红梅贵多少。那么，就算有一盆腊梅罢。腊梅在阳光的照耀下荡漾着芬芳，把几枝疏脱的影子漫画在新洒扫的蓝砖地上，如漆墨画。天知道，那是一种清居的享受。

东窗在初红里迎接着朝暾，你起来开了隔扇，放进一屋的清新。朝气洗涤了昨宵一梦的荒唐，使人精神清振，与宇宙万物一体更新。假使你窗外有一株古梅或是海棠，你可以看“朝日红妆”；有海，你可以看“海日生残夜”；一无所有，看朝霞的艳红，再不然，看想象中的郿宫，“晓日靓装千骑女，白樱桃下紫纶巾。”

“挂起西窗浪按天”这样的西窗，不独坡翁喜欢，我们谁都喜欢。然而西窗的风趣，正不止此，压山的红日徘徊于西窗之际，照出书房里一种透明的宁静。苍蝇的搓脚，微尘的轻游，都带些倦意了。人在一日的劳动后，带着微疲放下工作，舒适地坐下来吃一杯热茶，开窗西望，太阳已隐到山后了。田间小径上疏落的走着荷锄归来的农夫，隐约听到母牛哞哞的在唤着小犊同归。山色此时已由微红而深紫，而黝蓝。苍然暮色也渐渐笼上山脚的树林。西天上独有一缕镶着黄边的白云冉冉而行。

然而我独喜欢北窗。那就全是光的问题了。

说到光，我有一种偏向，就是不喜欢强烈的光而喜欢清淡的光，不喜欢敞开的光而喜欢隐约的光，不喜欢直接的光而喜欢反射的光，就拿日光来说罢，我不爱中午的骄阳，而爱“晨光之熹微”与落日的古红。纵使光度一样，也觉得一片平原的光海，总不及山阴水曲间光线的隐翳，或枝叶扶疏的树荫下光波的流动，至于反光更比直光来得委婉。“残夜水明楼”，是那般的清虚可爱；而“明清照积雪”使你感到满目清晖。

不错，特别是雪的反光。在太阳下是那样霸道，而在月光下却又这般温柔。其实，雪光在阴阴天宇下，也满有风趣。特别是新雪的早晨，你一醒来全不知道昨宵降了一夜的雪，只看从纸窗透进满室的虚白，便与平时不同，那白中透出银色的清晖，温润而匀净，使屋子里平添一番恬静的滋味，披衣起床且不看雪，先掏开那尚未睡醒的炉子，那屋里顿然煦暖。然后再从容揭开窗帘一看，满目皓洁，庭前的枝枝都压垂到地角上了，望望天，还是阴阴的，那就准知道这一天你的屋子会比平常更幽静。

至于拿月光与日光比，我当然更喜欢月光，在月光下，人是那般隐蔽，天宇是那般素净。现实的世界退缩了，想象的世界放大了。我们想象的放大，不也就是我们人格的放大？放大到感染一切时，整个的世界也因而富有情思了。“疏影横斜水清浅，暗香浮动月黄昏。”它比“晴雪梅花”更为空灵，更为生动，“无情有恨何人见，月亮风清欲坠时”，比之“枝头春意”更富有深情与幽思；而“宿妆残粉未明天，每立昭阳花树边。”也比“水晶连下看梳头”更动人怜惜之情。

这里不止是光度的问题，而是光度影响了态度。强烈的光使我们一切看得清楚，却不比使我们想的明透，使我们有行动的愉悦，却不使我们有沉思的因缘；使我们像春草一般的向外发展，却不能使我们像夜合一般的向内收敛。强光太使我们与外物接近了，留不得一分想象的距离。而一切文艺的创造，绝不是一些外界事物的推拢，而是事物经过个性的熔冶，范畴出来的作物。强烈的光与一切强有力的东西一样，它压抑我们的个性。

以此，我便爱上了北窗，南窗的光强，固不必说；就是东窗和西窗也不如北窗。北窗放出的光是那般清淡而隐约，反射而不直接，说到反光，当然便到了“窗子以外”了，我不敢想象窗外有什么明湖或青山的反光，那太奢望了。我只希望北窗外有一带古老的粉墙。你说古老的粉墙？一点不错。最低限度地要老到透出点微黄的颜色；假如可能，古墙上生几片青翠的石斑。这墙不要去窗太近，太近则逼窄，使人心狭；也不要太远，太远便不成为窗子屏风；去窗一丈五尺左右便好。如此古墙上的光辉返射在窗下的书桌上，润泽而淡白，不带一分逼人的霸气。这种清光绝不会侵凌你的幽静，也不会扰乱你的运思。它与清晨太阳未出以前的天光，及太阳初下，夕露未滋，湖面上的水光同是一样的清幽。

假如，你嫌这样的光太朴素了些，那你就在墙边种上一行疏竹。有风，你可以欣赏它婆娑的舞容；有月，窗上迷离的竹影；有雨，它给你平添一番清凄；有雪，那素洁，那清劲，确是你清寂中的佳友；即使无月无风，无雨无雪，红日半墙，竹荫微动，掩映于你书桌上的清晖，泛出一片青翠，几纹波痕，那般的生动而空灵，你书桌上满写着清新的诗句，你坐在那儿。纵使不读书也“要得”。

佳作赏析：

杨振声（1890—1956），山东蓬莱人。作家。代表作品有小说集《玉君》等。

这是一篇借物言志的佳作。

文章标题为“书房的窗子”，但文章开篇却说“既无书房，又何从说到书房的窗子”，这其实就已经点明：书房与书房的窗子都只是存在于作者的想象之中，作者是在“苦中作乐”。

那么作者心里最理想的窗子又是什么样的呢？虽然南窗、东窗、西窗各有自己的特点和情致，而作者却独偏好北窗，而其缘由则是因为北窗光线清淡而隐约，能引人沉思。“我们想象的放大，不也就是我们人格的放大？放大到感染一切时，整个的世界也因而富有情思了。”作者的用意已经再明显不过，他表面是在写窗子，其实是借此而表明一种人格和生活态度、生活追求。

春的林野

□［中国］许地山

春光在万山环抱里，更是泄露得迟。那里的桃花还是开着。漫游的薄云从这峰飞过那峰，有时稍停一会儿，为的是挡住太阳，教地面的花草在它的荫下避避光焰的威吓。

岩下的荫处和山溪的旁边长满了薇蕨和其他凤尾草。红、黄、蓝、紫的小草花点缀在绿茵上头。

天中的云雀，林中的金莺，都鼓起它们的舌簧。轻风把它们的声音挤成一片，分送给山中各样有耳无耳的生物。桃花听得入神，禁不住落了几点粉泪，一片一片凝在地上。小草花听得大醉，也和着声音的节拍一会儿倒，一会儿起，没有镇定的时候。

林下一班孩子正在那里捡桃花的落瓣哪。他们捡着，清儿忽嚷起来，道："嗄，邕邕来了！"众孩子住了手，都向桃林的尽头盼望。果然邕邕也在那里摘草花。

清儿道："我们今天可要试试阿桐的本领了。若是他能办得到。我们都把花瓣穿成一串璎珞围在他身上，封他为大哥如何？”

众人都答应了。

阿桐走到邕邕面前，道：“我们正等着你来呢。”

阿桐的左手盘在邕邕的脖上，一面走一面说：“今天他们要替你办嫁妆，教你做我的妻子。你能做我的妻子吗？”邕邕狠视了阿桐一下，回头用手推开他，不许他的手再搭在自己脖上。孩子们都笑得支持不住了。

众孩子嚷道：“我们见过邕邕用手推人了！阿桐赢了！”邕邕从来不会拒绝人，阿桐怎能知道一说那话，就能使她动手呢？是春光的荡漾，把他这种心思泛出来呢？或者，天地之心就是这样呢？

你且看：漫游的薄云还是从这峰飞过那峰。

你且听：云雀和金莺的歌声还布满了空中和林中。在这万山环抱的桃林中，除那班爱闹的孩子以外，万物把春光领略得心眼都迷蒙了。

佳作赏析：

许地山（1893—1941），福建龙溪人，作家、学者。著有散文集《空山灵雨》，小说集《缀网劳蛛》，学术论著《中国道教史》等。

《春的林野》是许地山写景散文中的一篇代表作。

许地山这篇散文的意境很像王维的《山居秋暝》：空灵的山谷好像刚刚洗过一样清新，滋润涤荡了浣衣女、打渔夫世俗的身心。而浣衣女的嬉闹又赋予了宁静的空山以生命的灵动。无限旖旎的大自然，像纯洁烂漫的孩子；而天真、淘气，林野里酣然游戏的孩子又像极了澄澈无瑕、春光荡漾的大自然。在这篇散文中，人与自然合二为一，相得益彰、相映生辉。

作者在文中描绘了一幅人与自由和谐相处的优美图画，体现的是一种恬淡、平和、静美的中年心境，是充盈、圆满、幸福里漫溢出来的甜蜜遐想。

故乡的杨梅

□［中国］鲁彦

过完了长期的蛰伏生活，眼看着新黄嫩绿的春天爬上了枯枝，正欣喜着想跑到大自然的怀中，发泄胸中的抑郁，却忽然病了。

唉，忽然病了。

我这粗壮的躯壳，不知道经过了多少炎夏和严冬，被轮船和火车抛掷过多少次海角与天涯，尝受过多少辛劳与艰苦，从来不知道战栗或疲倦的呵，现在却呆木地躺在床上，不能随意地转侧了。

尤其是这躯壳内的这一颗心。它历年可是铁一样的。对着眼前的艰苦，它不会畏缩；对着未来的憧憬，它不肯绝望；对着过去的痛苦，它不愿回忆的呵，然而现在，它却尽管凄凉地往复的想了。

唉，唉，可悲呵，这病着的躯壳的病着的心。

尤其是对着这细雨连绵的春天。

这雨，落在西北，可不全像江南的故乡的雨吗？细细的，丝一样，若断若续的。

故乡的雨，故乡的天，故乡的山河和田野……还有那蔚蓝中衬着整齐的金黄的菜花的春天，藤黄的稻穗带着可爱的气息的夏天，蟋蟀和纺织娘们在濡湿的草中唱着诗的秋天，小船吱吱地触着沉默的薄冰的冬天……还有那熟识的道路，还有那亲密的故居……

不，不，我不想这些，我现在不能回去，而且是病着，我得让我的心平静；恢复我过去的铁一般的坚硬，告诉自己：这雨是落在西北，不是故乡的雨——而且不像春天的雨，却像夏天的雨。

不要那样想吧，我的可怜的心呵，我的头正像夏天的烈日下的汽油缸，将要炸裂了，我的嘴唇正干燥得将要迸出火花来了呢。让这夏天的雨来压下我头部的炎热，让……让……

唉，唉，就说是故乡的杨梅吧……它正是在类似这样的雨天成熟的呵。

故乡的食物，我没有比这更喜欢的了。倘若我爱故乡，不如就说我完全是爱的这叫做杨梅的果子吧。

呵，相思的杨梅！它有着多么惊异的形状，多么可爱的颜色，多么甜美的滋味呀。

它是圆的，和大的龙眼一样大小，远看并不稀奇，拿到手里，原来它是满身生着刺的哩。这并非是它的壳，这就是它的肉。不知道的人，一定以为这满身生着刺的果子是不能进口的了，否则也须用什么刀子削去那刺的尖端的吧？然而这是过虑。它原来是希望人家爱它吃它的。只要等它渐渐长熟，它的刺也渐渐软了，平了。那时放到嘴里，软滑之外还带着什么感觉呢？没有人能想得到，它还保存着它的特点，每一根刺平滑地在舌尖上触了过去，细腻柔软而且亲切——这好比最甜蜜的吻，使人迷醉呵。

颜色更可爱呢。它最先是淡红的，像娇嫩的婴儿的面颊，随后变成了深红，像是处女的害羞，最后黑红了——不，我们说它是黑的。然而它并不是黑，也不是黑红，原来是红的。太红了，所以像是黑。轻轻的啄开它，我们就看见了那新鲜红嫩的内部，同时我们已染上了一嘴的红水。说他新鲜红嫩，有的人也许以为一定像贵妃的肉色似的荔枝吧？嗳，那就错了。荔枝的光色是呆板的，像玻璃、像鱼目；杨梅的光色却是生动的，像映着朝霞的露水呢。

滋味吗？没有十分成熟是酸带甜，成熟了便单是甜。这甜味可决不使人讨厌，不但爱吃甜味的人尝了一下舍不得丢掉，就连不爱吃甜味的人也会完全给它吸引住，越吃越爱吃。它是甜的，然而又依然是酸的，而这酸味，我们须待吃饱了杨梅以后，再吃别的东西的时候，才能领会得到。那时我们才知道自己的牙齿酸了、软了，连豆腐也咬不下了，于是我们才恍然悟到刚才吃多了酸的杨梅。我们知道这个，然而我们仍然爱它，我们仍须吃一个大饱。它真是世上最迷人的东西。

唉，唉，故乡的杨梅呵。

细雨如丝的时节，人家把它一船一船的载来，一担一担的挑来，我们一篮一篮的买了进来，挂一篮在檐口下，放一篮在水缸盖上，倒上一脸盆，用冷水一洗，一颗一颗放进嘴里，一面还没有吃了，一面又早已从脸盆里拿起了一颗，一口气吃了一二十颗，有时来不及把它的核一一吐出来，便一直吞进了肚里。

“生了虫呢……蛇吃过了呢……”母亲看见我们吃得快，吃得多，便这样的说了起来，要我们仔细地看一看，多多地洗一番。

但我们并不管这些，它成了我们的生命，我们越吃越快了。

“好吃，好吃，”我们心里这样想着，嘴里却没有余暇说话。待肚子胀上加胀，胀上加胀，眼看着一脸盆的杨梅吃得一颗也不留，这才呆笨地挺着肚子，走了开去，叹气似的嘘出一声“咳”来……

唉，可爱的故乡的杨梅呵。

一年，二年……我已有十六七年不曾尝到它的滋味了。偶尔回到故乡，不是在严寒的冬天，便是在酷热的夏天，或者杨梅还未成熟，或者杨梅已经落完了。这中间，曾经有两次，在异地见到过杨梅，比故乡的小，比故乡的酸，颜色又不及故乡的红。我想回味过去，把它买了许多来。

“长在树上，有虫爬过，有蛇吃过呢……”

我现在成了大人，有了知识，爱惜自己的生命甚于杨梅了。我用沸滚的开水去细细地洗杨梅，觉得还不够消除那上面的微菌似的。

于是它不但更不像故乡的，简直不是杨梅了。我只尝了一二颗，便不再吃下去。

最后一次我终于在离故乡不远的地方见到了可爱的故乡的杨梅。

然而又因为我成了大人，有了知识，爱惜自己的生命甚于杨梅，偶然发现一条小虫，也就拒绝了回味的欢愉。

现在我的味觉也显然改变了，即使回到故乡，遇到细雨如丝的杨梅时节，即使并不害怕从前的那种吃法，我的舌头应该感觉不出从前的那种美味了，我的牙齿应该不能像从前似的能够容忍那酸性了。

唉，故乡离开我愈远了。

我们中间横着许多鸿沟。那不是千万里的山河的阻隔，那是……

唉，唉，我到底病了。我为什么要想到这些呢？

看呵，这眼前的如丝的细雨，不是若断若续地落在西北的春天里吗？

佳作赏析：

鲁彦（1902—1944），浙江镇海人，现代作家。著有长篇小说《愤怒的乡村》，散文集《随踪琐记》等。

这篇散文是鲁彦的代表作品之一。

作者身在异乡，又疾病缠身，心情低落。而西北地区并不常见的雨将作者的思绪带到了故乡江南，自然而然地想起了家乡的特产杨梅。有些沉郁的笔触此时变得轻快起来，作者开始了对杨梅及快乐童年的回忆。

一句“倘若我爱故乡，不如就说我完全是爱的这叫做杨梅的果子吧。”将作者对杨梅超乎寻常的喜欢表达得淋漓尽致。紧接着，作者从形状、颜色、滋味几个方面介绍杨梅，而后面小孩子贪吃的景象更使读者对杨梅的美味垂涎不已。而文章结尾作者的思绪又回到现实，通过眼前的细雨表达了淡淡的乡愁，令人回味无穷。

钓鱼

□［中国］鲁彦

秋天早已来了，故乡的气候却还在夏天里。

那些特殊的渔夫，便是最好的例证。

那是一些十岁以上十六岁以下的男女孩子，和十六岁以上的青年以及四五十岁的将近老年的男子。他们像埋伏的哨兵似的，从村前到村后，占据着两道弯弯曲曲的河岸。孩子们五六成群的多在埠头上蹲着、坐着，或者伏着，把头伸在水面上，窥着水中石缝间的鱼虾。他们的钓竿是粗糙的、短小的，用细小的黄铜丝做的小钩，小钩上串着黑色的小蚯蚓，用鸡毛做浮子，用细线穿着。河虾是他们唯一的目的物。有时他们的头相碰了，钓线和钓线相缠了，这个的脚踢翻了那个的虾盆，便互相詈骂起来，厮打起来。青年们三三两两的或站在河滩的浅处，或坐在水车尽头上，或蹲在船边，一边望着水面的浮子，一面时高时低地笑语着。他们的钓竿是柔软的、细长的，一节一节青黑相间，显得特别美丽。他们用鹅毛做浮子，用丝线穿着，用针做成钩子。钩上串着红色的大蚯蚓。鲫鱼是他们的目的物。老年人多是单独地占据一处，坐在极小的板凳上，支着纸伞或布伞，静默得像打瞌睡似的望着水面的浮子。他们的钓竿和青年们的一样，但很少像青年们那样美丽。他们的目的物也是鲫鱼。在这三种人之外，有时还有几个中年的男子，背着粗大的钓竿，每节用黄铜丝包扎着，发着闪耀的光，用粗大的弦线穿着一大串长而且粗的浮子，把弦线卷在洋纱车筒上，把车筒钉在钓竿的根上，钩子是两枚或三枚的大铁钩。用染黑的铜丝紧扎着，不用食饵。他们像巡逻兵似的，在河岸上慢慢地走着，注意着水面。那里起了泡沫，他们便把钩子轻轻地坠下去，等待鱼儿的误触。鲤鱼是他们的目的物。

说他们是渔夫，实际上却全不是。真正的渔夫是有着许多更有保证的方法捕捉鱼虾的。现在这群渔夫，大人们不过是因为闲散，青年们和孩子们因为感觉到兴趣浓厚罢了。有些人甚至不爱吃这些东西，钓上了，把它们养在水缸里。

我从前就是那样的一个渔夫。我不但不爱吃鱼，连闻到有些鱼的气息也要作呕的，河虾也只能勉强尝两三只。但我小时却是一个有名的善钓鱼虾的孩子。

我们的老屋在这村庄的中央，一边是桥，桥的两头是街道，正是最热闹的地方。河水由南而北，在我们老屋的东边经过。这里的河岸都用乱石堆嵌出来，石洞最多，河虾也最多。每年一到夏天，河水渐渐浅了、清了，从岸上可以透彻地看到近处的河底。早晨的太阳从东边射过来，石洞口的虾便开始活泼地爬行。伏在岸上往下望，连一根一根的虾须也清晰地看得见。

这时和其他的孩子们一样，我也开始忙碌了。从柴堆里选了一根最直的小竹竿，砍去了旁枝和丫杈，在煤油灯上把弯曲的竹节炙直了，拴上一截线。从屋角里找出鸡毛来，扯去了管旁的细毛，把鸡毛管剪成几分长的五截，穿在线上，加上小小的锡块，用铜丝捻成小钩，钓竿就成功了。然后在水缸旁阴湿的泥地，掘出许多黑色的小蚯蚓，用竹管或破碗装了，拿着一只小水桶，就到墙外的河岸上去。

“又要忙啦！钓来了给谁吃呀！”母亲每次总是这样地说。

但我早已笑嘻嘻地跑出了大门。

把钩子沉在岸边的水里，让虾儿们自己来上钩，是很慢的，我不爱这样。我爱伏在岸上，把钓竿放下，不看浮子，单提着线，对着一个一个的石洞口，上下左右的牵动那串着蚯蚓的钩子。这样，洞内洞外的虾儿立刻就被引来了。它颇聪明，并不立刻就把串着蚯蚓的钩子往嘴里送，它只是先用大钳拨动着，作一次试验。倘若这时浮子在水面，就现出微微地抖动，把线提起来，它便立刻放松了。但我只把线微微地牵动，引起它舍不得的欲望，它反用大钳钩紧了，扯到嘴边去。但这时它也还并不往嘴里送，似在作第二次试验；把钩子一推一拉地动着。于是浮子在水面，便跟着一上一下地浮沉起来。我只再把线牵得紧一点，它这才把钩子拉得紧紧地往嘴里送了。然而倘若凭着浮子的浮沉，是常常会脱钩的。有些聪明的虾儿常常不把钩子的尖头放进嘴里去，它们只咬着钩子的弯角处。见到这种吃法的虾子，我便把线搓动着，一紧一松地牵扯，使钩尖正对着它的嘴巴。看见它仿佛吞进去了，但也还不能立刻提起线来，有时还须把线轻轻地牵到它的反面，让钩子扎住它的嘴角，然后用力一提，它才嘶嘶嘶地弹着水，到了岸上。

把钩子从虾嘴里拿出来，把虾儿养在小水桶里，取了一条新鲜的小蚯蚓，放在左手心上，轻轻地用右手拍了两下，拍死了，便把旧的去掉，换上新的，放下水里，第二只虾子又很快地上钩了。同一个石洞里，常常住着好几只虾子，洞外又有许多游击队似的虾儿爬行着：腹上满贮着虾子的老实的雌虾，全身长着绿苔的凶狠的老虾，清洁透明的活泼的小虾。它们都一一地上了我的钩，进了我的小水桶。

“你这孩子真会钓，这许多！”大人们望了一望我的小水桶，都这样称赞说。

到了中午，我的小水桶里已经装满了。

“看你怎样吃得了！……”母亲又欢喜又埋怨地说。

她给我在饭锅里蒸了五六只，但我照例只勉强吃了一半，有时甚至咬了半只就停筷了。

到了第二天早晨水桶里的虾儿呆的呆了，白的白了，很少能够养得活。母亲只好把它们煮熟了，送给隔壁的人家吃。因为她和我姊姊是比我更不爱吃的。

“你只是给人家钓，还要我赔柴赔盐赔油葱！”她老是这样地埋怨我。“算了吧，大热天，坐在房子里不好吗？你看你面孔，你头颈，全晒黑啦！”

但我又早已拿着钓竿、蚯蚓，提着小水桶，悄悄地走到河边去了。

夏天一到，没有什么比这更快乐，空水桶出去，满水桶回来，一只大的、一只小的，一只雌的、一只雄的，嘶嘶嘶弹着水从河里提上来，上下左右叠着堆着。

直至秋天来到，天气转凉了，河水大了，虾儿们躲进石洞里，不大出来，我也就把钓竿藏了起来。但这时母亲却恶狠狠地把我的钓竿折成了两三段，当柴烧了。

“还留到明年吗？一年比一年大啦，明年还要钓虾吗？明年再钓虾不给你读书啦，把你送给渔翁，一生捕鱼过活！……”

我默默地不做声，惋惜地望着灶火中毕剥地响着的断钓竿。

待下一年的夏天到时，我的新钓竿又做成了：比上年的长，比上年的直，比上年的美丽，钓来的虾也比上年的多。母亲老是说着照样的话，老是把虾儿煮熟了送给人家吃。

十六岁那一年，我的钓竿突然比我身体高了好几尺。我要开始钓鱼了。

两个和我最要好的同族的哥哥，一个叫做阿成哥，一个叫做阿华哥，替我做成了钓鱼竿，竹竿、浮子、钩子、锡块，全是他们的东西，我只拿了母亲一根丝线。做这钓竿的工厂就在阿华哥的家里，母亲全不知道。直至一切都做好了，我才背着那节节青黑相间的又粗长又柔软的钓竿，笑嘻嘻地走到家里来。

“妈……”我高兴地提高声音叫着，不说别的话。

我把背在肩上的钓竿竖起来，预备放下的时候，竿梢触着了顶上的天花板，发出悉率悉率的声音。我仿佛觉得自己长大了许多，亲手触着了天花板似的。

这时母亲从厨房里走出来了，她惊讶地呆了许久。像喜欢又像生气地瞪着眼望了望我的钓竿，又望了望我的全身。

过了一会，她的脸色渐渐沉下，显得忧郁的样子，叹了一口气，说了："咳！十六岁啦，看你长得多么高啦，还不学好！难道真的一生钓鱼过活吗？……"

她哽咽起来，默然走进了厨房。

我给她吓了一跳，轻轻把钓竿放下，待了半天，不敢到厨房里去见她。过了许久，我独自走到楼上读书去了。

但钓竿就在脚下，只隔着一层楼板，仿佛它时刻在推我的脚底，使我不能安静。

第二天早饭后，趁着母亲在厨房里收拾碗筷，我终于暗地里背着我的可爱的钓竿出去了。

阿华哥正拿着锄头到邻近的屋边去掘蚯蚓，我便跟了去，分了他几条。又从他那里拿了一点糠灰，用水拌湿了，走到河边，用钓竿比一比远近，试一试河水的深浅，把一团糠灰丢了下去。看着它慢慢沉下去，一路融散，在河边做了一个记号，把钓竿放在阿华哥家里，又悄悄地跑到自己的家里。

母亲似乎并没注意到钓竿已经不在家里了，但问我到哪里去跑了一趟。我用别的话支吾了开去，便到楼上大声地读了一会儿书。

过了一刻钟，估计着丢糠灰的地方，一定集合了许多鱼儿，我又悄悄地下了楼，溜了出去，到阿华哥家里背了我的钓竿。

这时丢过糠灰的河中，果然聚集了许多鱼儿了。从水面的泡沫，可以看得出来。它们继续不断地这里一个，那里一个，亮晶晶的珠子似的滚到了水面。单独的是鲫鱼，成群的大泡沫有着游行性的是鲤鱼，成群的细泡沫有着固定性的是甲鱼。

我把大蚯蚓拍死，串在钩子上，卷开线，往那水泡最多的地方丢了下去，然后一手提着钓竿，静静地站在岸上注视着浮子的动静。

水面平静得和镜子一样，七粒浮子有三粒沉在水中，连极细微的颤动也看得见，离开河边几尺远，虾儿和小鱼是不去的。红色的蚯蚓不是鲤鱼和甲鱼所爱吃，爱吃的只有鲫鱼。它的吃法，可以从浮子上看出来：最先，浮子轻微地有节拍地抖了几下，这是它的试验，钓竿不能动，一动，它就走了；随后水面上的浮子，一粒或半粒，沉了下去，又浮了上来，反复了几次，这是它把钩子吸进嘴边又吐了出来，钓竿仍不能动，一动，尚未深入的钩子就从它的嘴边溜脱了；最后，水面的浮子，两三粒一起地突然往下沉了下去，又即刻一起浮了上来，这是它完全把钩子吞了进去，拖着往上跑的时候，可以迅速地把竿子提起来；倘若慢了一刻，等本来沉在水下的三粒浮子也送上水面，它就已吃去了蚯蚓，脱了钩了。

我知道这一切，眼快手快，第一次不到十分钟就钓上了一条相当大的鲫鱼。但同时到底因为初试，用力过猛了一点儿，使钩上的鱼儿跟着钓线绕了一个极大的圆圈，倘不是立刻往后跳了几步，鱼儿又落到水面，可就脱了钩了。然而它虽然没有落在水面，却已拍的撞在石路上，给打了个半死半活。

于是我欢喜地高举着钓竿，往家里走去。鱼儿仍在钓钩上，柔软的竿尖一松一紧地颤动着，仿佛蜻蜓点水一样。

“妈！大鱼来啦！大鱼来啦！……”我大声地叫了进去。

走到檐口，抬起头来，原来母亲已经站在我右边的后方，惊讶地望着。她这静默的态度，又使我吃了一惊，一场欢喜给她打散了一大半。我也便不敢做声，呆呆地立住了。

“果然又去钓鱼啦！……”过了一会儿，她埋怨说，“要是大鲤鱼上了钩，把你拖下河里去怎么办呢？……”

“那不会！拖它不上来，丢掉钓竿就是！”我立刻打断她的话，回答说。我知道她对这事并不严重，便索性拿了一只小水桶，又跑出去了。

到了吃中饭的时候，我提了满满的一桶回家。下午换了一个地方，又是一满桶。

“我可不给你杀，我从来不杀生的！”母亲说。

然而我并不爱吃，鲫鱼是带着很重的河泥气的，比海鱼还难闻。我把活的养在水缸里，半死的或已死的送给了邻居。

日子多了，母亲觉得惋惜，有时便请别人来杀，叫姊姊来烤，强迫我吃，放在我的面前，说："自己钓上来的鱼，应该格外好吃的，也该尝一尝！要不然，我把你钓竿折断当柴烧啦！"

于是我便不得不忍住了鼻息，钳起几根鱼边的葱来，胡乱地拨碎了鱼身。待第二顿，我索性把鱼碗推开了。它的气味实在令人作呕。母亲不吃，姊姊也不吃，终于又送了人。

然而我是快活的，我的兴趣全在钓的时候。

十八岁春天，我离开家乡了。一连五六年，不曾钓过鱼，也不曾见过鱼。我把我大部分的年月消耗在干燥的沙漠似的北方。

二十四岁回到故乡，正在夏天里，河岸的两边满是一班生疏的新的渔夫。我的心突突地跳着，想做一根新的钓竿去参加，终于没有勇气。父亲母亲和周围的环境支配着我，像都告诉我说，我现在成了一个大人了，而且是一个斯文的先生，上等的人物，是不能和孩子们，粗人们一道的。只有我的十二岁的妹妹，她现在继续着我，成了一个有名的钓虾的人物，我跟着她去，远远地站着，穿着文绉绉的长衫，仿佛在监视着她，怕她滚下河去似的，望了一会儿，但也不敢久了，便匆遽地回到屋里。

直至夏天将尽，我才有了重温旧梦的机会。

那时我的姊姊带了两个孩子，搬到了离我们老屋五里外的一个地方，我到那里去做了七八天的客人。

她的隔壁是我的一个堂叔的家。我小的时候，这个堂叔是住在我们老屋隔壁的，和我最亲热，和我父亲最要好。他约莫比我大了十一二岁，据说我小的时候，就是他抱大的。我只记得我十一二岁的时候，还时常爬到他的身上骑呀背呀的玩。七八年前，因为他要在婶婶的娘家那边街上开店，他便搬了家。姊姊所以搬到那边去，也就是因为有他们在那里住着，可以照顾。

这时叔叔已经没有开店了，在种田。有了两个孩子。他是没有一点祖遗的产业的人，开店又亏了本。生活的重担使他弯了一点背，脸上起了一些皱纹，他的皮肤被太阳晒成了棕红色，完全不像六七年前的样子了。只有他温和的笑脸，还依然和从前一样，见到我总是照样得非常亲热。他使我忘记了我已是二十几岁的大人，对他又发出孩子气来。

他屋前有一簇竹林，不大也不小，几乎根根都可以做钓鱼竿。二十几步外是一条东西横贯的河道。因为河的这边人口比较稀少，河的那边是旷野，往西五六里便是大山，所以这里显得很僻静，埠头上很少人洗衣服河岸上很少行人，河道中也很少船只。我觉得这里是最适宜于我钓鱼了，便开始对叔叔露出欲望来。

“这一根竹子可以做钓鱼竿，叔叔！”我随意指着一根说。

叔叔笑了，他立刻知道了我的意思，摇一摇头，说：“这根太粗啦。你要钓鱼，我给你拣一根最好的。——你从前不是很喜欢钓鱼吗，现在没事，不妨消遣消遣。”

我立刻快乐了。我告诉他，我真的想钓鱼，在外面住了这许多年，是看不见故乡这种河道的。随后我就想亲自走到竹林里去，选择一根好的。

但他立刻阻止我了：“那里有刺，你不要进去，我给你砍吧。”

于是他拿了一把菜刀进去了。拣出来的正是一根细长柔软合宜的竹竿。随后鹅毛、钩子、锡块他全给我到街上买了来。糠灰、丝线是他家里有的。现在只差蚯蚓了。

“我自己去掘，”我说。

“你找不到，”他说，拿了锄头，“这里只有放粪缸的附近有那种蚯蚓，我看见别人掘到过，那里太脏啦，你不要去，还是我给你去掘吧。”

他说着走了，一定要我在屋内等他。

直至一切都预备齐，我欣喜地背上新的钓竿，预备出发的时候，他又在我手中抢去了小水桶和蚯蚓碗，陪着我到了河边。随后他回去了，一会儿拿了一条小凳来。

“坐着吧，腿子要站酸的哩。”

“好吧，叔叔，你去做你的事，等一会儿吃我钓上来的鱼。”

但他去了一会儿又来了，拿着一顶伞。

“太阳要晒黑的，戴着伞好些。”他说着给我撑了开来。

“我叫你婶婶把锅子洗干净了等你的鱼，我有事去啦。”他这才真的到他的田头去了。

五六年不见，我和我的叔叔都变了样了，但我们的两颗心都没有变，甚至比以前还亲热，面前的河道虽然换了场面，但河水却更清澈平静。许久不曾钓鱼了，我的技术也还没有忘却，而且现在更知道享受故乡的田园的乐趣。一根草、一叶浮萍、一个小水泡、一撮细小的波浪，甚至水中的影子极微地颤动，我都看出了美丽，感到了无限的愉悦。我几乎完全忘记了我是在钓鱼。

一连三天，我只钓上了七八条鱼。大家说我忘记了，我真的忘记了。

“总是看着山水出神啦，他不是五六年不见这种河道了吗？”叔叔给我推想说。

只有他最知道我。

然而我们不能长聚，几天后我不但离别了他，并且离别了故乡。

又过三年回来，我不能再看见我的叔叔。他在一年前吐血死了，显然是因为负担过重之故。

从那一次到现在，十多年了，为了生活的重担，我长年在外面奔波着，中间也只回到故乡三次，多是稍住一二星期，便又走了。只有今年，却有了久住的机会。但已像战斗场中负伤的兵士似的，尝遍了太多的苦味，有了老人的思想，对一切都感到空虚，见着叔叔的两个十几岁孩子，和自己的六岁孩子，夹杂在河边许多特殊的渔夫的中间，伏着蹲着，钓虾钓鱼，熙熙攘攘，虽然也偶然感兴趣，走过去踱了一会儿，但已没有从前那样的耐心，可以一天到晚在街头或河边呆着。

我也已经没有欲望再在河边提着钓竿。我今日也只偶然地感到兴奋，咀嚼着过去的滋味。

佳作赏析：

鲁彦（1902—1944），浙江镇海人，现代作家。著有长篇小说《愤怒的乡村》，散文集《随踪琐记》等。

在中外作家中写钓鱼的作品很多，而鲁彦的这篇是其中不可多得的精品之作。

在鲁彦的笔下，一幅幅生动的浙东乡村画面跃然纸上：清凉的夏天，村外的河边，一群群青年和少年，各自拿着自己的工具去钓鱼。母亲一声声关切的叮嘱，河岸上的伙伴，清澈透明的河水，山情水趣，闲适的时光，收获的快乐……亲情、友情，对家乡、对童年的怀念全都交织在一起，令人读来情趣盎然。

然而时光如逝，童年的小伙伴都已长大成人，只留下淡淡的乡愁。

牵牛花

□［中国］叶圣陶

手种牵牛花，接连有三四年了。水门汀地没法下种，种在十来个瓦盆里。泥是今年又明年反复用着的，无从取得新的泥来加入，曾与铁路轨道旁种地的那个北方人商量，愿出钱向他买一点儿，他不肯。

从城隍庙的花店里买了一包过磷酸骨粉，掺和在每一盆泥里，这算代替了新泥。

瓦盆排列在墙脚，从墙头垂下十条麻线，每两条距离七八寸，让牵牛的藤蔓缠绕上去。这是今年的新计划，往年是把瓦盆摆在三尺光景高的木架子上的。这样，藤蔓很容易爬到了墙头；随后长出来的互相纠缠着，因自身的重量倒垂下来，但末梢的嫩条便又蛇头一般仰起，向上伸，与别组的嫩条纠缠，待不胜重量时重演那老把戏；因此墙头往往堆积着繁密的叶和花，与墙腰的部分不相称。今年从墙脚爬起，沿墙多了三尺光景的路程，或者会好一点儿；而且，这就将有一垛完全是叶和花的墙。

藤蔓从两瓣子叶中间引伸出来以后，不到一个月工夫，爬得最快的几株将要齐墙头了，每一个叶柄处生一个花蕾，像谷粒那么大，便转黄萎去。据几年来的经验，知道起头的一批花蕾是开不出来的；到后来发育更见旺盛，新的叶蔓比近根部的肥大，那时的花蕾才开得成。

今年的叶格外绿，绿得鲜明；又格外厚，仿佛丝绒剪成的。这自然是过磷酸骨粉的功效。他日花开，可以推知将比往年的盛大。

但兴趣并不专在看花，种了这小东西，庭中就成为系人心情的所在，早上才起，工毕回来，不觉总要在那里小立一会儿。那藤蔓缠着麻线卷上去，嫩绿的头看似静止的，并不动弹；实际却无时不回旋向上，在先朝这边，停一歇再看，它便朝那边了。前一晚只是绿豆般大一粒嫩头，早起看时，便已透出二三寸长的新条，缀一两张长满细白绒毛的小叶子，叶柄处是仅能辨认形状的小花蕾，而末梢又有了绿豆般大一粒嫩头。有时认着墙上斑驳痕想，明天未必便爬到那里吧；但出乎意外，明晨竟爬到了斑驳痕之上；好努力的一夜工夫！“生之力”不可得见；在这样小立静观的当儿，却默契了“生之力”了。渐渐地，浑忘意想，复何言说，只呆对着这一墙绿叶。

即使没有花，兴趣未尝短少；何况他日花开，将比往年盛大呢。

佳作赏析：

叶圣陶（1894—1988），江苏苏州人，作家、教育家。著有小说集《隔膜》，长篇小说《倪焕之》，童话集《稻草人》，散文集《剑鞘》《未厌居习作》等。

叶圣陶的这篇《牵牛花》看似平淡，其实韵味无穷。

朴素平实的语言，家常式的叙述，就像是一位赋闲在家的老伯向你推心置腹地传授种花的经验，听着听着就让人心为之驰，为之神往了。

这篇不长的文章是循着“种花——赏花——悟花”的思路谋篇布局的。结尾的“悟花”道出了作者的立意：牵牛花这种看似靠着攀缘生成的小植物，却有着宁死不屈的性格，这不得不让我们从心底对它产生一种敬佩，甚至是敬畏之感。

超山的梅花

□［中国］郁达夫

凡到杭州来游的人，因为交通的便利和时间的经济的关系，总只在西湖一带登山望水，漫游两三日，便买些土产，如竹篮纸伞之类，匆匆回去；以为雅兴已尽，尘土已经涤去，杭州的山水佳处，都曾享受过了。所以古往今来，一般人只知道三竺六桥，九溪十八涧，或西湖十景，苏小岳王；而离杭城三五十里稍东偏北的一带山水，现在简直是很少有人去玩，并且也不大有人提起的样子。

在古代可不同，至少至少，在清朝的乾嘉道光，去今百余年前，杭州人的好游的，总没有一个不留恋西溪，也没有一个不披蓑戴笠去看半山（即皋亭山）的桃花，超山的香雪的。原因是因为那时候杭州和外埠的交通，所取的路径都是水道；从嘉兴上海等处来往杭州，运河是必经之路。舟人塘栖，两岸就看得到山影；到这里，自杭州去他处的人，渐有离乡去国之感，自外埠到杭州来的人，方看得到山明水秀的一个外廓；因而塘栖镇和超山，独山等处，便成了一般旅游之人对杭州的记忆的中心。

超山是在塘栖镇南，旧日仁和县（现在并入杭县了）东北六十里的永和乡的，据说高有五十余丈，周二十里（咸淳《临安志》作三十七丈），因其山超然出于皋亭黄鹤之外，故名。

从前去游超山，是要从湖墅或拱宸桥下船，向东向北向西向南，曲折回环，冲破菱荇水藻而去的；现在汽车路已经开通，自清泰门向东直驶，至乔司站落北更向西，抄过临平镇，由临平山西北，再驰十余里，就可以到了；“小红唱曲我吹箫”的船行雅处，现在虽则要被汽车的机器油破坏得丝缕无余，但坐船和坐汽车的时间的比例，却有五与一的大差。

汽车走过的临平镇，是以释道潜的一首“风蒲猎猎弄轻柔，欲立蜻蜓不自由，五月临平山下路，藕花无数满汀洲”的绝句出名；而超山北面的塘栖镇，又以南宋的隐士，明末清初的田园别墅出名；介与塘栖与超山之间的丁山湖，更以水光山色，鱼虾果木出名；也无怪乎从前的文人骚客，都要向杭州的东面跑，而超山皋亭山的名字每散见于诸名士的歌咏里了。

超山脚下，塘栖附近的居民，因为住近水乡，阡陌不广之故，所靠以谋生的完全是果木的栽培。自春历夏，以及秋冬，梅子、樱桃、枇杷、杏子、甘蔗之类的出产，一年总有百万元内外。所以超山一带的梅林，成千成万；由我们过路的外乡人看来，只以为是乡民趣味的高尚。个个都在学林和靖的终身不娶，殊不知实际上是他们却是正在靠此而养活妻孥的哩！

超山的梅花，向来是开在立春前后的；梅干极粗极大，枝杈离披四散，五步一丛，十步一坂，每个梅林，总有千株内外，一株的花朵，又有万颗左右；故而开的时候，香气远传到十里之外的临平山麓，登高而远望下来，自然自我一个雪海。近年来虽说梅株减少了一点，但我想比到罗浮的仙境，总也只有过之，不会不及。

从杭州到超山去的汽车路上，过临平山后，两旁已经有一处一处的梅林在迎送了，而汇聚得最多，游人所必到的看梅胜地，大抵总在汽车站西南，超山东北麓，报慈寺大明堂（亦称大明寺）前头，梅花丛里有一个周梦坡筑的宋梅亭在那里的周围五六里地的一圈地方。

报慈寺里的大殿（大约就是大明堂了罢），前几年被寺的仇人毁坏了，当时还烧死了一位当家和尚在殿东一块石碑之下。但殿后的一块刻有吴道子画的大士像的石碑，还好好地镶在壁里，丝毫没有动。去年我去的时候，寺僧刚在募化重修大殿；殿外面的东头，并且已经盖好了三间厢房在作客室。后面高一段的三间后殿，火烧时也不曾烧去，和尚手指着立在殿后壁里的那一块石刻大士像碑说："这都是这位大慈大悲救苦救难广大灵感观世音菩萨的福佑！"

在何春渚删成的《塘栖志略》里，说大明寺前有一口井，井水甘洌！旁树石碣，刻有"一人堂堂，二曜重光，泉深尺一，点去冰旁；二人相连，不欠一边，三梁四柱烈火燃，添却双钩两日全"之碑铭，不识何意等语。但我去大明堂（寺）的时候，却既不见井，也不见碑；而这条碑铭，我从前是曾在一部笔记叫做《桂苑丛淡》的书里看到过一次的。这书记载着："令狐相公出镇淮海日，支使班蒙，与从事诸人，俱游大明寺之西廊，忽睹前壁，题有此铭，诸宾皆莫能辨，独班支使曰：'得非大明寺水，天下无此八字乎？'众皆恍然。"从此看来，《塘栖志略》里所说的大明寺井碑，应是抄来的文章，而编者所谓不识何意者，还是他在故弄玄虚。当然，寺在山麓，地又近水，寺前寺后，井是当然有一口的；井里的泉，也当然是清冽的；不过此碑此铭，却总有点儿可疑。

大明寺前的所谓宋梅，是一棵屈曲苍老，根脚边只剩了两条树皮围拱，中间空心，上面枝干四叉的梅树。因为怕有人折，树外面全部是用一铁丝网罩住的。树当然是一株老树，起码也要比我的年纪大一两倍，但究竟是不是宋梅，我却不敢断定。去年秋天，曾在天台山国清寺的伽蓝殿前，看见过一株所谓隋梅；前年冬天，也曾在临平山下安隐寺里看见过一枝所谓唐梅；但所谓隋，所谓唐，所谓宋等等，我想也不过"所谓"而已，究竟如何，还得去问问植物考古的专家才行。

出大明堂，从梅花林里穿过，西面从吴昌硕的坟旁一条石砌路上攀登上去，是上超山顶去的大路了。一路上有许多同梦也似的疏林，一株两株如被遗忘了似的红白梅花，不少的坟园，在招你上山，到了半山的竹林边的真武殿（俗称中圣殿）外，超山之所以为超，就有点感觉得到了；从这里向东西北的三面望去，是汪洋的湖水，曲折的河身，无数的果树，不断的低岗，还有塘的两面的点点的人家；这便算是塘栖一带的水乡全景的鸟瞰。

从中圣殿再沿石级上去，走过黑龙潭，更走二里，就可以到山顶，第一要使你骇一跳的，是没有到上圣殿之先的那一座天然石筑的天门。到了这里，你才晓得超山的奇特，才晓得志上所说的"山有石鱼石笋等，他石多异形，如人兽状。"诸记载的不虚。实实在在，超山的好处，是在山头一堆石，山下万梅花，至若东瞻大海，南眺钱江，田畴如井，河道如肠，桑麻遍地，云树连天等形容词，则凡在杭州东面的高处，如临平山黄鹤峰上都用得着的，并非是超山独一无二的绝景。

你若到了超山之后，则北去超山七里地外的塘栖镇上，不可不去一到。在那些河流里坐坐船，果树下跑跑路，趣味实在是好不过。两岸人家，中夹一水；走过丁山湖时，向西面看看独山，向东首看看马鞍龟背，想象南宋垂亡。福王在庄（至今其地还叫做福王庄）上所过的醉生梦死脂香粉腻的生涯，以及明清之际，诸大老的园亭别墅、台榭楼堂，或康熙乾隆等数度的临幸，包管你会起一种像读《芜城赋》似的感慨。

又说到了南宋，关于塘栖，还有好几宗故事，值得一提。第一，卓氏家乘《唐栖考》里说："唐栖者，唐隐士所栖也；隐士名珏，字玉潜，宋末会稽人。少孤，以明经教授乡里子弟而养其母。至元戊寅，浮屠总统杨连真伽，利宋攒宫金玉，故为妖言惑主听，发掘之。珏怀愤，乃货家具。召诸恶少，收他骨易遗骸，瘗兰亭山后，而树冬青树识焉。珏后隐居唐栖，人义之，遂名其地为唐栖。"这镇名的来历说，原是人各不同的，但这也岂不是一件极有趣的故事吗？还有塘栖西龙河圩，相传有宋宫人墓；昔有士子，秋夜凭栏对月，忽闻有环珮之声，不寐听之，歌一绝云："淡淡春山抹未浓，偶然还记旧行踪，自从一入朱门去，便隔人间几万重。"闻之酸鼻。这当然也是一篇绝哀艳的鬼国文章。

塘栖镇跨在一条水的两岸，水南属杭州，水北属德清；商市的繁盛，酒家的众多，虽说只是一个小小的镇集，但比起有些县城来，怕还要闹热几分。所以游过超山，不愿在山上吃冷豆腐黄米饭的人，尽可以上塘栖镇上去痛饮大嚼；从山脚下走回汽车路去坐汽车上塘栖，原也很便，但这一段路，总以走走路坐坐船更为合式。

一九三五年一月九日

佳作赏析：

郁达夫（1896—1945），浙江富阳人，作家。有中篇小说《她是一个弱女子》，散文集《闲书》《屐痕处处》《达夫日记》等。

这是郁达夫散文的代表作品之一。题目虽然是《超山的梅花》，但作者行文的着眼点更多的是介绍超山的地理位置、超山梅花的历史渊源，以及附近的一些寺院、村镇。表面看是一篇游记，实则是作者向外来游客介绍关于超山梅花的相关情况，真正写到梅花本身的文字并不是很多。

郁达夫的散文多以沉郁忧伤为主题，但这篇文章却一改以往的风格，通篇都是对风景及历史典故的介绍，字里行间透着一股悠然闲适的气息。看罢此文，不由得对杭州美景多一点认识，对水乡风物多几分向往。

放风筝

□[中国]梁实秋

偶见街上小儿放风筝，拖着一根棉线满街跑，嬉戏为欢，状乃至乐。那所谓风筝，不过是竹篾架上糊一点纸，一尺见方，顶多底下缀着一些纸穗，其结果往往是绕挂在街旁的电线上。常因此想起我小时候在北平放风筝的情形。我对放风筝有特殊的癖好，从孩提时起直到三四十岁，遇有机会从没有放弃过这一有趣的游戏。在北平，放风筝有一定的季节，大约总是在新年过后开春的时候为宜。这时节，风劲而稳。严冬时风很大，过于凶猛，春季过后则风又嫌微弱了。开春的时候，蔚蓝的天，风不断地吹，最好放风筝。

北平的风筝最考究。这是因为北平的有闲阶级的人多，如八旗子弟，凡属耳目声色之娱的事物都特别发展。我家住在东城，东四南大街，在内务部街与史家胡同之间有一个二郎庙，庙旁边有一爿风筝铺，铺主姓于，人称“风筝于”。他做的风筝在城里颇有小名。我家离他近，买风筝特别方便。他做的风筝种类繁多，如肥沙雁、瘦沙雁、龙井鱼、蝴蝶、蜻蜓、鲇鱼、灯笼、白菜、蜈蚣、美人儿、八卦、蛤蟆以及其他形形色色的。鱼的眼睛是活动的，放起来滴溜溜地转，尾巴拖得很长，临风波动。蝴蝶蜻蜓的翅膀也有软的，波动起来也很好看。风筝的架子是竹制的，上面绷起高丽纸面，讲究的要用绢绸，绘制很是精致，彩色缤纷。风筝于的出品，最精彩是“提线”拴得角度准确，放起来不“折筋斗”，平平稳稳。风筝小者三尺，大者一丈以上，通常在家里玩玩有三尺到六尺就很够了。新年厂甸开放，风筝摊贩也很多，品质也还可以。

放风筝的线，小风筝用棉线即可，三尺以上就要用棉线数绺捻成的“小线”，小线也有粗细之分，视需要而定。考究的要用“老弦”：取其坚牢，而且分量较轻，放起来可以扭成直线，不似小线之动辄出一圆兜。线通常绕在竹制的可旋转的“线桄子”上。讲究的是硬木制的线桄子，旋转起来特别灵活迅速。用食指打一下，桄子即转十几转，自然地把线绕上去了。

有人放风筝，尤其是较大的风筝，常到城根或其他空旷的地方去，因为那里风大，一抖就起来了。尤其是那一种特制的巨型风筝，名为“拍子”，长方形的，方方正正没有一点花样，最大的没有超过九尺。北平的住宅都有个院子，放风筝时先测定风向，要有人带起一根大竹竿，竿顶置有铁叉头或铜叉头（即挂画所用的那种叉子），把风筝挑起，高高举起到房檐之上，等着风一来，一抖，风筝就飞上天去，竹竿就可以撤了，有时候风不够大，举竹竿的人还要爬上房去踞坐在房脊上面。有时候，费了不少手脚，而风姨不至，只好废然作罢。不过这种扫兴的机会并不太多。

风筝和飞机一样，在起飞的时候和着陆的时候最易失事。电线和树都是最碍事的，须善为躲避。风筝一上天，就没有事，有时候进入罡风境界，则不需用手牵着，大可以把线拴在屋柱上面，自己进屋休息，甚至拴一夜，明天再去收回。春寒料峭，在院子里久了会冻得涕泗交流，线弦有时也会把手指勒得青疼，甚至出血，是需要到屋里去休息取暖的。

风筝之“筝”字，原是一种乐器，似瑟而十三弦。所以顾名思义，风筝也是要有声响的，《询刍录》云：“五代李邺于宫中作纸鸢，引线乘风为戏，后于鸢首，以竹为笛，使风入竹，声如筝鸣。”这记载是对的。不过我们在北平所放的风筝，倒不是“以竹为笛”，带响的风筝是两种，一种是带锣鼓的，一种是带弦弓的，二者兼备的当然也不是没有。所谓锣鼓，即是利用风车的原理捶打纸制的小鼓，清脆可听。弦弓的声音比较更为悦耳。有诗为证：

夜静弦声响碧空，
官商信任往来风。
依稀似曲才堪听，
又被风吹别调中。

——高骈《风筝诗》

我以为放风筝是一件颇有情趣的事。人生在世上，局促在一个小圈圈里，大概没有不想偶然远走高飞一下的。出门旅行，游山逛水，是一个办法，然亦不可常得。放风筝时，手牵着一根线，看风筝冉冉上升，然后停在高空，这时节仿佛自己也跟着风筝飞起了，俯瞰尘寰，怡然自得。我想这也许是自己想飞而不可得，一种变相的自我满足罢。春天的午后，看着天空飘着别人家放起的风筝，虽然也觉得很好玩，究不若自己手里牵着线的较为亲切，那风筝就好像是载着自己的一片心情上了天。真是的，在把风筝收回来的时候，心里泛起一种异样的感觉，好像是游罢归来，虽然不是扫兴，不是败兴，至少也是尽兴之后的那种疲惫状态，懒洋洋的，无话可说，从天上又回到了人间，从天上翱翔又回到匍匐地上。放风筝还可以“送幡”（俗呼为“送饭儿”）。用铁丝圈套在风筝线上，圈上附一长纸条，在放线的时候铁丝圈和长纸条便被风吹着慢慢地滑上天去，纸幡在天空飞荡，直到抵达风筝脚下为止。在夜间还可以把一盏一盏的小红灯笼送上去，黑暗中不见风筝，只见红灯朵朵在天上游来游去。放风筝有时也需要一点点技巧，最重要的是在放线松弛之间要控制得宜。风太劲，风筝陡然向高处跃起，左右摇晃，把线拉得绷紧，这时节一不小心风筝便会倒栽下去。栽下去不要慌，赶快把线一松，它立刻又会浮起，有时候风筝已落到视线所不能及的地方，依然可以把它挽救起来，凡事不宜操之过急，放松一步，往往可以化险为夷，放风筝亦一例也。技术差的人，看见风筝要栽筋斗，便急忙往回收，适足以加强其危险性，以至于不可收拾。风筝落在树梢上也不要紧，这时节也要把线放松，乘风势轻轻一扯便会升起，性急的人用力拉，便愈纠缠不清，直到把风筝扯碎为止。在风力弱的时候，风筝自然要下降，线成兜形，便要频频扯抖，尽量放线，然后再及时收回，一松一紧，风筝可以维持于不坠。

好斗是人的一种本能。放风筝时也可表现出战斗精神。发现邻近有风筝飘起，如果位置方向适宜，便可向它斗争。法子是设法把自己的风筝放在对方的线兜之下，然后猛然收线，风筝陡地直线上升，势必与对方的线兜交缠在一起，两只风筝都摇摇欲坠，双方都急于向回扯线，这时候就要看谁的线粗，谁的手快，谁的地势优了。优胜的一方面可以扯回自己的风筝，外加一只俘虏，可能还有一段的线。我在一季之中，时常可以俘获四五只风筝。把俘获的风筝放起，心里特别高兴，好像是在炫耀自己的胜利品，可是有时候战斗失利，自己的风筝被俘，过一两天看着自己的风筝在天空飘荡，那便又是一种滋味了。这种斗争并无伤于睦邻之道，这是一种游戏，不发生侵犯领空的问题。并且风筝也只好玩一季，没有人肯玩隔年的风筝。迷信说隔年的风筝不吉利，这也许是卖风筝的人造的谣言。

佳作赏析：

梁实秋（1903—1987），浙江江杭县（今余杭）人，散文家、学者、文学批评家。作品有散文集《雅舍小品》《看云集》《偏见集》《槐园梦忆》等。

梁实秋的散文擅长从日常生活中取材，于自然平淡处着笔，文章朴实隽永，幽朕风趣，自成一家风格。《放风筝》是这种风格的代表作。

作者在街上看到儿童放风筝嬉戏，蓦然想到了自己孩提时放风筝的乐趣。紧接着作者的回忆一发不可收拾，开始不厌其烦地记叙放风筝的时节、天气要求、技术要点、风筝的种类、风筝线的划分以及斗风筝的技巧等等。读者在体会作者放风筝乐趣的同时，也学到了不少放风筝的实用知识。由于作者才识过人，学问渊博，关于风筝的相关典故、诗词也信手拈来，读来令人趣味盎然。

看花

□［中国］朱自清

生长在大江北岸一个城市里，那儿的园林本是著名的，但近来却很少；似乎自幼就不曾听见过“我们今天看花去”一类话，可见花事是不盛的。有些爱花的人，大都只是将花栽在盆里，一盆盆搁在架上；架子横放在院子里。院子照例是小小的，只够放下一个架子；架上至多搁二十多盆花罢了。有时院子里依墙筑起一座“花台”，台上种一株开花的树；也有在院子里地上种的，但这只是普通的点缀，不算是爱花。

家里人似乎都不甚爱花，父亲只在领我们上街时，偶然和我们到“花房”里去过一两回。但我们住过一所房子，有一座小花园，是房东家的。那里有树，有花架(大约是紫藤花架之类)，但我当时还小，不知道那些花木的名字；只记得爬在墙上的是蔷薇而已。园中还有一座太湖石堆成的洞门；现在想来，似乎也还好的。在那时由一个顽皮的少年仆人领了我去，却只知道跑来跑去捉蝴蝶；有时掐下几朵花，也只是随意挼弄着，随意丢弃了。至于领略花的趣味，那是以后的事；夏天的早晨，我们那地方有乡下的姑娘在各处街巷，沿门叫着，“卖栀子花来。”栀子花不是什么高品，但我喜欢那白而晕黄的颜色和那肥肥的个儿，正和那些卖花的姑娘有着相似的韵味。栀子花的香，浓而不烈，清而不淡，也是我乐意的。我这样便爱起花来了。也许有人会问，“你爱的不是花吧？”这个我自己其实也已不大弄得清楚，只好存而不论了。

在高小的一个春天，有人提议到城外F寺里吃桃子去，而且预备白吃；不让吃就闹一场，甚至打一架也不在乎。那时虽远在五四运动以前，但我们那里的中学生却常有打进戏园看白戏的事。中学生能白看戏，小学生为什么不能白吃桃子呢？我们都这样想，便由那提议人纠合了十几个同学，浩浩荡荡地向城外而去。到了F寺，气势不凡地呵斥着道人们（我们称寺里的工人为道人），立刻领我们向桃园里去。道人们踌躇着说："现在桃树刚才开花呢。"但是谁信道人们的话？我们终于到了桃园里。大家都丧了气，原来花是真开着呢！这时提议人P君便去折花。道人们是一直步步跟着的，立刻上前劝阻，而且用起手来。但P君是我们中最不好惹的，“说时迟，那时快”，一眨眼，花在他的手里，道人已踉跄在一旁了。那一园子的桃花，想来总该有些可看；我们却谁也没有想着去看。只嚷着，“没有桃子，得沏茶喝！”道人们满肚子委屈地引我们到“方丈”里，大家各喝一大杯茶。这才平了气，谈谈笑笑地进城去。大概我那时还只懂得爱一朵朵的栀子花，对于开在树上的桃花，是并不了然的，所以眼前的机会，便从眼前错过了。

以后渐渐念了些看花的诗，觉得看花颇有些意思。但到北平读了几年书，却只到过崇效寺一次；而去得又嫌早些，那有名的一株绿牡丹还未开呢。北平看花的事很盛，看花的地方也很多；但那时热闹的似乎也只有一班诗人名士，其余还是不相干的。那正是新文学运动的起头，我们这些少年，对于旧诗和那一班诗人名士，实在有些不敬；而看花的地方又都远不可言，我是一个懒人，便干脆地断了那条心了。后来到杭州做事，遇见了Y君，他是新诗人兼旧诗人，看花的兴致很好。我和他常到孤山去看梅花。孤山的梅花是古今有名的，但太少；又没有临水的，人也太多。有一回坐在放鹤亭上喝茶，来了一个方面有须，穿着花缎马褂的人，用湖南口音和人打招呼道，“梅花盛开嗒！”“盛”字说得特别重，使我吃了一惊；但我吃惊的也只是说在他嘴里“盛”这个声音罢了，花的盛不盛，在我倒并没有什么的。

有一回，Y来说，灵峰寺有三百株梅花；寺在山里，去的人也少。我和Y，还有N君，从西湖边雇船到岳坟，从岳坟入山。曲曲折折走了好一会儿，又上了许多石级，才到山上寺里。寺甚小，梅花便在大殿西边园中。园也不大，东墙下有三间净室，最宜喝茶看花；北边有座小山，山上有亭，大约叫“望海亭”吧，望海是未必，但钱塘江与西湖是看得见的。梅树确是不少，密密地低低地整列着。那时已是黄昏，寺里只我们三个游人；梅花并没有开，但那珍珠似的繁星似的骨朵儿，已经够可爱了；我们都觉得比孤山上盛开时有味。大殿上正做晚课，送来梵呗的声音，和着梅林中的暗香，真叫我们舍不得回去。在园里徘徊了一会儿，又在屋里坐了一会儿，天是黑定了，又没有月色，我们向庙里要了一个旧灯笼，照着下山。路上几乎迷了道，又两次三番地狗咬；我们的Y诗人确有些窘了，但终于到了岳坟。船夫远远迎上来道：“你们来了，我想你们不会冤我呢！”在船上，我们还不离口地说着灵峰的梅花，直到湖边电灯光照到我们的眼。

Y回北平去了，我也到了白马湖。那边是乡下，只有沿湖与杨柳相间着种了一行小桃树，春天花发时，在风里娇媚地笑着，还有山里的杜鹃花也不少。这些日日在我们眼前，从没有人像煞有介事地提议，“我们看花去。”但有一位S君，却特别爱养花；他家里几乎是终年不离花的。我们上他家去，总看他在那里不是拿着剪刀修理枝叶，便是提着壶浇水。我们常乐意看着。他院子里一株紫薇花很好，我们在花旁喝酒，不知多少次。白马湖住了不过一年，我却传染了他那爱花的嗜好。但重到北平时，住在花事很盛的清华园里，接连过了三个春，却从未想到去看一回。只在第二年秋天，曾经和孙三先生在园里看过几次菊花。“清华园之菊”是著名的，孙三先生还特地写了一篇文，画了好些画。但那种一盆一干一花的养法，花是好了，总觉没有天然的风趣。直到去年春天，有了些余闲，在花开前，先向人问了些花的名字。一个好朋友是从知道姓名起的，我想看花也正是如此。恰好Y君也常来园中，我们一天三四趟地到那些花下去徘徊。今年Y君忙些，我便一个人去。我爱繁花老干的杏，临风婀娜的小红桃，贴梗累累如珠的紫荆；但最恋恋的是西府海棠。海棠的花繁得好，也淡得好；艳极了，却没有一丝荡意。疏疏的高干子，英气隐隐逼人。可惜没有趁着月色看过；王鹏运有两句词道："只愁淡月朦胧影，难验微波上下潮。"我想月下的海棠花，大约便是这种光景罢。为了海棠，前两天在城里特地冒了大风到中山公园去，看花的人倒也不少，但不知怎的，却忘了畿辅先哲祠。Y 告我那里的一株，遮住了大半个院子；别处的都向上长，这一株却是横里伸张的。花的繁没有法说，海棠本无香，昔人常以为恨，这里花太繁了，却酝酿出一种淡淡的香气，使人久闻不倦。Y 告我，正是刮了一日还不息的狂风的晚上；他是前一天去的。他说他去时地上已有落花了，这一日一夜的风，准完了。他说北平看花，是要赶着看的：春光太短了，又晴的日子多；今年算是有阴的日子了，但狂风还是逃不了的。我说北平看花，比别处有意思，也正在此。这时候，我似乎不甚菲薄那一班诗人名士了。

佳作赏析：

朱自清（1898—1948），浙江绍兴人，散文家、学者。著有散文集《背影》《欧游杂记》，长诗《毁灭》，学术论著《经典常谈》《诗言志辨》等。

朱自清这篇《看花》写的是作者家乡扬州的人家如何种花、买花、赏花。他对家乡的生活习俗是很了解的。扬州人领略花的趣味，不单是眼观花的形色，也喜爱鼻闻花的清香。特别是便于佩戴和携带的香花，扬州人尤为喜爱。

不难发现，作者对于花的喜欢与审美情趣的形成是有一个过程的。儿时的作者并不喜爱花，也不懂得赏花，而且偶尔接触花时，还要恶作剧地"摧残"花。当"顽童"渐渐长成了少年，能从那平凡得不能再平凡的白而晕黄肥肥的栀子花朵上读懂了它们"正和那些卖花的姑娘有相似的韵味"时，他开始"领略了花的趣味了"。而文章结尾的"你爱的不是花吧？这个我自己其实也已不大弄得清楚，只好存而不论了"则把作者的审美情趣委婉地暗示出来了。

荷塘月色

□［中国］朱自清

这几天心里颇不宁静。今晚在院子里坐着乘凉，忽然想起日日走过的荷塘，在这满月的光里，总该另有一番样子吧。月亮渐渐地升高了，墙外马路上孩子们的欢笑，已经听不见了；妻在屋里拍着闰儿，迷迷糊糊地哼着眠歌。我悄悄地披了大衫，带上门出去。

沿着荷塘，是一条曲折的小煤屑路。这是一条幽僻的路，白天也少人走，夜晚更加寂寞。荷塘四面，长着许多树，蓊蓊郁郁的。路的一旁，是些杨柳，和一些不知道名字的树。没有月光的晚上，这路上阴森森的，有些怕人。今晚却很好，虽然月光也还是淡淡的。

路上只我一个人，背着手踱着。这一片天地好像是我的，我也像超出了平常的自己，到了另一世界里。我爱热闹，也爱冷静；爱群居，也爱独处。像今晚上，一个人在这苍茫的月下，什么都可以想，什么都可以不想，便觉是个自由的人。白天里一定要做的事，一定要说的话，现在都可不理。这是独处的妙处，我且受用这无边的荷香月色好了。

曲曲折折的荷塘上面，弥望的是田田的叶子。叶子出水很高，像亭亭的舞女的裙。层层的叶子中间，零星地点缀着些白花，有袅娜地开着的，有羞涩地打着朵儿的；正如一粒粒的明珠，又如碧天里的星星，又如刚出浴的美人。微风过处，送来缕缕清香，仿佛远处高楼上渺茫的歌声似的。这时候叶子与花也有一丝的颤动，像闪电般，霎时传过荷塘的那边去了。叶子本是肩并肩密密地挨着，这便宛然有了一道凝碧的波痕。叶子底下是脉脉的流水，遮住了，不能见一些颜色；而叶子却更见风致了。

月光如流水一般，静静地泻在这一片叶子和花上。薄薄的青雾浮起在荷塘里。叶子和花仿佛在牛乳中洗过一样，又像笼着轻纱的梦。虽然是满月，天上却有一层淡淡的云，所以不能朗照；但我以为这恰是到了好处——酣眠固不可少，小睡也别有风味的。月光是隔了树照过来的，高处丛生的灌木，落下参差的斑驳的黑影，峭楞楞如鬼一般；弯弯的杨柳的稀疏的倩影，却又像是画在荷叶上。塘中的月色并不均匀，但光与影有着和谐的旋律，如梵婀玲上奏着的名曲。

荷塘的四面，远远近近，高高低低都是树，而杨柳最多。这些树将一片荷塘重重围住，只在小路一旁，漏着几段空隙，像是特为月光留下的。树色一例是阴阴的，乍看像一团烟雾；但杨柳的丰姿，便在烟雾里也辨得出。树梢上隐隐约约的是一带远山，只有些大意罢了。树缝里也漏着一两点路灯光，没精打采的，是渴睡人的眼。这时候最热闹的，要数树上的蝉声与水里的蛙声；但热闹是它们的，我什么也没有。

忽然想起采莲的事情来了。采莲是江南的旧俗，似乎很早就有，而六朝时为盛；从诗歌里可以约略知道。采莲的是少年的女子，她们是荡着小船，唱着艳歌去的。采莲人不用说很多，还有看采莲的人。那是一个热闹的季节，也是一个风流的季节。梁元帝《采莲赋》里说得好：

于是妖童媛女，荡舟心许；鹢首徐回，兼传羽杯；櫂将移而藻挂，船欲动而萍开。尔其纤腰束素，迁延顾步；夏始春余，叶嫩花初，恐沾裳而浅笑，畏倾船而敛裾。

可见当时嬉游的光景了。这真是有趣的事，可惜我们现在早已无福消受了。

于是又记起《西洲曲》里的句子：

采莲南塘秋，莲花过人头；低头弄莲子，莲子清如水。

今晚若有采莲人，这儿的莲花也算得“过人头”了；只不见一些流水的影子，是不行的。这令我到底惦着江南了。——这样想着，猛一抬头，不觉已是自己的门前；轻轻地推门进去，什么声息也没有，妻已睡熟好久了。

一九二七年七月，北京清华园

佳作赏析：

《荷塘月色》是朱自清散文中的名篇，也是他的代表作之一。

文章描绘的荷塘月色就像是一幅精美的画卷，美轮美奂，令人陶醉。层次分明、动静分明是文章的两大特色。

作者首先先写荷塘：荷叶、荷花和花苞，以及微风吹来的花香。这些是静态的。紧接着他开始描述微风过处叶动花颤的情状，动感十足。动静结合，形象地传达出了荷塘富有生气的丰姿。接下去作者开始写月色，先写月光如流水般倾泻在花叶上的情景，这是作者亲眼所见的景象，实写；而“叶子和花仿佛在牛乳中洗过一样；又像笼着轻纱的梦”，则是虚拟的了。虚实结合，境界全出。

作者笔下的荷塘月色立体感十足，动静结合、虚实相间，既是画意的设置，也是诗情的安排，而且透着一股清高的神韵。

海燕

□［中国］郑振铎

乌黑的一身羽毛，光滑漂亮，积伶积俐，加上一双剪刀似的尾巴，一对劲俊轻快的翅膀，凑成了那样可爱的活泼的一只小燕子。当春间二三月，轻飔微微地吹拂着，如毛的细雨无因的由天上洒落着，千条万条的柔柳，齐舒了它们的黄绿的眼，红的白的黄的花，绿的草，绿的树叶，皆如赶赴集市者似的奔聚而来，形成了烂漫无比的春天时，那些小燕子，那么伶俐可爱的小燕子，便也由南方飞来。加入了这个隽妙无比的春景的图画中，为春光平添了许多的生趣。小燕子带了它的双剪似的尾，在微风细雨中，或在阳光满地时，斜飞于旷亮无比的天空之上，唧的一声，已由这里稻田上，飞到了那边的高柳之下了。再几只却隽逸的在粼粼如縠纹的湖面横掠着，小燕子的剪尾或翼尖，偶沾了水面一下，那小圆晕便一圈一圈地荡漾了开去。那边还有飞倦了的几对，闲散地憩息于纤细的电线上——嫩蓝的春天，几支木杆，几痕细线连于杆与杆间，线上是停着几个粗而有致的小黑点，那便是燕子，是多么有趣的一幅图画呀！还有一家家的快乐家庭，他们还特为我们的小燕子备了一个两个小巢，放在厅梁的最高处，假如这家有了一个匾额，那匾后便是小燕子最好的安巢之所。第一年，小燕子来往了，第二年，我们的小燕子，就是去年的一对，它们还要来住。

“燕子归来寻旧垒。”

还是去年的主，还是去年的宾，他们宾主间是如何的融融泄泄呀！偶然的有几家，小燕子却不来光顾，那便很使主人忧戚，他们邀召不到那么隽逸的嘉宾，每以为自己命运的蹇劣呢。

这便是我们故乡的小燕子，可爱的活泼的小燕子，曾使几多的孩子们欢呼着、注意着、沉醉着，曾使几多的农人们市民们忧戚着，或抒怀地指点着，且曾平添了几多的春色，几多的生趣于我们的春天的小燕子！

如今，离家是几千里！离国是几千里！托身于浮宅之上，奔驰于万顷海涛之间，不料却见着我们的小燕子。

这小燕子，便是我们故乡的那一对，两对么？便是我们今春在故乡所见的那一对，两对么？

见了它们，游子们能不引起了，至少是轻烟似的，一缕两缕的乡愁么？

海水是皎洁无比的蔚蓝色，海波是平稳得如春晨的西湖一样，偶有微风，只吹起了绝细绝细的千万个粼粼的小绉纹，这更使照晒于初夏之太阳光之下的、金光烂灿的水面显得温秀可喜。我没有见过那么美的海！天上也是皎洁无比的蔚蓝色，只有几片薄纱似的轻云，平贴于空中，就如一个女郎，穿了绝美的蓝色夏衣，而颈间却围绕着一段绝细绝轻的白纱巾。我没有见过那么美的天空！我们倚在青色的船栏上，默默地望着这绝美的海天；我们一点杂念也没有，我们是被沉醉了，我们是被带入晶天中了。

就在这时，我们的小燕子，二只、三只、四只，在海上出现了。它们仍是隽逸地从容地在海面上斜掠着，如在小湖面上一样；海水被它的似剪的尾与翼尖一打，也仍是连漾了好几圈圆晕。小小的燕子、浩荡的大海，飞着飞着，不会觉得倦么？不会遇着暴风疾雨么？我们真替它们担心呢！

小燕子却从容地憩着了。它们展开了双翼，身子一落，落在海面上了，双翼如浮圈似的支持着体重，活是一只乌黑的小水禽，在随波上下的浮着，又安闲，又舒适。海是它们那么安好的家，我们真是想不到。

在故乡，我们还会想象得到我们的小燕子是这样的一个海上英雄么？

海水仍是平贴无波，许多绝小绝小的海鱼，为我们的船所惊动，群向远处蹿去；随了它们飞蹿着，水面起了一条条的长痕，正如我们当孩子时之用瓦片打水漂在水面所划起的长痕。这小鱼是我们小燕子的粮食么？

小燕子在海面上斜掠着，浮憩着。它们果是我们故乡的小燕子么？啊，乡愁呀，如轻烟似的乡愁呀！

佳作赏析：

郑振铎（1898—1958），原籍福建长乐，生于浙江温州，中国现代作家、文学史家，著有专著《插图本中国文学史》《中国俗文学史》，小说集《家庭的故事》《桂公塘》，散文集《欧行日记》《山中杂记》《海燕》《蛰居散记》等。

1927年郑振铎远赴欧洲。他借在赴欧航行的海上见到燕子的感触，抒发了浪迹天涯的游子对祖国和故乡魂牵梦萦的思念之情。

文章采取了写景与抒情结合的表现手法，既有对故乡的春天和燕子的美好回忆，又有对真实海景和海燕的形象描绘，更有个人的离愁抒发，三者凭着作者热烈真实的情感紧密地融合在了一起，把读者带进了一个美妙的艺术胜境，充分显示了作者深厚的艺术功力。

蝉与纺织娘

□［中国］郑振铎

你如果有福气独自坐在窗内，静悄悄的没一个人来打扰我，一点钟，两点钟的过去，嘴里衔着一支烟，躺在沙发上慢慢地喷着烟云，看它一白圈一白圈的升上，那么在这静境之内，你便可以听到那墙角阶前的鸣虫的奏乐。

那鸣虫的作响，真不是凡响；如果你曾听见过曼杜令的低奏，你曾听见过一支洞箫在月下湖上独吹着；你曾听见过红楼的重幔中透漏出的弦管声，你曾听见过流水淙淙的由溪石间流过，或你曾倚在山阁上听着飒飒的松风在足下拂过，那么，你便可以把那如何清幽的鸣虫之叫声想象到一二了。

虫之乐队，因季候的关系而颇不同，夏天与秋令的虫声，便是截然的两样。蝉之声是高旷的、享乐的，带着自己满足之意的；它高高地栖在梧桐树或竹枝上，迎风而唱，那是生之歌，生之盛年之歌，那是结婚曲，那是中世纪武士美人的大宴时的行吟诗人之歌。无论听了那叽——叽——的漫长声，或叽格——叽格——的较短声，都可同样地受到一种轻快的美感。秋虫的鸣声最复杂。但无论纺织娘的咭嘎、蟋蟀的唧唧、金铃子之叮令，还有无数无数不可名状的秋虫之鸣声，其声调之凄抑却都是一样的；它们唱的是秋之歌，是暮年之歌，是薤露之曲。它们的歌声，是如秋风之扫落叶，怨妇之奏琵琶，孤峭而幽奇，清远而凄迷，低回而愁肠百结。你如果是一个孤客，独宿于荒郊逆旅，一盏荧荧的油灯，对着一张板床、一张木桌、一二张硬板凳，再一听见四壁唧唧知知的虫声间作，那你今夜便不用再想稳稳地安睡了，什么愁情、乡思，以及人生之悲感，都会一串串地从根儿勾引起来，在你心上翻来覆去，如白老鼠在戏笼中走轮盘一般，一上去便不用想下来憩息。如果你不是一个客人，你有家庭，你有很好的太太，你并没有什么闲愁胡想，那么，在你太太已睡之后，你想在书房中静静地写些东西时，这唧唧的秋虫之声却也会无端地窜入你的心里，翻掘起你向来不曾有过的一种凄感呢。如果那一夜是一个月夜，天井里统是银白色，枯秃的树影，一根一条的很清朗地印在地上，那么你的感触将更深了。那也许就是所谓悲秋。

秋虫之声，大都在蝉之夏曲已告终之后出现，那正与气候之寒暖相应。但我却有一次奇异的经验；在无数的纺织娘之鸣声已来了之后，却又听得满耳的蝉声。我想我们的读者中有这种经验的人是必不多的。

我在山中，每天听见的只有蝉声，鸟声还比不上。那时天气是很热，即在山上，也觉得并不凉爽。正午的时候，躺在廊前的藤榻上，要求一点的凉风，却见满山的竹树梢头，一动也不动，看看足底下的花草，也都静静地站着，如老僧入了定似的。风扇之类既得不到，只好不断地用手巾来拭汗，不断地在摇挥那纸扇了。在这时候，往往有几缕的蝉声在槛外鸣奏着。闭了目，静静地听了它们在忽高忽低、忽断忽续，此唱彼和，仿佛是一大阵绝清幽的乐队在那里奏着绝清幽的曲子，炎热似乎也减少了，然后，朦胧地、朦胧地睡去了，什么都不觉得。良久，良久，清梦醒来时，却又是满耳的蝉声。山中的蝉真多！绝早的清晨，老妈子们和小孩子们常去抱着竹竿乱摇一阵，而一只二只的蝉便要跟随了朝露而落到地上了。每一个早晨，在我们滴翠轩的左近，至少是百只以上之蝉是这样地被捉，但蝉声并不减少。

常常的，一只蝉两只蝉，叽的一声，飞入房内，如平时我们所见的青油虫及灯蛾之飞入一样。这也是必定被人所捉的。有一天，见有什么东西在槛外倒水的铅斗中咯笃咯笃地作响，俯身到槛外一看，却又是一只蝉，这当然又是一个俘虏了。还有好几次，在山脊上走时，忽见矮林丛中有什么东西在动，拨开林丛一看，却也是一只蝉。它是被竹枝竹叶挡阻住了不能飞去。我把它拾在手中。同行的心南先生说，“这有什么稀奇，放走了它吧。要多少还怕没有！”我便顺手把它向风中一送，它悠悠扬扬地飞去很远很远，渐渐地不见了。我想不到这只蝉就是刚才在地上拾了来的那一只！

初到时，颇想把它们捉几个寄上海去送送人。有一次，便托了老妈子去捉。她在第二天一早，果然捉了五六只来放在一个大香烟纸盒中，不料给依真一见，她却吵着，带强迫地要去。我又托那个老妈子去捉。第二天，又捉了四五只来，依真的纸盒中却只剩下两只活的，其余的都死了。到了晚上，我的几只，也死了一半。因此，寄到上海的计划遂根本地打消了。从此以后，便也不再托人去捉，自己偶然捉来的，也都随手地放去了。那样不经久的东西，留下了它干什么用！不过孩子们却还热心地去捉。依真每天要捉至少三只以上用细绳子缚在铁杆上。有一次，曾有一只蝉居然带了红绳子逃去了；很长的一根红绳子，拖在它后面，在风中飘荡着，很有趣味。

半个月过去了；有的时候，似乎蝉声略少，第二天却又多了起来。虽然是叽——叽——的不息地鸣着，却并不觉喧扰，所以大家都不讨厌它们。我却特别地爱听它们的歌唱，那样的高旷清远的调子，在什么音乐会中可以听得到！我以我每以蝉声将绝为虑，时时的干涉孩子们的捕捉。

到了一夜，狂风大作，雨点如从水龙头上喷出似的，向槛内廊上倾倒。第二天还不放晴。再过一天，晴了，天气却很凉，蝉声乃不再听见了！全山上在鸣唱着的却换了一种咭嘎——咭嘎——的急促而凄楚的调子，那是纺织娘。

“秋天到了，”我这样地说着，颇动了归心。

再一天，纺织娘还是咭嘎咭嘎地唱着。

然而，第三天早晨，当太阳晒得满山时，蝉声却又听见了！且很不少。

我初听不信；叽——叽——叽格——叽格——那确是蝉声！纺织娘之声却又潜踪了。

蝉回来了，跟它回来的是炎夏。从箱中取出的棉衣又复入箱中。下山之计遂又打消了。

谁曾于听了纺织娘歌声之后再听见蝉的夏曲呢？这是我的一个有趣的经验。

十一月八日夜补记

佳作赏析：

这篇文章是郑振铎的另一篇名作。

拟人化修辞手法的运用是文章的一大特色，生动活泼、情趣盎然。鸣虫的叫声被作者写成乐队的合奏，而蝉和纺织娘这两种不同季节的鸣叫又被作者赋予了特定的含意：蝉的叫声代表炎热的夏季，充满生机活力，象征着快乐、欢喜；而纺织娘的叫声代表凄凉的秋天，万物肃杀，衰败之景处处可见，象征着悲伤、凄凉。而作者对自己在山上一段经历的描述则充满浓郁的生活气息，捕蝉、放蝉情趣十足。

蝌蚪

□［中国］丰子恺

一

每度放笔，凭在楼窗上小憩的时候，望下去看见庭中的花台的边上，许多花盆的旁边，并放着一只印着蓝色图案模样的洋瓷面盆。我起初看见的时候，以为是洗衣物的人偶然寄存着的。在灰色而简素的花台的边上，许多形式朴陋的瓦质的花盆旁边，配置一个机械制造而施着近代图案的精巧的洋瓷面盆，绘画地看来，很不调和。假如眼底展开着的是一张画纸，我颇想找块橡皮来揩去它。

一天、两天、三天，洋瓷面盆尽管放在花台的边上。这表示不是它偶然寄存，而负着一种使命。晚快凭窗闲眺的时候，看见放学出来的孩子们聚在墙下拍皮球。我欲知道洋瓷面盆的意义，便提出来问他们。才知道这面盆里养着蝌蚪，是春假中他们向田里捉来的。我久不来庭中细看，全然没有知道我家新近养着这些小动物；又因面盆中那些蓝色的图案，细碎而繁多，蝌蚪混迹于其间，我从楼窗上望下去，全然看不出来。蝌蚪是我儿时爱玩的东西，又是学童时代在教科书里最感兴味的东西，说起了可以牵惹种种的回想，我便专诚下楼来看它们。

洋瓷面盆里盛着大半盆清水，瓜子大小的蝌蚪十数个，抖着尾巴，急急忙忙地游来游去，好像在找寻什么东西。孩子们看见我来欣赏他们的作品，大家围集拢来，得意地把关于这作品的种种话告诉我：

"这是从大井头的田里捉来的。"

"是清明那一天捉来的。"

"我们用手捧了来的。"

"我们天天换清水的呀。"

"这好像黑色的金鱼。"

"这比金鱼更可爱！"

"他们为什么不绝地游来游去？"

"他们为什么还不变青蛙？"

他们的疑问把我提醒，我看见眼前这盆玲珑活泼的小动物，忽然变成一种苦闷的象征。

我见这洋瓷面盆仿佛是蝌蚪的沙漠。它们不绝地游来游去，是为了找寻食物。它们的久不变成青蛙，是为了不得其生活之所。这几天晚上，附近田里蛙鼓的合奏之声，早已传达到我的床里了。这些蝌蚪倘有耳，一定也会听见它们的同类的歌声。听到了一定悲伤，每晚在这洋瓷面盆里哭泣，亦未可知！它们身上有着泥土水草一般的保护色，它们只合在有滋润的泥土、丰肥的青苔的水田里生活滋长。在那里有它们的营养物，有它们的安息所，有它们的游乐处，还有它们的大群的伴侣。现在被这些孩子们捉了来，关在这洋瓷面盆里，四周围着坚硬的洋铁，全身浸着淡薄的白水，所接触的不是同命运的受难者，便是冷酷的珐琅质。任凭它们镇日急急忙忙地游来游去，终于找不到一种保护它们、慰安它们、生息它们的东西。这在它们是一片渡不尽的大沙漠。它们将以幼虫之身，默默地夭死在这洋瓷面盆里，没有成长变化，而在青草池塘中唱歌跳舞的欢乐的希望了。

这是苦闷的象征，这是象征着某种生活之下的人的灵魂！

二

我劝告孩子们："你们只管把蝌蚪养在洋瓷面盆中的清水里，它们不得充分的养料和成长的地方，永远不能变成青蛙，将来统统饿死在这洋瓷面盆里！你们不要当它们金鱼看待！金鱼原是鱼类，可以一辈子长在水里；蝌蚪是两栖类动物的幼虫，它们盼望长大，长大了要上陆，不能长居水里。你看它们急急忙忙地游来游去，找寻食物和泥土，无论如何也找不到，样子多么可怜！"

孩子们被我这话感动了，颦蹙地向洋瓷面盆里看。有几人便问我："那么，怎么好呢？"

我说："最好是送它们回家——拿去倒在田里。过几天你们去探访，它们都已变成青蛙，'哥哥，哥哥'地叫你们了。"

孩子们都欢喜赞成，就有两人抬着洋瓷面盆，立刻要送它们回家。

我说："天将晚了，我们再留它们一夜，明天送回去罢。现在走到花台里拿些它们所欢喜的泥来，放在面盆里，可以让它们吃吃、玩玩。也可让它们知道，我们不再虐待它们，我们先当做客人款待它们一下，明天就护送它们回家。"

孩子们立刻去捧泥，纷纷地把泥投进面盆里去。有的人叫着："轻轻地，轻轻地！看压伤了它们！"

不久，洋瓷面盆底里的蓝色的图案都被泥土遮掩。那些蝌蚪统统钻进泥里，一只都看不见了。一个孩子寻了好久，锁着眉头说："不要都压死了？"便伸手到水里拿开一块泥来看。

但见四个蝌蚪密集在面盆底上的泥的凹洞里，四个头凑在一起，尾巴向外放射，好像在那里共食什么东西，或者共谈什么话。忽然一个蝌蚪摇动尾巴，急急忙忙地游了开去。游到别的一个泥洞里去一转，带了别的一个蝌蚪出来，回到原处。

五个人聚在一起，五根尾巴一齐抖动起来，成为五条放射形的曲线，样子非常美丽。孩子们呀呀地叫将起来。我也暂时忘记了自己的年龄，附和着他们的声音呀呀地叫了几声。

随后就有几人异口同声地要求："我们不要送它们回家，我们要养在这里！"我在当时的感情上也有这样的要求，但觉左右为难，一时没有话回答他们，踌躇地微笑着。一个孩子恍然大悟地叫道："好！我们在墙角里掘一个小池塘倒满了水同田里一样，就把它们养在那里。它们大起来变成青蛙，就在墙角里的地上跳来跳去。"大家拍手说"好！"我也附和着说"好！"大的孩子立刻找到种花用的小锄头，向墙角的泥地上去垦。不久，垦成了面盆大的一个池塘。大家说："够大了，够大了！""拿水来，拿水来！"就有两个孩子扛开水缸的盖，用浇花壶提了一壶水来，倾在新开的小池塘里。起初水满满的，后来被泥土吸收，渐渐地浅起来。大家说："水不够，水不够。"小的孩子要再去提水，大的孩子说："不必了，不必了，我们只要把洋瓷面盆里的水连泥和蝌蚪倒进塘里，就正好了。"大家赞成。蝌蚪的迁居就这样地完成了。

夜色朦胧，屋内已经上灯。许多孩子每人带了一双泥手，欢喜地回进屋里去，回头叫着："蝌蚪，再会！""蝌蚪，再会！"

"明天再来看你们！""明天再来看你们！"一个小的孩子接着说："它们明天也许变成青蛙了。"

三

洋瓷面盆里的蝌蚪，由孩子们给迁居在墙角里新开的池塘里了。孩子们满怀的希望，等候着它们变成青蛙。我便怅然地想起了前几天遗弃在上海的旅馆里的四只小蝌蚪。

今年的清明节，我在旅中度送。乡居太久了，有些儿厌倦，想调节一下。就在这清明的时节，做了路上的行人。时值春假，一孩子便跟了我走。清明的次日，我们来到上海。十里洋场，我一看就生厌，还是到城隍庙里去坐坐茶店，买买零星玩意，倒有趣味。孩子在市场的一角看中了养在玻璃瓶里的蝌蚪，指着了要买。出十个铜板买了。后来我用拇指按住了瓶上的小孔，坐在黄包车里带它回旅馆去。

回到旅馆，放在电灯底下的桌子上观赏这瓶蝌蚪，觉得很是别致：这真像一瓶金鱼，共有四只。颜色虽不及金鱼的漂亮，但是游泳的姿势比金鱼更为活泼可爱。当它们潜在瓶边上时，我们可以察知它们的实际的大小只及半粒瓜子。但当它们游到瓶中央时，玻璃瓶与水的凸镜的作用把它们的形体放大，变化参差地映入我们的眼中，样子很是好看。而在这都会的旅馆的楼上的五十支光电灯底下看这东西，愈加觉得稀奇。这是春日田中很多的东西。要是在乡间，随你要多少，不妨用斗来量。但在这不见自然面影的都会里，不及半粒瓜子大的四只，便已可贵，要装在玻璃瓶内当做金鱼欣赏了，真有些儿可怜。而我们，原是常住在乡间田畔的人，在这清明节离去了乡间而到红尘万丈的中心的洋楼上来鉴赏玻璃瓶里的四只小蝌蚪，自己觉得可笑。这好比富翁舍弃了家里的酒池肉林而加入贫民队里来吃大饼油条，又好比帝王舍弃了上苑三千而到民间来钻穴窥墙。

一天晚上，我正在床上休息的时候，孩子在桌上玩弄这玻璃瓶，一个失手，把它打破了。水泛滥在桌子上，里面带着大大小小的玻璃碎片，蝌蚪躺在桌上的水痕中蠕动，好似涸泽之鱼，演成不可收拾的光景归我来办善后。善后之法，第一要救命。我先拿一只茶杯，去茶房那里要些冷水来，把桌上的四个蝌蚪轻轻地掇进茶杯中，供在镜台上了。然后一一拾去玻璃的碎片，揩干桌子。约费了半小时的扰攘，好容易把善后办完了。去镜台上看看茶杯里的四只蝌蚪，身体都无恙，依然是不绝地游来游去，但形体好像小了些，似乎不是原来的蝌蚪了。以前养在玻璃瓶中的时候，因有凸镜的作用，其形状忽大忽小，变化百出，好看得多。现在倒在茶杯里一看，觉得就只是寻常乡间田里的四只蝌蚪，全不足观。都会真是枪花繁多的地方，寻常之物，一到都会里就了不起。这十里洋场的繁华世界，恐怕也全靠着玻璃瓶的凸镜的作用映成如此光怪陆离。一旦失手把玻璃瓶打破了，恐怕也只是寻常乡间田里的四只蝌蚪罢了。

过了几天，家里又有人来上海玩。我们的房间嫌小了，就改赁大房间。大人、孩子，加以茶房，七手八脚地把衣物搬迁。搬好之后立刻出去看上海。为经济时间计，一天到晚跑在外面，乘车、买物、访友、游玩，少有在旅馆里坐的时候，竟把小房间里镜台上的茶杯里的四只小蝌蚪完全忘却了；直到回家后数天，看到花台边上洋瓷面盆里的蝌蚪的时候，方然忆及。现在孩子们给洋瓷面盆里的蝌蚪迁居在墙角里新开的小池塘里，满怀的希望，等候着它们变成青蛙。我更怅然地想起了遗弃在上海的旅馆里的四只蝌蚪。不知它们的结果如何？

大约它们已被茶房妙生倒在痰盂里，枯死在垃圾桶里了？

妙生欢喜金铃子，去年曾经想把两对金铃子养过冬，我每次到这旅馆时，他总拿出他的牛筋盒子来给我看，为我谈种种关于金铃子的话。也许他能把对金铃子的爱推移到这四只蝌蚪身上，代我们养着，现在世间还有这四只蝌蚪的小性命的存在，亦未可知。

然而我希望它们不存在。倘还存在，想起了越是可哀！它们不是金鱼，不愿住在玻璃瓶里供人观赏。它们指望着生长、发展，变成了青蛙而在大自然的怀中唱歌跳舞。它们所憧憬的故乡，是水草丰足，春泥粘润的田畴间，是映着天光云影的青草池塘。如今把它们关在这商业大都市的中央、石路的旁边、铁筋建筑的楼上、水门汀砌的房笼内、瓷制的小茶杯里，除了从自来水龙头上放出来的一勺之水以外，周围都是瓷、砖、石、铁、钢、玻璃、电线和煤烟，都是不适于它们的生活而足以致它们死命的东西。世间的凄凉、残酷和悲惨，无过于此。这是苦闷的象征，这象征着某种生活之下的人的灵魂！

假如有谁来报告我这四只蝌蚪的确还存在于那旅馆中，为了象征的意义，我准拟立刻动身，专赴那旅馆中去救它们出来，放乎青草池塘之中。

佳作赏析：

丰子恺（1898—1975），浙江崇德人，作家、画家、翻译家。有画集《子恺漫画》，散文《缘缘堂随笔》，译作《源氏物语》《猎人笔记》等。

《蝌蚪》是一篇生活气息浓郁的生活散文。文章围绕作者自己楼下一个洋瓷面盆中的几只小蝌蚪展开，详述了作者与几个小朋友养蝌蚪、放蝌蚪，直到为蝌蚪找“新家”。小蝌蚪的可爱，孩子们的天真，作者的童心未泯都跃然纸上，读来令人倍感亲切清新。而作者在文章第三部分对遗失在上海旅馆中四只小蝌蚪命运的担忧和怜惜，则体现了作者珍爱众生的博爱情怀。

文章的语言平实、生动，感染力强，是一篇难得的佳作。

杨柳

□［中国］丰子恺

因为我的画中多杨柳，就有人说我喜欢杨柳；因为有人说我喜欢杨柳，我似觉自己真与杨柳有缘。但我也曾问心，为什么喜欢杨柳？到底与杨柳树有什么深缘？其答案了不可得。

原来这完全是偶然的：昔年我住在白马湖上，看见人们在湖边种柳，我向他们讨了一小株，种在寓屋的墙角里。因此给这屋取名为“小杨柳屋”，因此常取见惯的杨柳为画材，因此就有人说我喜欢杨柳，因此我自己似觉与杨柳有缘。假如当时人们在湖边种荆棘，也许我会给屋取名为“小荆棘屋”，而专画荆棘，成为与荆棘有缘，亦未可知。天下事往往如此。

但假如我存心要和杨柳结缘，就不说上面的话，而可以附会种种的理由上去。或者说我爱它的鹅黄嫩绿，或者说我爱它的如醉如舞，或者说我爱它像小蛮的腰，或者说我爱它是陶渊明的宅边所种，或者还可引援“客舍青青”的诗，“树犹如此”的话，以及“王恭之貌”“张绪之神”等种种古典来，作为自己爱柳的理由。即使要找三百个冠冕堂皇、高雅深刻的理由，也是很容易的。天下事又往往如此。

也许我曾经对人说过“我爱杨柳”的话。但这话也是随缘的。仿佛我偶然买一双黑袜穿在脚上，逢人问我“为什么穿黑袜”时，就对他说“我喜欢穿黑袜”一样。实际，我向来对于花木无所爱好；即有之，亦无所执著。这是因为我生长穷乡，只见桑麻、禾黍、烟片、棉花、小麦、大豆，不曾亲近过万花如绣的园林。只在几本旧书里看见过“紫薇”“红杏”“芍药”“牡丹”等美丽的名称，但难得亲近这等名称的所有者。并非完全没有见过，只因见时它们往往使我失望，不相信这便是曾对紫薇郎的紫薇花，曾使尚书出名的红杏，曾傍美人醉卧的芍药，或者象征富贵的牡丹。我觉得它们也只是植物中的几种，不过少见而名贵些，实在也没有什么特别可爱的地方，似乎不配在诗词中那样地受人称赞，更不配在花木中占据那样高尚的地位。因此我似觉诗词中所赞叹的名花是另外一种，不是我现在所看见的这种植物。我也曾偶游富丽的花园，但终于不曾见过十足地配称“万花如绣”的景象。

假如我现在要赞美一种植物，我仍是要赞美杨柳。但这与前缘无关，只是我这几天的所感，一时兴到，随便谈谈，也不会像信仰宗教或崇拜主义地毕生皈依它。为的是昨日天气佳，埋头写作到傍晚，不免走到西湖边的长椅子里去坐了一会儿。看见湖岸的杨柳树上，好像挂着几万串嫩绿的珠子，在温暖的春风中飘来飘去，飘出许多弯度微微的S线来，觉得这一种植物实在美丽可爱，非赞它一下不可。

听人说，这种植物是最贱的。剪一根枝条来插在地上，它也会活起来，后来变成一株大杨柳树。它不需要高贵的肥料或工深的壅培，只要有阳光、泥土和水，便会生活，而且生得非常强健而美丽。牡丹花要吃猪肚肠，葡萄藤要吃肉汤，许多花木要吃豆饼；但杨柳树不要吃人家的东西，因此人们说它是“贱”的。大概“贵”是要吃的意思。越要吃得多，越要吃得好，就是越“贵”。吃得很多很好而没有用处，只供观赏的，似乎更贵。例如牡丹比葡萄贵，是为了牡丹吃了猪肚肠只供观赏，而葡萄吃了肉汤有结果的缘故。杨柳不要吃人的东西，且有木材供人用，因此被人看作“贱”的。

我赞杨柳美丽，但其美与牡丹不同，与别的一切花木都不同。杨柳的主要的美点，是其下垂。花木大都是向上发展的，红杏能长到“出墙”，古木能长到“参天”。向上原是好的，但我往往看见枝叶花果蒸蒸日上，似乎忘记了下面的根，觉得其样子可恶；你们是靠它养活的，怎么只管高踞在上面，绝不理睬它呢？你们的生命建设在它上面，怎么只管贪图自己的光荣，而绝不回顾处在泥土中的根本呢？花木大都如此。甚至下面的根已经被斫，而上面的花叶还是欣欣向荣，在那里作最后一刻的威福，真是可恶而又可怜！杨柳没有这般可恶可怜的样子：它不是不会向上生长。它长得很快，而且很高；但是越长得高，越垂得低。千万条陌头细柳，条条不忘记根本，常常俯首顾着下面，时时借了春风之力，向处在泥土中的根本拜舞，或者和它亲吻。好像一群活泼的孩子环绕着他们的慈母而游戏，但时时依傍到慈母的身边去，或者扑进慈母的怀里去，使人看了觉得非常可爱。杨柳树也有高出墙头的，但我不嫌它高，为了它高而能下，为了它高而不忘本。

自古以来，诗文常以杨柳为春的一种主要题材。写春景曰“万树垂杨”，写春色曰“陌头杨柳”，或竟称春天为“柳条春”。我以为这并非仅为杨柳当春抽条的缘故，实因其树有一种特殊的姿态，与和平美丽的春光十分调和的缘故。这种姿态的特点，便是“下垂”。不然，当春发芽的树木不知凡几，何以专让柳条作春的主人呢？只为别的树木都凭仗了东君的势力而拼命向上，一味好高，忘记了自己的根本，其贪婪之相不合于春的精神。最能象征春的神意的，只有垂杨。这是我昨天看了西湖边上的杨柳而一时兴起的感想。但我所赞美的不仅是西湖上的杨柳。在这几天的春光之下，乡村处处的杨柳都有这般可赞美的姿态。西湖似乎太高贵了，反而不适于栽植这种“贱”的垂杨呢。

佳作赏析：

这是一篇托物寓情、借物言志的散文佳作。

杨柳作为一种平凡的树，从文章开头儿的字面上看，作者似乎并不喜欢。而将全篇通读下来会发现，会发现作者不仅喜欢杨柳，更对杨柳“条条不忘记根本”“高而能下”的精神大加赞扬。这种欲扬先抑的手法恰到好处，收到了意想不到的效果。

杨柳是一种植物，但作者却赋予它以人的品质和精神。杨柳平凡朴实、不忘根本的品质，杨柳不求索取，但求奉献的精神，都是难能可贵的。为人处世都应该学习这种精神。

修辞手法的灵活运用是文章写作上的特点，排比、比喻、对比、拟人等手法都大大增强了文章的感染力，使表达更具生动形象性，使说理更透彻、更精辟。

养花

□［中国］老舍

我爱花，所以也爱养花。我可还没成为养花专家，因为没有工夫去作研究与试验。我只把养花当做生活中的一种乐趣，花开得大小好坏都不计较，只要开花，我就高兴。在我的小院中，到夏天，满是花草，小猫儿们只好上房去玩耍，地上没有它们的运动场。

花虽多，但无奇花异草。珍贵的花草不易养活，看着一棵好花生病欲死是件难过的事。我不愿时时落泪。北京的气候，对养花来说，不算很好。冬天冷，春天多风，夏天不是干旱就是大雨倾盆，秋天最好，可是忽然会闹霜冻。在这种气候里，想把南方的好花养活，我还没有那么大的本事。因此，我只养些好种易活、自己会奋斗的花草。

不过，尽管花草自己会奋斗，我若置之不理，任其自生自灭，它们多数还是会死了的。我得天天照管它们，像好朋友似的关切它们。一来二去，我摸着一些门道：有的喜阴，就别放在太阳地里；有的喜干，就别多浇水。这是个乐趣，摸住门道，花草养活了，而且三年五载老活着、开花，多么有意思呀！不是乱吹，这就是知识呀！多得些知识，一定不是坏事。

我不是有腿病吗，不但不利于行，也不利于久坐。我不知道花草们受我的照顾，感谢我不感谢；我可得感谢它们，在我工作的时候，我总是写了几十个字，就到院中去看看，浇浇这棵，搬搬那盆，然后回到屋中再写一点，然后再出去，如此循环，把脑力劳动与体力劳动结合到一起，有益身心，胜于吃药。要是赶上狂风暴雨或天气突变哪，就得全家动员，抢救花草，十分紧张。几百盆花，都要很快地抢到屋里去，使人腰酸腿疼，热汗直流。第二天，天气好转，又得把花儿都搬出去，就又一次腰酸腿疼，热汗直流。可是，这多么有意思呀！不劳动，连棵花儿也养不活，这难道不是真理么？

送牛奶的同志。进门就夸“好香”！这使我们全家都感到骄傲。赶到昙花开放的时候，约几位朋友来看看，更有秉烛夜游的神气——昙花总在夜里放蕊。花儿分根了，一棵分为数棵，就赠给朋友们一些；看着友人拿走自己的劳动果实，心里自然特别喜欢。

当然，也有伤心的时候，今年夏天就有这么一回。三百株菊秧还在地上（没有移入盆中的时候），下了暴雨。邻家的墙倒了下来，菊秧被砸死者约三十多种，一百多棵！全家都几天没有笑容！

有喜有忧，有笑有泪，有花有实，有香有色，既须劳动，又长见识，这就是养花的乐趣。

佳作赏析：

老舍（1899—1966），北京人，作家。著有长篇小说《猫城记》《骆驼祥子》《四世同堂》，话剧《龙须沟》《茶馆》等。

老舍的散文语言生动，京味十足，自然流畅，自成一派。这种风格在《养花》一文中得到了生动的体现。

全文不离养花，或谈养花的爱好，或谈养花的辛苦，或谈养花的快乐，或谈养花的忧伤。初看像是面对朋友随随便便讲出来的，没有一点刀斧痕迹，但仔细揣摩，却发现文章很讲究结构、讲究布局。全篇层次分明，有对比，有变化。而最后一段，寥寥数字，画龙点睛，收束全文，抒发了作者对美好事物、对生活的喜爱之情，使全篇成为一个不可分割的整体。

有功夫却又似乎不见功夫，自然天成，这正是一些文章大家写作的最高境界。

骑马

□［中国］王了一

两洋的汉学家以为中国人本来是不会骑马的，骑马的艺术系从蒙古族学得。这话的重要证据自然是赵武灵王胡服骑射。真的，咱们在诗经里所看见的“四牡有骄”“两骖如舞”一类的字句都只描写的是拉车的马，而不是人骑的马。

但是，咱们不必讳言骑马是从胡人学来的，正像现在不必讳言飞机大炮是从西洋学来的一般，只要咱们有跟人学样的本领就好。像春秋战国时代的中国武士那样神勇，学骑马是绰有余裕的。依《左传》里说，当时中国的武士会跳上战车，甚至可以在马跑的时候跳上敌人的车辆去刺杀敌人。拿这种本领去学骑马，不是易如反掌吗？

大家都知道，古代的英雄是怎样爱他们所骑的马。楚霸王的乌骓和虞姬并重，或者可说比虞姬更为重要，因为等到“骓不逝”的时候，虞姬只能陪着他徒唤“奈何”。名将有了良马，然后相得益彰。故曰：“人中有吕布，马中有赤兔。”直到现代，我还觉得一位军长骑上一匹马就格外显得威风凛凛。

那种“逸势凌蛟虬”的神气绝不是任何机械所能代替。假使将来战术发展到总司令须坐某种“堡垒”上阵，我在赞赏战术高明之余，仍旧要惋惜武士不复能感受乌骓赤兔的“烟士披里纯”（in spiration 灵活——编者注）。

说起骑马，会联想到西洋古代的“骑士”。只有那种任侠仗义、扶弱锄强的人，才不辱没了名马。依照传说，中古时代只有“骑士”能有骑马的权利，而“骑士”又都是忠勇的人。不管它是不是事实，只这忠勇和马的搭配就够有趣的。咱们可以说，马就是忠勇的象征。

文人的骑马，一般说起来，却是最可鄙的。“春风得意马蹄疾，一日看尽长安花”，这是何等浅的器量！“宣劝不辞金碗侧，醉归争看玉鞭长”，这是多么令人作呕的神情！我们读到这一类的诗句的时候，眼睛里活现出戏台上状元游街的景象：一个弱不禁风的瘦书生拿着鞭子像挥扇般地摇了又摇。这和骏马的神态形成一种极端的矛盾。“马者，怒也，武也”（据《说文》）。多数书生非但不能武，连怒也不过五分钟，如果他们要骑马的话，最好择一些“驽骀”给他们骑。

不过，这也不可一概而论。像陆放翁的骑马也就不凡。“桃花骏马青丝鞍”“射雉西郊常命中”，这种畋猎的英姿，并不亚于冲锋陷阵。也许因为他是帅府的参议，所以能有“上马杀敌，下马作露布”的豪情。必须是他这种人，才够得上说：“中原北望气如山”；才够得上说：“老子犹堪绝大漠，诸君何至泣新亭？”；才够得上说：“剖心莫写孤臣愤，抉眼终看此虏平！”

女子骑马自然别有风韵；然而骅骝毕竟是配英雄的，不是配美人的。除非是美人而兼英雄！昭君出塞虽也骑马，但是我想只是按辔徐行。冼夫人，平阳公主、梁红玉、秦良玉和沈云英，她们是否善于骑马，有没有良马，可惜咱们不知道。香妃的戎装画像确能动人，而且我们相信她会骑马，因为她是回部的女子。我喜欢看见西洋女子（en amazone），非但衣服近似男装，而且当她们纵马加鞭的时候，也饶有丈夫气。我又在北平看见摩登小姐们骑马游春，情景却不一样；看她们那种战战兢兢的样儿，实在令人不好受。但是，抗战以后，女同胞当中却产生了不少的阿马孙英雄，她们非但有马革裹尸的志气，而且有跃马檀溪的胆量。他们和白云观外的嬉春女士相差得实在太远了。

我喜欢骑马，却不喜欢骑驴。驴子那种贸贸然的意态，只能增加人们的萎靡不振。《封神榜》里的神仙有骑狮子的、有骑虎的、有骑鹿的、有骑仙鹤的，依我猜想，都不如骑马的英雄气概。当我骑马的时候，非但不喜欢按辔徐行，而且不爱它那种赛跑式的步伐。我喜欢它飞：我爱它如天马行空，我爱它如风驰电掣。我们的土话把马的小跑叫做"小滚"，马的大跑叫做"大滚"。"小滚"只觉得颠簸不堪，在这种情形之下，骑马和骑驴并没有什么大分别。至于"大滚"的时候，就大大不同了。马似流星人似箭，你只觉得身轻如叶，飘飘欲仙，并不像一匹马载着你在走路，只像一只神鹰载着你在凌空！只有这样，你才尝得到骑马的乐趣。"小滚"的结果，会使你头昏脑涨；"大滚"的结果，会使你忘却疲劳——纵然疲劳了，也包管你夜里睡得安稳。会骑马的人不喜欢"小滚"而喜欢"大滚"，正像喝酒的人不喜欢淡酒而喜欢白兰地。不看见那些能喝一瓶白兰地的人只喝四两"时酒"就叫头疼吗？

昆明骡马之多，可以比得上北平。乡下女子也会横坐在载货的鞍子上，让马蹄嘚嘚的声音伴着他们的歌声，这一点却是北平女子所不能及的。只可惜昆明的马不够魁梧，又给过量的货物压坏了身体。至于那些专赁给人家骑坐的马，自然比较地体面些，但是我骑过了一次之后，觉得大大失望。因为它非但不会"大滚"，而且连"小滚"也不会。一个赶马的小孩跟着它款款而行，比人走得还慢呢。

我十四岁就学骑马。虽然栽了不少的筋斗，但是那种飞行的乐趣，至今犹萦梦寐。这二十年来，总没有痛痛快快地骑它一次，不免有髀肉复生之感。我自信盛年虽逝，豪气未消。等到黄龙既捣，白堕能赊的时节，定当甘冒燕市之尘，一试春郊之马！

一九四二年冬《中央周刊》

佳作赏析：

王了一（1900—1986），原名王力，广西博白县人，语言学家。著有《中国现代语法》《中国音韵学》《汉语史稿》《古代汉语》《龙虫并雕斋琐语》等。

作为著名的语言学家，作者的文章一般都旁征博引，贯穿古今，这篇《骑马》就鲜明地体现了这一特点。文章开头就带有浓郁的“学术味道”，从外国汉学家“中国人本来不会骑马”的观点切入话题，接着讲到中国古代英雄骑马、文人骑马、女子骑马，最后回到现实，提到当代人骑马。在中间作者又插入了一段西方古代“骑士”的故事。思路上天马行空，资料上旁征博引，古今中外的事例信手拈来，令人目不暇接，读来丝毫不觉得枯燥，反而让人增长了不少见识。

草木鱼虫之类

□［中国］夏衍

逛公园，背着手在看新出土的芍药。对面草地上，一群红领巾在听他们的老师讲蚯蚓的故事。这情景勾起了我童年的回忆，也联想到另外一些事情。

在我小的时候，只知道蚯蚓是一种最好的钓饵，至于蚯蚓的生态，对土壤和农作物的作用，那是直到大学毕业，开始杂览的时候才知道的。我生在乡间，父亲懂一点医道，家里有本草之类的医书，所以对于草木鱼虫之属，自以为还不是没有常识，可是后来读到英国人吉尔勃·怀德所著的《色尔彭自然史》，才使我吃了一惊，原来过去深信不疑的知识，有些竟是十分荒诞的。不仅“腐草化为萤”没有科学根据，“螟蛉有子，蜾蠃负之”也不过是有趣的传说。这位业余生物学家所写的《色尔彭自然史》，的确在一个不短的时期使我着了迷，由于读了这本书，所以后来再读法勃尔的是《昆虫记》，就觉得对这一类自然现象有了一些基础知识，不像初读《自然史》时那样的事事使我瞠目惊异了。

读《色尔彭自然史》和《昆虫记》，除了可以得到许多自然界、生物界的常识之外，对我最有启发的，还是这些书的作者们的那种不泥旧说、不逞臆想，事事都从实际观察出发的实事求是的精神。怀德生于一七二〇年，他的职业是伦敦附近色尔彭教区的一个助理牧师，他凭自己的兴趣，穷年累月地对色尔彭地区的自然现象进行了深入细致的观察，他把观察所得准确地记录下来，偶有所得，或者遇到难以理解的问题，就向远方的两位生物学家报告和讨教，《色尔彭自然史》就是这些来往书信的汇编，由于他的文笔清新，内容引人入胜，所以两个世纪以来，这本书一直是为人传诵的英国散文名著。

我们中国并不是没有这种对自然现象有兴趣的热心家，记载这种自然现象的书籍，也着实不少。从《尔雅》《花镜》《百廿虫吟》《南方草木状》一直到《本草纲目》《植物名实图考》，书着实不少，可是从科学的准确性来要求，有不少书就很难说了，由于此，“雀入大海为蛤”“腐草化为萤”，就成了过去许多人的常识。应该肯定李时珍是一个了不起的学者，他的《本草纲目》基本上都是经过实物观察的。可是就拿“腐草化为萤”为例，他还是深信而不疑的，他说：“萤有三种：一种小而宵飞，腹下光明，乃茅根所化也，吕氏月令所谓腐草化为萤者是也；一种长如蛆蠋，尾后有光，无翼不飞，乃竹根所化也；一名蠲，俗名萤蛆，明堂月令所谓腐草化为蠲者是也，其名宵行。”其实，读一读《昆虫记》就可以知道，萤是卵生的，所谓两种或者三种，有翼或无翼，只不过是雌雄形态有异而已。法勃尔为了观察一种昆虫的生态，常常穷年累月，或者忍饥受寒，彻夜不寐，他的那种认真细致、丝毫不苟的精神，读其书者无不深为感动，譬如他观察所得的萤吃蜗牛的故事，实在是一篇既生动又有趣的科学小品。

我不知道《色尔彭自然史》有没有中译本，《昆虫记》也只有一本一九三三年出版的、经过两道译述的中文本。为了让儿童和成人有一些自然科学的常识，我觉得这一类书的译述，是十分必要的。

佳作赏析：

夏衍（1900—1995），浙江杭州人。现代剧作家。著有剧作《赛金花》《上海屋檐下》，杂文集《劫余随笔》《蜗楼随笔》等。

这是一篇文笔优美的知识型佳作。

作者从逛公园写起，由实入虚，开始了对蚯蚓、萤、螟蛉虫等的介绍。但作者行文的重点并不在此，文章着重介绍了作者学习和了解草木鱼虫相关知识的经过和主要来源，并把《色尔彭自然史》和《昆虫记》两本书和中国古代一些著作进行了对比。作者细心、求实的精神颇值得学习。

笑

□［中国］冰心

雨声渐渐地住了，窗帘后隐隐地透进清光来。推开窗户一看，呀！凉云散了，树叶上的残滴，映着月儿，好似荧光千点，闪闪烁烁地动着。——真没想到苦雨孤灯之后，会有这么一幅清美的图画！凭窗站了一会儿，微微地觉得凉意侵入。转过身来，忽然眼花缭乱，屋子里的别的东西，都隐在光云里；一片幽辉，只浸着墙上画中的安琪儿。——这白衣的安琪儿，抱着花儿，扬着翅儿，向着我微微的笑。

“这笑容仿佛在那儿看见过似的，什么时候，我曾……”我不知不觉地便坐在窗口下想——默默地想。

严闭的心幕，慢慢地拉开了，涌出五年前的一个印象。—— 一条很长的古道。驴脚下的泥，兀自滑滑的。田沟里的水，潺潺的流着。近村的绿树，都笼在湿烟里。弓儿似的新月，挂在树梢。一边走着，似乎道旁有一个孩子，抱着一堆灿白的东西。驴儿过去了，无意中回头一看。——他抱着花儿，赤着脚儿，向着我微微地笑。

"这笑容又仿佛是那儿看见过似的！"我仍是想——默默地想。

又现出一重心幕来，也慢慢地拉开了，涌出十年前的一个印象。——茅檐下的雨水，一滴一滴地落到衣上来。土阶边的水泡儿，泛来泛去地乱转。门前的麦垄和葡萄架子，都濯得新黄嫩绿的非常鲜丽。——一会儿好容易雨晴了，连忙走下坡儿去。迎头看见月儿从海面上来了，猛然记得有件东西忘下了，站住了，回过头来。这茅屋里的老妇人——她倚着门儿，抱着花儿，向着我微微地笑。

这同样微妙的神情，好似游丝一般，飘飘漾漾地合了拢来，绾在一起。

这时心下光明澄静，如登仙界，如归故乡。眼前浮现的三个笑容，一时融化在爱的调和里看不分明了。

佳作赏析：

冰心（1900—1999），福建长乐人，女作家、翻译家。有诗集《繁星》《春水》，散文集《寄小读者》，短篇小说集《超人》，译作《园丁集》《先知》等。

《笑》发表于1921年的《小说月报》第1号上，是冰心的成名之作。

文章展现了三幅笑影：从图画里安琪儿的微笑，作者联想起五年前在田野道旁看见的一个孩子的微笑，又联想起十年前在海边茅屋前看见的一个老妇人的微笑。三幅笑影给人的感觉美丽而温柔，亲切而和善。作者从这些笑影中感受到了人世间的美好，她怀着爱心与对"美"的向往创造出独具魅力的艺术境界。

《笑》的文字自然流畅、清丽典雅、空灵飘逸，令人回味无穷。

萤火虫

□［中国］贾祖璋

满天的繁星在树梢头辉耀着，黑暗中，四周都是黑魆魆的树影；只有东面的一池水，在微风中把天上的星，皱作一缕缕的银波，反映出一些光辉来。池边几丛的芦苇和一片稻田，也是黑魆魆的；但芦苇在风中摇曳的姿态，却隐约可以辨认，这芦苇底下和田边的草丛，是萤火虫的发祥地。它们一个个从草丛中起来，是忽明忽暗的一点点的白光，好似天上的繁星，一个个在那里移动。最有趣的是这些白光虽然乱窜，但也有一些追逐的形迹：有时一个飞在前面，亮了起来，另一个就会向它一直赶去，但前面一个忽然隐没了，或者飞到水面上，与水中的星光混杂了；或者飞入芦苇或稻田里，给那枝叶遮住，于是追逐者失了目标，就迟疑地转换方向飞去。有时反给别个萤火虫作为追逐的目标了。而且这样的追逐往往不止一对，所以水面上、稻田上，一明一暗、一上一下的闪闪的白光与天上的星光同样的繁多；尤其是在水面的，映着皱起的银波，那情景是很感兴趣的。

这是幼年时暑假期中在乡间纳凉时所见的情景。当时与弟妹等一边听着在烈日中辛苦了一日才得这片刻安闲休息的邻舍们的谈笑，一边向萤火虫唱着质朴的儿歌：

> 萤火虫，
> 夜夜红；
> 飞到天上捉蚜虫，
> 飞到地上捉绿葱。

在这样的歌声中，偶然有几个飞到身边，赶忙用芭蕉扇去拍，有时竟会把它拍在地上，有时它突然一暗，就飞到扇子所能拍到的范围以外去了，这时就是追了上去，也往往是不能再拍着的。被拍在地上的，它把光隐了，也着实难以寻觅；或又悄悄地飞起，才再现它的光芒，也往往给它逃去。被捉住的最初是用它来赌胜负，就是放在地上，用脚一拖。在地上划起一条发光的线，比较那个人划得长，就作为胜利。不消说，这是一种残酷的行为，真所谓“以生命为儿戏”的了。后来那些幸运的个体不会这样被牺牲，它们被闭入日间预备好的鸭蛋壳里，让它们一闪一闪，作为小灯笼。就睡时就携到枕边，颇有爱玩不忍释手的样子。但大人们以为萤火虫假如有机会钻入人的耳内，就会进去吃脑子，所以又往往被禁止携入房间里的。

萤火虫是怎样发生的，乡间没有谈起；但古书上却说它是腐草所化成的。去年那号称中国第一家的老牌杂志，竟发表过罗广庭博士的生物化生说，所以腐草化萤，大概是可靠的。但罗博士经广东方面几位大学教授要求严密实验以后，一直到现在还未曾有过下文，至少那家老牌杂志，没有再把他的实验发表过，大抵罗博士已被他们戳穿西洋镜了；那么腐草为萤的传说也就有重行估定价值的必要。

原来萤有许多种数，全世界所产能够发光的萤有两千种，形态相像而不能发光的也有两千种。我们这里最常见的一种是身体黄色，而翅膀的光端有些黑色的。它们也有雌雄，结婚以后，雄的以为责任已尽，随即死去；雌萤在水边的杂草根际产生微细的球形黄白色卵三四百粒，也随即死去。这卵也能发一些微光，经过廿七八天，就孵化为幼虫，幼虫的身体有十三个环节，长纺锤形，略扁平；头和尾是黑色的，体节的两旁也有黑点。尾端有一个能够吸附他物的附属器，可代足用。尾端稍前方的身体两侧还有一个特殊的发光器官，也能放青色的光。日中隐伏于泥土下，夜间出来觅食。它能吃一种做人类肺蛭中间宿主的螺类，所以有相当的益处。下一年的春天，长大成熟，在地下掘一个小洞，脱了皮化蛹。蛹淡黄色，夜间也能发光。到夏天就化作能够飞行的成虫。看了这一个简单的生活史，腐草为萤的传说，可以不攻自破了。

最令人感兴趣的萤火，是从哪里来的呢？在科学上的研究，以前有人以为是某种发光性细菌与萤火虫共栖的缘故，但近来经过详细的研究，确定并没有细菌的形迹可寻，还是说它是一种化学作用来得妥当。这种发光器的构造，随萤的种类和发育的时代而不同。幼虫和蛹大抵相似；在成虫普通位于尾端的腹面，表面是一层淡黄色透明质硬的薄膜，下面排列着多数整齐的细胞，形成扁平的光盘，细胞里有多数黄色细粒。叫做“萤火体”（Luciferase），遇着氧气就起化学作用而发光。这些细胞的周围又布满毛细管，毛细管连接气管能送入空气，使荧光体可以接触氧气。又分布着许多神经，能随意调节空气的输送，所以现出忽明忽暗的样子。与发光细胞相对的还有一层含有多数蚁酸盐或尿酸盐的小结晶的细胞，呈乳白色，好似一面镜子，能够把光反射到外方。

荧光不含赤外线（热线）和紫外线（化学线），所以只有光而没有热，是一种理想的照明用的光。但现在的人类还不能明白这些荧光体的内容；既不能直接利用它，也不能仿照它的化学成分来制出一种人造的荧光。人类所能利用的，在历史上有晋代的车胤，把它盛在袋里，以代烛火读书。在外国，墨西哥地方出产一种巨大的萤火虫，胸部有两个大发光器，放绿色的光；腹部下面也有一个发光器，放橙黄色的光；两色相映，极为美丽，妇人把它簪在发间，作为夜舞时的装饰品。还有，就是作为玩耍而已。至于在萤火虫的自身，借此可以引诱异性，又可以威吓敌害，对于它的生活上是很有意义的。

在电灯，煤气灯和霓虹灯交互辉煌的上海，是没有机会遇到萤火虫的。故乡的萤火虫更是一年，两年，几乎十年没有见过了，最近家中来信说：三月没有雨，田里的稻都已枯死，桑树也有许多枯萎了。那么往时所见的一池水，当然已经干涸，一片稻田，看去一定像一片焦土，那黑魆魆的树影，也必定很稀疏了。我那辛苦工作的邻居们已经无工可做，他们可以作长期的休息了，但是在纳凉的时候，在他们的谈话中，未知还能闻到多少笑声。

因了萤火虫我记着了遭遇旱灾的故乡了。祝福我辛苦的邻人们，应该有一条生路可走。

佳作赏析：

贾祖璋（1901—1988），福建漳州人，著名生物科普作家。共出版科普作品集 20 余种，代表作有《鸟与科学》等。

贾祖璋作为著名的科普作家，有许多洋溢着科学美和艺术美的优秀作品，《萤火虫》就是其中突出的代表。

对于许多大众读者而言，最感兴趣的莫过于萤火虫为什么会发光。作者紧紧抓住这一公众最为感兴趣的问题进行了生动的讲解和说明，并对古人流传下来的“腐草化萤”的说法进行了纠正，体现了科学的求实精神。语言生动形象、叙事引人入胜，是文章的一大特色。虽然是说明性的文章，但在说明中作者运用了记叙、描写、抒情、议论等多种表达方式，把萤火虫写得生动活泼。读者会不知不觉地跟随作者有声有色、富有文学韵味的文字里展开联想，情趣十足。

快阁的紫藤花

□［中国］徐蔚南

细雨蒙蒙，百无聊赖之时，偶然从《花间集》里翻出了一朵小小的枯槁的紫藤花，花色早褪了，花香早散了。啊，紫藤花！你真令人怜爱呢！岂令怜爱你，我还怀念着你的姊妹们——一架白色的紫藤，一架青莲色的紫藤——在那个园中静悄悄地消受了一宵冷雨，不知今朝还能安然无恙否？

啊，紫藤花！你常住在这诗集里吧；你是我前周畅游快阁的一个纪念。

快阁是陆放翁饮酒赋诗的故居，离城西南三里，正是鉴湖绝胜之处。去岁初秋，我曾经去过了，寒中又重游一次，前周复去是第三次了。但前两次都没有给我多大印象，这次去后，情景不同了，快阁的景物时时在眼前显现——尤其使人难忘的，便是那园中的两架紫藤。

快阁临湖而建，推窗外望，远处是一带青山，近年是隔湖的田亩。田亩间分出红黄绿三色：红的是紫云英，绿的是豌豆叶，黄的是油菜花。一片一片互相间着，美丽得远胜人间锦绣。东向，丛林中，隐约间露出一个塔尖，尤有诗意，桨声渔歌又不时从湖面飞来。这样的景色，晴天固然极好，雨天也必神妙，诗人居此，安得不颓放呢！放翁自己说：

“桥如虹，水如空，一叶飘然烟雨中，天教称放翁。”是的，确然天叫他称放翁的。

阁旁有花园二，一在前，一在后。前现的一个又以墙壁分成为二，前半叠假山，后半凿小池。池中植荷花，如在夏日，红莲、白莲，盖满一地，自当另有一番风味。池前有春花秋月楼，楼下有匾额曰“飞跃处”，此是指池鱼言。其实，池中只有很小很小的小鱼，要它跃也跃不起来，如何会飞跃呢？

园中的映山红和踯躅都很鲜艳，但远不及山中野生的自然。

自池旁折向北，便是那后花园了。

我们一踏进后花园，便有一架紫藤呈在我们眼前。这架紫藤正在开最盛的时候，一球一球重叠盖在架上的，俯垂在架旁的尽是花朵。花心是黄的，花瓣是洁白的，而且看上去似乎很肥厚的。更有无数的野蜂在花朵上下左右嗡嗡地叫着——乱哄哄地飞着。它们是在采蜜吗？它们是在舞蹈吗？它们是在和花朵游戏吗？……

我在架下仰望这一堆花、一群蜂，我便想象这无数的白花朵是一群天真无垢的女孩子，伊们赤裸裸的在一块儿拥着、抱着、偎着、卧着、吻着，戏着；那无数的野蜂便是一大群底男孩，他们正在唱歌给伊们听，正在奏乐给伊们听。渠们是结恋了。渠们是在痛快地享乐那阳春。渠们是在创造只有青春、只有恋爱的乐土。

这种想象绝不是仅我一人所有，无论谁看了这无数的花和蜂都将生出了种神秘的想象来。同钱块儿去的方君看见了也拍手叫起来，他向那低垂的一球花朵热烈地亲了个嘴，说道：“鲜美呀！呀，鲜美！”他又说：“我很想把花朵摘下两枝来挂在耳上呢！”

离开这架白紫藤十几步，有一围短短的冬青，穿过一畦豌豆，又是一架紫藤。这一架是青莲色的，和那白色的相比，各有美处。但是就我个人说，却更爱这青莲色的，因为淡薄的青莲色呈在我眼前，便能使我感得一种平和，一种柔婉，并且使我有如饮了美酒，有如进了梦境。

很奇异，在这架花上，野蜂竟一只也没有。落下来的花瓣在地上已有薄薄的一层。原来这架花朵的青春已逝了，无怪野蜂散尽了。

我们在架下的石凳上坐了下来，观看那正在一朵一朵飘下的花儿。花也知道求人爱怜似的，轻轻地落了一朵在膝上，我俯下看时，颈项里感得飕飕地一冷，原来又是一朵。它接连着落下来，落在我们的眉上，落在我们的脚上，落在我们的肩上。我们在这又轻又软又香的花雨里几乎睡去了。

猝然“骨碌碌”一声怪响，我们如梦初醒，四目相向，颇形惊诧。即刻又是“骨碌碌”地响了。

方君说：“这是啄木鸟。”

临去时，我总舍不得这架青莲色的紫藤，便在地拾了一朵夹在《花间集》里。夜深人静的时候，我每取出这朵花来默视一会儿。

佳作赏析：

徐蔚南（1902—1952），江苏吴县人，作家。主要作品有散文集《春之花》《寄云的信》《水面桃花》等。

这是一篇写花的散文名篇。

从《花间集》所夹的枯槁的紫藤花，引出对“快阁的紫藤花”的回忆，见花思花，颇具诗意。

动静结合、对比鲜明，是文章的一大特色。快阁旁边有两个美丽的花园，而令人怜爱的两架紫藤花就在后花园中。一架白色的紫藤，繁花锦簇，热闹非凡，充满生机与活力；而另一架青莲色的紫藤则呈现出凄清萧条的景象，花朵的青春已逝，花瓣飘落地面，野蜂也没有，而突如其来的鸟叫声更衬托了环境的幽静。一动一静，对比鲜明。

作者在行文时充分调动了自己的主观能动性，尽情张开想象的翅膀，抒发自我的感受，使这篇不长的文章具有诱人的艺术魅力。

雪夜

□［中国］石评梅

北京城落了这样大这样厚的雪，我也没有兴趣和机缘出去鉴赏，我只在绿屋给受伤倒卧的朋友煮药煎茶。寂静的黄昏，窗外飞舞着雪花，一阵紧似一阵，低垂的帐帷中传出的苦痛呻吟，一声惨似一声！我黑暗中坐在火炉畔，望着药壶的蒸汽而沉思。

如抽乱丝般的脑海里，令我想到关乎许多雪的事，和关乎许多病友的事，绞思着陷入了一种不堪说的情状。推开门我看看雪，又回来揭起帐门看看病友，我真不知心境为什么这样不安定而彷徨？我该诅咒谁呢？是世界还是人类？我望着美丽的雪花，我赞美这世界，然而回头听见病友的呻吟时，我又诅咒这世界。我们都是负着创痛倒了又挣扎，倒了又挣扎，失败中还希冀胜利的战士，这世界虽冷酷无情，然而我们还奢望用我们的热情去温暖，这世界虽残毒狠辣，而我们总祷告用我们的善良心灵去改换。如今，我们在战线上又受了重创，我们微小的力量，只赚来这无限的忧伤！何时是我们重新挣扎的时候，何时是我们战胜凯旋的时候？我只向熊熊的火炉祷祝他给予我们以力量，使这一剂药能医治我病友，霍然使她能驰驱赴敌再扫阴霾！

黄昏去了，夜又来临，这时候瑛弟踏雪来看病友，为了人间的烦恼，令他天真烂漫的面靥上，也重重地罩了愁容，这真是不幸的事。不过我相信一个人的生存，只是和苦痛搏战，这同时也是一件极平淡而庸常无奇的事吧！我又何必替众生来忏悔？

给她吃了药后，我才离开绿屋，离开时我曾想到她这一夜辗转哀泣的呻吟，明天朝霞照临时她惨白的面靥一定又瘦削了不少！爱怜、同情，我真不愿再提到了，罪恶和创痛何尝不是基于这些好听的名词，我不敢诅咒人类，然而我又何能轻信人类；所以我在这种情境中，绝不敢以这些好听的名词来市恩于我的病友；我只求赐她以愚钝，因为愚钝的人，或者是幸福的人，然而天又赋她以伶俐聪慧以自戕残。

出了绿屋我徘徊在静白的十字街头了，这粉妆玉琢的街市，是多么幽美清冷值得人鉴赏和赞美！这时候我想到荒凉冷静的陶然亭，伟大庄严的天安门，萧疏辽阔的什刹海，富丽娇小的公园，幽雅闲散的北海，就是这热闹多忙的十字街头，也另有一种雪后的幽韵，镇天被灰尘泥土蔽蒙了的北京，我落魄在这里许多年，四周只有层层黑暗的网罗束缚着，重重罪恶的铁闸紧压着，空气里那样干燥，生活里那样枯涩，心境里那样苦闷，更何必再提到金迷沉醉的大厦外，啼饥号寒的呻吟。然而我终于在这般梦中惊醒，睁眼看见了这样幽美神妙的世界，我只为了一层转瞬即消逝的雪幕而感到欣慰，由欣慰中我又发现了许多年未有的惊叹，纵然是只如燐火在黑暗中细微的闪烁，然而我也认识了宇宙尚有这一刹那的改换和遮蔽，我希望，我愿一切的人情世事都有这样刹那的发现，改正我这对世界浮薄的评判。

过顺治门桥梁时，一片白雪，隐约中望见如云如雾两行挂着雪花的枯树枝和平坦洁白的河面。这时已夜深了，路上行人稀少，远远只听见犬吠的声音和悠远清灵的钟声。沙沙地我足下践踏着在电灯下闪闪银光的白雪直觉到恍非人间世界。城墙上参差的砖缘，披罩着一层一层的白雪，抬头望：又看见城楼上粉饰的雪顶和挂悬下垂的流苏。底下现出一个深黑的洞，远望见似乎是个不堪设想的一个恐怖之洞门。我立在这寂静的空洞中往返回顾而踟蹰，我真想不到扰攘拥挤的街市上，也有这样沉寂冷静时候。

过了宣武门洞，一片白地上，远远望见万盏灯火，人影蠕动的单牌楼，真美，雪遮掩了一切污浊和丑恶。在这里是十字街头了，朋友们，不少和我一样爱好雪的朋友们，你们在这清白皎洁的雪光下，映出来的影子，践踏下的足踪，是怎么光明和伟大！今夜我投身到这白茫茫的雪镜中，我只照见了自己的渺小和阴暗，身心的四周何尝能如雪的透明纯洁，因为雪才反映出我自己的黑暗和污浊，我认识自己只是一个和罪恶的人类一样的影子，我又那能以轻薄的心理去责备人类，和这本来不清明的世界呢！朋友！我知所忏悔了！

爱恋着雪夜，爱恋着这刹那的雪景，我虽然因夜深不能去陶然亭、什刹海、北海、公园，然而我禁不住自己的意志，我的足踪忽然走向天安门。过西安门饭店的门前时，看见停着的几辆汽车，上边都是白雪，四轮深陷在雪里，黑暗的车厢中有蜷伏着的人影，高耸的洋楼在夜的云霄中扑迎着雪花，一盏盏的半暗的电灯下照出门前零乱的足痕，我忽然想起赖婚中的一幕来，这门前有几分像呢！

走向前，走向前，叮叮当当的电车过去了，我只望着它车轮底的火花微笑！我骄傲，我是冒着雪花走向前去的，我未曾借助于什么而达到我的目的，我只是走向前，走向前。

进了西长安街的大森林，我远远看见天边四周都现着浅红，疏疏的枝桠上堆着雪花，风过处纷纷地飞落下来，和我的眼泪滴在这地上一样。过这森林时我抱着沉重的怆痛，我虽然能忆起往日和君宇走过时的足踪在哪里，但我又怎敢想到城南一角黄土下已埋葬了两年的君宇，如今连梦都无。

过了三门洞，呵！这伟大庄严的天安门，只有白，只有白，只有白，漫天漫地一片皆白，我一步一步像拜佛的虔诚般走到了白石桥梁下，石狮龙柱之前，我抬头望着红墙碧瓦巍然高耸的天安门，我怪想着往日帝皇的尊严和这故宫中遗留下的荒凉。踏上了无人践踏的石桥，立在桥上远望灯光明灭的正阳门，我傲然地立了多时，我觉着心境逐渐地冷静沉默，至于无所兴感。这又是我的世界，这如梦似真的艺术化的世界。下了桥我又一直向前去，那新栽的小松上，满缀了如流苏似的雪花，一列一列远望去好像撑着白裙的舞女。前面有一盏光明的灯照着，我向前去了几步，似乎到了中山先生铜像基础旁便折回来。灯光雪光照映在我面上，这时我觉心地很洁白纯真，毫无阴翳遮蔽，因为我已不是在这世界上，我脱了一切人间的衣裳，至少我也是初来到这世界上。

我自己不免受人间一切翳蒙，我才爱白雪，而雪真能洗涤我心灵至于如雪冷洁；我还奢望着，奢望人间一切的事物和主持世界的人类，也能给雪以洗涤的机会，那么，我相信比用血来扑灭反叛的火焰还要有效！

一九二七年一月十四日，雪夜

佳作赏析：

石评梅（1902—1928），山西平定人，现代作家。著有《偶然草》《涛语》等。这是一篇描写北京雪夜景色的佳作。

作者处境不佳，朋友又生病，诸多烦心事涌上心头，然而一场突如其来的大雪飘落京城，给了作者一个突如其来的惊喜。尽管有许多不顺心的地方，作者仍然外出看雪，从作者描绘京城大雪那轻快的笔触不难体会到作者愉悦的心情。古老而恢宏的建筑被大雪覆盖，一片银装素裹，令人陶醉。作者在写景的同时不时插入一些自己的议论、想法，这是作者思想和情绪的集中暴发，也是文章的点睛之笔——雪在洗涤自然界的尘埃的同时，作者也希望它能洗涤当时的社会和人类，寓意深刻，发人深省。

一片阳光

□［中国］林徽因

放了假，春初的日子松弛下来。将午未午时候的阳光，橙黄的一片，由窗棂横浸到室内，晶莹地四处射。我有点发怔，习惯地在沉寂中惊讶我的周围。我望着太阳那湛明的体质，像要辨别它那交织绚烂的色泽，追逐它那不着痕迹的流动。看它洁净地映到书桌上时，我感到桌面上平铺着一种恬静，一种精神上的豪兴，情趣上的闲逸，即或所谓“窗明几净”，那里默守着神秘的期待，漾开诗的气氛。那种静，在静里似可听到那一处琤琮的泉流，和着仿佛是断续的琴声，低诉着一个幽独者自娱的音调。看到这同一片阳光射到地上时，我感到地面上花影浮动，暗香吹拂左右，人随着晌午的光霭花气在变幻，那种动，柔谐婉转有如无声音乐，令人悠然轻快，不自觉地脱落伤愁。至多，在舒扬理智的客观里使我偶一回头，看看过去幼年记忆步履所留的残迹，有点儿惋惜时间；微微怪时间不能保存情绪，保存那一切情绪所曾流连的境界。

倚在软椅上不但奢侈，也许更是一种过失，有闲的过失。但东坡的辩护："懒者常似静，静岂懒者徒"，不是没有道理。如果此刻不倚榻上而"静"，则方才情绪所兜的小小圈子便无条件地失落了去！人家就不可惜它，自己却实在不能不感到这种亲密的损失的可哀。

就说它是情绪上的小小旅行吧，不走并无不可，不过走走未始不是更好。归根说，我们活在这世上到底最珍惜一些什么？果真珍惜万物之灵的人的活动所产生的种种，所谓人类文化？这人类文化到底又靠一些什么？我们怀疑或许就是人身上那一撮精神同机体的感觉，生理心理所共起的情感，所激发出的一串行为，所聚敛的一点智慧——那么一点点人之所以为人的表现。宇宙万物客观的本无所可珍惜，反映在人性上的山川草木禽兽才开始有了秀丽，有了气质，有了灵犀。反映在人性上的人自己更不用说。没有人的感觉，人的情感，即便有自然，也就没有自然的美，质或神方面更无所谓人的智慧，人的创造，人的一切生活艺术的表现！这样说来，谁该鄙弃自己感觉上的小小旅行？为壮壮自己胆子，我们更该相信惟其人类有这类情绪的驰骋，实际的世间才赓续着产生我们精神所寄托的文物精粹。

此刻我竟可以微微一咳嗽，乃至于用播音的圆润口调说：我们既然无疑的珍惜文化，即尊重盘古到今种种的艺术——无论是抽象的思想的艺术，或是具体的驾驭天然材料另创的非天然形象——则对于艺术所由来的渊源，那点点人的感觉，人的情感智慧（通称人的情绪），又当如何地珍惜才算合理？

但是情绪的驰骋，显然不是诗或画或任何其他艺术建造的完成。这驰骋此刻虽占了自己生活的若干时间，却并不在空间里占任何一个小小位置！这个情形自己需完全明了。此刻它仅是一种无踪迹的流动，并无栖身的形体，它或含有各种或可捉摸的质素，但是好奇地探讨这个质素而具体要表现它的差事，无论其有无意义，除却本人外，别人是无能为力的。我此刻为着一片清婉可喜的阳光，分明自己在对内心交流变化的各种联想发生一种兴趣的注意。换句话说，这好奇与兴趣的注意已是我此刻生活的活动。一种力量又迫着我来把握住这个活动，而设法表现它，这不易抑制的冲动，或即所谓艺术冲动也未可知！只记得冷静的杜工部散散步，看看花，也不免会有"江上被花恼不彻，无处告诉只颠狂”的情绪上一片紊乱！玲珑煦暖的阳光照人面前，那美的感人力量就不减于花，不容我生硬地自己把情绪分划为有闲与实际的两种，而权其轻重，然后再决定取舍的。我也只有情绪上的一片紊乱。

情绪的旅行本偶然的事，今天一开头并为着这片春初晌午的阳光，现在也还是为着它。房间内有两种豪侈的光常叫我的心绪紧张如同花开，趁着感觉的微风，深浅零乱于冷智的枝叶中间。一种是烛光，高高的台座，长垂的烛泪，熊熊红焰当帘幕四下时各处光影掩映。那种闪烁明艳，雅有古意，明明是画中景象，却含有更多诗的成分。另一种便是这初春晌午的阳光，到时候有意无意地大片子洒落满室，那些窗棂栏板几案笔砚浴在光霭中，一时全成了静物图案；再有红蕊细枝点缀几处，室内更是轻香浮溢，叫人俯仰全触到一种灵性。

这种说法怕有点会发生误会，我并不说这片阳光射入室内，需要笔砚花香那些儒雅的托衬才能动人，我的意思倒是：室内顶寻常的一些供设，只要一片阳光这样又幽娴又洒脱地落在上面，一切都会带上另一种动人的气息。

这里要说到我最初认识的一片阳光。那年我六岁，记得是刚刚出了水珠以后——水珠即寻常水痘，不过我家乡的话叫它做水珠。当时我很喜欢那美丽的名字，忘却它是一种病，因而也觉到一种神秘的骄傲。只要人过我窗口问问出“水珠”么？我就感到一种荣耀。那个感觉至今还印在脑子里。也为这个缘故，我还记得病中奢侈的愉悦心境。虽然同其他多次的害病一样，那次我仍然是孤独的被囚禁在一间房屋里休养的。那是我们老宅子里最后的一进房子，白粉墙围着小小院子，北面一排三间，当中夹着一个开敞的厅堂。我病在东头娘的卧室里。西头是婶婶的住房。娘同婶永远要在祖母的前院里行使她们女人们的职务的，于是我常是这三间房屋唯一留守的主人。

在那三间屋子里病着，那经验是难堪的。时间过得特别慢，尤其是在日中毫无睡意的时候。起初，我仅集注我的听觉在各种似脚步，又不似脚步的上面。猜想着、等候着，希望着人来。间或听听隔墙各种琐碎的声音，由墙基底下传达出来又消敛了去。过一会儿，我就不耐烦了——不记得是怎样的，我就趿着鞋，挥着木床走到房门边。房门向着厅堂斜斜地开着一扇，我便扶着门框好奇地向外探望。

那时大概刚是午后两点钟光景，一张刚开过饭的八仙桌，异常寂寞地立在当中。桌下一片由厅口处射进来的阳光，泄泄融融地倒在那里。一个绝对悄寂的周围伴着这一片无声的金色的晶莹，不知为什么，忽使我六岁孩子的心里起了一次极不平常的振荡。

那里并没有几案花香，美术的布置，只是一张极寻常的八仙桌。如果我的记忆没有错，那上面在不多时间以前，是刚陈列过咸鱼、酱菜一类极寻常俭朴的午餐的。小孩子的心却呆了。或许两只眼睛倒张大一点，四处地望，似乎在寻觅一个问题的答案。为什么那片阳光美得那样动人？我记得我爬到房内窗前的桌子上坐着，有意无意地望望窗外，院里粉墙疏影同室内那片金色和煦决然不同趣味。顺便我翻开手边娘梳妆用的旧式镜箱，又上下摇动那小排状抽屉，同那刻成花篮形的小铜坠子，不时听雀跃过枝清脆的鸟语。心里却仍为那片阳光隐着一片模糊的疑问。

时间经过二十多年，直到今天，又是这样一泄阳光，一片不可捉摸，不可思议流动的而又恬静的瑰宝，我才明白我那问题是永远没有答案的。事实上仅是如此：一张孤独的桌，一角寂寞的厅堂。一只灵巧的镜箱，或窗外断续的鸟语，和水珠——那美丽小孩子的病名——便凑巧永远同初春静沉的阳光整整复斜斜地成了我回忆中极自然的联想。

佳作赏析：

林徽因（1903—1955），福建闽侯人，现代女作家和建筑学家。著有诗歌、散文、小说多种。

林徽因以“才女”著称于世，她的文章纯净知性，空灵婉约，具有独特的艺术魅力。一片照进屋内的阳光再平常不过，但在作者的笔下，却成了令人喜悦、充满生活情趣的美妙事物。

以小见大是文章的一大特色。作者通过一片阳光联想到自己小时候的一些故事，又引申到对艺术、思想和人性的评论上，虽然略显抽象，却丝毫不觉得枯燥无味。文章在语言上带有诗的色彩、诗的韵味，令人回味无穷。

荔枝

□［中国］钟敬文

轻红酽白，

雅称佳人纤手擘。

——东坡词

这实在使我时常想起来，有点懊恨，为什么不生在那周汉故都的秦豫之乡，又不生在那风物妩媚的江南之地，却偏偏生长在这文化落后蛮僚旧邦的岭南呢？虽说在这庾岭之阳，南海之滨，也尽有南越南汉未荒的霸迹，白云西湖挺秀的河山，足以供我们低回游眺，少摅爱美好古之怀，但翘首北望，毕竟不免于爽然自失啊！

然而，生息在这样边徼的地方，略略可以叫我们感到满意的，却不能不数及饮食之事了。我用不着把岭南一切乡土风味，一一地加以陈述，但略举叙一二有趣故事以当例示便得了。

昔者苏东坡被贬南来，食蚝，觉其味美，戒语他的儿子北归时休要告诉人家，恐怕他们因此求谪岭南。这是一则谁都知道的佳话。我再来另举一个大家不太晓得的民间传说吧。

俗传宋末，帝给元番追赶南下。一晚，行到我们海丰南山岭，腹甚饿，野人以饭菜——油尖米饭和粗鳞针——进之。帝食次，觉风味大佳，因叹道：

玉饭送金汤，
何必作君王？

好了，不抄了，别使馋嘴的朋友听得垂涎吧。

在凡百水果都很繁盛的岭南之区，最使我爱吃的一件，该无过于荔枝了。谈到荔枝，我们总要想起唐宋两位艺术家的故事吧。这两人，一是李三郎的妃子杨玉环，她生长于西蜀，酷嗜我们故乡的荔枝。“一骑红尘妃子笑，无人知是荔枝来。”确是当年事情逼真的写照啊。后来妃子死去，三郎有一回见到进贡的荔枝，想起他从前的爱侣，还禁不住为她凄然饮泣；一是东坡，他是个著名饕餮的学士。他贬到我们岭南来，竟像是天爷爷特赐他一场饱吃的好机会一样。在许多食品中，他尤特别喜欢荔枝，“日啖荔枝三百颗，不妨长作岭南人。”这不是此老馋态自行证实的绝好“招供”吗？

你们有不曾见荔枝的朋友吗？我想总该不会有吧。因为至少你们是可以从罐头的食物里见到的，虽然在那里的已经少变了形态，而且仅仅是它的肉身。若你们万一有不曾见过它来的，那么，你们要从文字里求满足时，最好是去看白居易那篇简短的《图序》。因为他写的虽不必十分相像，但总算得其近似了（听说宋朝的蔡襄，做过一部《荔枝谱》不知内容说的怎样。我即没有见过，也就不便多说了）。

荔枝的为物，我们不必待啖喝了它的雪白的嫩肉和香醇的甘浆而后，才知道它是果中的佳品，便是起初看了它的外形，已经够知道它是很“艺术的”了。柿红的果皮上，印着龟甲似的花纹，这不是很美观么？它种果皮，或过粗糙，或伤平滑，或色泽不佳。方之于它，真像有上下床之别！记得前人把龙眼叫做“荔枝奴”。这若然只限于生熟的时期前后来论，我也可以不必多说；若含有两者性质上比拟的意思，那么，我就不能首肯了。因为像那样土劣的龙眼子——只有苍蝇最喜欢的东西，就是做他的奴婢也有点不配啊！这么一来，也许有人要说我把荔枝看得太名贵了，但我想若平日赏识过它的，至少也该不说我在这儿撒谎吧？

我们这里荔枝上市的时候，大约正是在大地如火炉般热烘着的五六月。这时，杨梅、李子等，已经渐渐过去，黄皮子、山梨等，又多俗而寡味，荔枝总算是一种当行出色的水果了。我们日影已斜的午后，或银月初上的黄昏，独自的或多人的，坐在那清风徐来，绿阴如盖的树下，吃着这一颗颗晶丸般的荔枝，比起古人“浮瓜沉李”的故事，不知谁要风韵得多？犹记得数年前曾以荔枝一筐，馈送某儿郎，简上附以诗云：“眼前三百堪销夏，纤指无劳雪藕丝。”实在的，这种风味即比之杜甫所盛称的“公子调冰人，佳人雪藕丝”，也何须多让呢？

吾粤有著名的荔枝湾，其地荔枝夹岸，白莲满塘。相传是南汉时候的昌华旧苑。每当夏季，荔枝繁结，避暑游人，云簇于此。我数年前客广州，正值岁暮天寒，不是它轻红高挂，招徕游客的时候，所以无缘打桨一至其地，畅尝所谓仙城风味。这件事，现在回想起来，还觉得有些可惜呢。

佳作赏析：

钟敬文（1903—2002），广东海丰人，作家、学者。著有散文集《荔枝小品》《西湖漫话》《湖上散记》等。

这是一篇介绍岭南名果——荔枝的佳作。作者运用了“先抑后扬”的写法，先慨叹自己生在岭南，觉得不如生在北方秦豫之地或江南，然后笔锋一转，点出生在岭南的好处——有丰富的饮食与特产可以享用，而荔枝是其中的佼佼者。这种写法不仅引发了读者的好奇心和阅读兴趣，也反衬了荔枝的美味。引用历史名人典故论证主题是该文的另一大特色，通过杨贵妃、苏东坡对荔枝的酷爱突出了荔枝的独特风味。文章虽然没有过多直接描写荔枝本身，但通过龙眼与荔枝的比较以及作者数年前未能尝到荔枝美味而至今感到遗憾，已经让读者大加垂涎了。

书

□［中国］朱湘

拿起一本书来，先不必研究它的内容，只是它的外形，就已经很够我们赏鉴的了。

那眼睛看来最舒服的黄色毛边纸，单是纸色已经在我们的心目中引起一种幻觉，令我们以为这书是一个逃免了时间之摧残的“遗民”。他所以能幸免而来与我们相见的这段历史的本身，就已经是一本书，值得我们的思索、感叹，更不须提起它的内涵的真或美了。

还有那一个个正方的形状，美丽的单字，每个字的构成，都是一首诗；每个字的沿革，都是一部历史。飙是三条狗的风：在秋高草枯的旷野上，天上是一片青，地上是一片赭，中疾的猎犬风一般快地驰过，嗅着受伤之兽在草中滴下的血腥，顺了方向追去，听到枯草飒索地响，有如秋风卷过去一般。昏是婚的古字：在太阳下了山，对面不见人的时候，有一群人骑着马，擎着红光闪闪的火把，悄悄向一个人家走近。等着到了竹篱柴门之旁的时候，在狗吠声中，趁着门还未闭，一声喊齐拥而入，让新郎从打麦场上挟起惊呼的新娘打马而回。同来的人则抵挡着新娘的父兄，作个不打不成交的亲家。

印书的字体有许多种：宋体挺秀有如柳字，麻沙体夭娇有如欧字，书法体娟秀有如褚字，楷体端方有如颜字。楷体是最常见的了。这里面又分出许多不同的种类来：一种是通行的正方体；还有一种是窄长的楷体，棱角最显；一种是扁短的楷体，浑厚颇有古风。还有写的书：或全体楷体，或半楷体，它们不单看来有一种密切的感觉，并且有时有古代的写本，很足以考证今本的印误，以及文字的假借。

如果在你面前的是一本旧书，则开章第一篇你便将看见许多朱色的印章，有的是雅号，有的是姓名。在这些姓名别号之中，你说不定可以发现古代的收藏家或是名倾一世的文人，那时候你便可以让幻想驰骋于这朱红的方场之中，构成许多缥缈的空中楼阁来。还有那些朱圈，有的圈得豪放，有的圈得森严，你可以就它们的姿态，以及它们的位置，悬想出读这本书的人是一个少年，还是老人；是一个放荡不羁的才子，还是老成持重的儒者。你也能借此揣摩出这主人公的命运：他的书何以流散到了人间？是子孙不肖，将他舍弃了？是遭兵逃反，被一班庸奴偷窃出了他的藏书楼？还是运气不好，家道中衰，自己将它售卖了，来填偿债务，或是支持家庭？书的旧主人是这样。我呢？我这书的今主人呢？他当时对着雕花的端砚，拿起新发的朱笔，在清淡的炉香气息中，圈点这本他心爱的书，那时候，他是决想不到这本书的未来命运。他自己的未来命运，是个怎样结局的；正如现在读着这本书的我，不能知道我未来的命运将要如何一般。

更进一层，让我们来想象那作书人的命运：他的悲哀、他的失望，无一不自然地流露在这本书的字里行间。让我们读的时候，时而跟着他啼，时而为他扼腕太息。要是，不幸上再加上不幸，遇到秦始皇或是董卓，将他一生心血呕成的文章，一把火烧为乌有；或是像《金瓶梅》《红楼梦》《水浒》一般命运，被浅见者标作禁书，那更是多么可惜的事情呵！

天下事真是不如意的多。不讲别的，只说书这件东西，它是再与世无争也没有的了，也都要受这种厄运的摧残。至于那琉璃一般脆弱的美人，白鹤一般兀傲的文士，他们的遭忌更是不言可喻了。试想含意未伸的文人，他们在不得意时，有的采樵、有的放牛，不仅无异于庸人，并且备受家人或主子的轻蔑与凌辱；然而他们天生得性格倔强，世俗越对他白眼，他却越有精神。他们有的把柴挑在背后，拿书在手里读；有的骑在牛背上，将书挂在牛角上读；有的在蚊声如雷的夏夜，囊了萤照着书读；有的在寒风冻指的冬夜，拿了书映着雪读。然而时光是不等人的，等到他们学问已成的时候，眼光是早已花了，头发是早已白了，只是在他们的额头上新添加了一些深而长的皱纹。

咳！不如趁着眼睛还清朗，鬓发尚未成霜，多读一些“人生”这本书罢！

佳作赏析：

朱湘（1904—1933），安徽太湖人，诗人、散文家。著有诗集《夏天》《草莽集》《石门集》《永言集》，散文集《中书集》等。

朱湘的《书》是一篇饶有趣味的散文，看似枯燥的书本在作者笔下成了一件充满乐趣的“艺术品”。作者从鉴赏书的外观着眼，联想到书的历史、欣赏文字的美丽、探究文字的历史、思考文字的文化内涵。作者想象力丰富而飘逸，描写充满诗意的形象化，使文章饱含深厚的文化底蕴。

山窗读画记

□［中国］苏雪林

像长年干着粉笔黑板营生的我们，生活当然很枯燥，非有相当娱乐调剂不可。但樗蒲我不懂，酒食征逐嫌烦，看电影怕渡江，拍球野游，又不能常得伴，求其独乐之道，只有音乐和绘画了。音乐我装有一具矿石收音机可以接收汉口市无线电台的播音，工作之暇，便享受一点廉价的耳福。绘画我虽然不大会，高兴时也喜欢涂抹几笔，所以我的书架上除了磊磊落落许多书本以外，还有十来册珂罗版印的近代名家精品。

近来长夏如年，山居无事，由学校图书馆借来一部美国 Osvold Siren《美国收藏中国画录》(Chinese Paintings in American Collections)，披阅以为消遣。这部拓影共两大厚册，收罗唐、宋、元、明名画共二百号。展卷之下，真个琳琅满目，美不胜收。初以为自己所藏已萃国画之精华，今始知见闻之不广。现在且从这部画录中，拣几幅我个人最为欣赏者来一叙。可惜大部分作品没有印出标题，只好照着西文翻译，或按画意杜撰，不得不请读者原谅。

关于人物类的作品，佳作如林，第一号《洛神图》长卷，似是一种连续画。第一段曹子建持槌击鼓，有巨首大耳的水神凌波而来。第二段子建立水边柳下，洛神跨青鸾来与相会。第三段洛神返水乡，乘六龙之车，张翠羽之盖。巨鲤左右，天吴后随。第五段子建率从者乘巨舫渡水。第六段子建坐园中燃双烛似在祈祷。此画像传出晋代顾恺之手笔，董其昌题跋亦称之为顾氏真迹。但经西洋考古学家鉴定，知为宋人摹本。

第五号宋徽宗摹唐张萱《捣练图》，第六七八诸号则为这幅画每段的放大。图之左端共有四妇，三妇持杵捣练，一妇右顾，以手自按其腕似用力久而腕酸。中间两妇，其一坐地毡上理线，其一坐短足凳缝纫。右端六人，其二展所捣之练，一妇持熨斗熨之，一小女以手承熨处。一婢以扇扇铜盆中兽炭，一女孩嬉练下。人物大小十二，所事不一，姿态各异：捣者纸上如闻杵声；纫者纤手引针，若舍所纫物外，不知天地间更有何事；展练者挺腰努腕，力张练使平以受熨；熨者下斗至轻且慎，若恐火候太过灼炼焦。各人全心贯注所为事，似不相谋，而其动作，又互相呼应，所以这样大画仍有一气呵成之妙。我所见中国人物画，神态之栩栩欲活，呼之欲出；“构图”之铢两悉称，此画实为第一。图中妇女的装束尤可注意：高髻，额贴“花黄”，长裙短衫，袖口仄小，有近代风。衣服花纹图案之精雅，胜于今日摩登印花绸。这可见古代人服装美化高于今人远甚。妇女体格均颀长丰硕，精力充盈。看了这个以后，觉后代仇十洲费晓楼所画的那些“痨病美人”竟如粪土。中国民族以汉唐时代为最强，我以为从这画妇女的体格上也可看出一点。

第三十号《仙境图》、第三十二号《宫殿图》都属李龙眠真迹。一则楼阁峥嵘，奇峰耸秀，仙灵十余，翩跹来去；一则万户千门，飞甍画栋，宫女如云，顾盼生姿，都是魄力很伟大的幅头。第三十四到三十六号为《斗鬼图》长卷，也出李氏手笔。松树数株各大十余抱，崖洞悬一竹筐，甲兵守护，不知中贮何宝物。一女仙拥皋比眠石床上，床前人骨零乱，三狞鬼各跨虎豹象率鬼卒来攻，另一女自松树放大毒龙下，鬼卒皆披靡四散。这画想必有个什么故事，可惜我没法考证它。统观这三大图：《仙境图》设色灵幻，《宫殿图》结构庄严，《斗鬼图》用笔豪放，题材不同，描写也就有变化，大艺术家的手腕固应如此。如其画来画去，总是一套笔墨，那还成其为李龙眠吗？

第五十六至七十九号，为周季常林廷所绘罗汉佛像。或降龙，或伏虎，或入定，或云游，容貌奇古，神情飞动。衣折线条，尤极优美。后世画佛像顶上圆光但作一白圈，此则透明，光后之物，历历可见，唯设色略淡而已。又罗汉像往往黑脸蜷须，耳垂大金环，如尼革罗人。并有黑种侍者——或即唐人所谓之“昆仑奴”。汉唐时代与外国交通频繁，所以文人艺术家见闻最广，艺术的领域也最大。周林都是宋代人，画佛像何以能如此？我想或者是从唐代画本模仿来的。

九十五,九十六,九十七三号为《诸天图》，据说是吴道子所画，但经鉴定，知系元人摹本。印度是富于幻想的民族，神境想象之夐阔壮丽，罕有其伦。三十二天，更其想入非非，出人意表。这三幅画香幢宝盖，龙驾象车，八万天童，雾积云委，也极其庄严之致。是明显的受印度文化影响而产生的艺术。

仇英真迹有《弹箜篌图》《相马图》，而我最喜欢一七一号的《斗鸡图》。雄鸡一对斗于金阶之前。一位皇帝模样的人骑着白马，宫女宦官簇拥前后。并有许多庶民扶老携幼共来观看。看了这图，令我联想到许多天宝时代的风流韵事。这画中的皇帝，想必就是那位风流天子唐明皇吧？还有许多元明无名画家的作品，亦称上选。

动植类的写真，好的比较少。第三号宋人摹韩干《呈马图》，西域汗血名驹黑二白一，牵以胡奴数人，并有番僧二人前导。马背障泥及人物衣裳皆有金绣。障泥绣甲士驰马尤精。按韩干为曹霸弟子。杜甫诗云“干惟画肉不画骨，忍使骅骝气凋丧”，似乎韩所画马不及其师远甚。但现在看来他画的马固然不十分像真马——中国人画动物只有虫鸟逼真——可是除了元代的赵子昂，似乎更没有第三人及得他。

第四十四号清高宗命金廷标摹宋代陈容《云龙图》，钤有“太上皇帝”和“古稀天子”“乾隆赏鉴”“嘉庆御览之宝”，高宗并亲题二诗。画中龙八九条盘旋云雾山水之间，蜿蜒翻腾，鳞甲如生。山涧石色如积铁，树木皆倒垂，横柯作攫势，与龙倔强之态相称。中国的龙原是“力”的象征，此画可说能将“龙”的精神传出，宋以后的龙便失去这“力”的优点了。

第一百号郭乾祐画鹰。大涧水上着老树一株，柯干臃肿，满缘藤络，苍鹰二栖枝间，颇具搏击的雄姿。第一二六，一二七，元人《八骏图》，一四二号宋人《沙打落雁图》，一九二号周渊《双鹿图》，一九三号龚开《柳阴白鹭图》，一九四号明人《双猿图》，一九五号黄筌《鸳鸯图》，均具有特别精彩。

第一二五号管道升画竹一幅，有其姊姚管道果题跋。书法秀媚劲拔，绝似赵子昂。我们只知道管夫人善画，不观这画，又那能知其姊亦善书，于我总算一个新发现。第八十号宋人画荷花，仿徐熙体。徐熙画我未尝见，于今才知道他的花卉是写实派。因为那荷花颜色之鲜润，真像才从池子里摘出来的。

山水类最值得欣赏者为二十二至二十四号之董源山水长卷。郑孝胥题“北苑真笔”四大字，旁又有“宣统辛亥正月十四日获观于朴孙都护之半亩园”小字两行。这画前半幅为山景峦岫回旋，树木森郁；后半幅为江景，白练平铺，遥峰隐约，笔墨雄秀苍润，力透纸背。后来王石谷等有此工夫无此气魄，模仿或能到，独创则不能。此等画真有惊心动魄之观，后代实为少见。

第八十二号大横幅相传为巨然笔，奇峰巑岏，夹江罗立，如戟如剑，森森逼人。日光下照，驳斑异色，明暗了然。描写光线变化，其工妙不下于西洋绘画中的印象派。但西洋印象派可以借助于光学而中国旧式绘画则全靠回忆和想象，更不容易。

第一三一号《双松湖亭图》，一三二号《深山访隐图》，一三三号《秋水始生图》，一五六号《柴门归客图》，皆明人大幅立轴。气息深稳，局势宏阔。《柴门归客图》意境最佳，明月在天，高峰静峭，时间似在深夜。松竹围绕之中有一双扉严扃的茅屋，一客自远道来，跨马背，地置行李一担，挑夫力挝扉，呼屋中人起。芦渚，流水，乱石，烟树，隐约月光中，有似迷离的梦境，看了令人联想古人许多诗句。这种恬静的境界，萧散的生活，现代是求之不得了。

一七四号蓝瑛《嵩山高》，一七八号郭熙《冬山图》，一八九号许道宁《冬山行旅图》，其工固不必说，但我最爱的却是一〇五号明人山水横幅，一三七号明人大立轴，和一九八号大立轴。这几幅山水的皴法都与近代的大相径庭，全用干皴，不假渲染，笔力略弱者，便无所藏拙。峦岫树木水石房屋等画法又一一逼真，有西洋画之写实，而又具中国画之神韵。一九八号据说出于宋代王诜，但笔法又似清代袁江。时代颇难考定。这幅画规模之大，结构之精，更令人目瞠口呆，叹为观止。在这部画录中间，山水画之以工力表见者，此画当首屈一指。另外小品为一六二号吴道子（？）《竹松图》，一三九号元人雪景，一七六、一七七许道宁山水，笔墨均挥洒自如，个性流露。不及一一叙述。

看了这一部中国画录，我有几个感想，可以在这里赘述一下：记得梁启超先生在《情圣杜甫》里曾说“艺术是情感的表现，情感是不受进化法则支配的。不能说现代人的情感一定比古人优美，所以不能说现代人的艺术一定比古人进步”。这话曾引起新文学评坛一场大辩论。谁胜谁负，暂不去管它，我个人的意见却很以梁氏为然。以中国山水画为例，便可以看出。中国山水晋代是萌芽时期，唐代是进步的时期，宋、元、明三代则为发展最高的时期，今人所长，古人已有；古人所长，今人反无。譬如我们常见的中国山水画最不讲究“透视学”，一幅之上，万壑千岩，重复合沓。甚至遥峰之顶，忽见帆樯，近水楼台的体积，小逾树杪的飞鹭。但宋明之画则很少这类毛病。中国山水画又不讲光学，阴阳向背的形势，混乱不清，但前文所举的董源，巨然，王诜均为十世纪的人，对于这个，反知道注意。古人作画取景极多变化，今人则如一个模子倒出。科学固然随时代进化，艺术文学之事却未必一定后来居上，这可证明了。但这中间应当还有一个原因在：古人取法大自然，且富于创造的精神，以蹈袭为耻；而后人既为“论画以形似，见与儿童邻”之说所误，专去弄那“文人画”“写意画”的玩意儿，又与自然隔绝，一味以模仿古人作品为能事，模仿的画好像八股中的“赋得诗”，自然要堕落到陈陈相因，了无新意的途径上去了。

古人作画讲究大结构，如上文所举李龙眠董源长卷，元气淋漓，魄力磅礴，富有艺术上“伟大”“雄厚”“庄严”“崇高”诸优点。相对之顷，如聆金钟大镛之镗鞳，如睹万马列阵之堂堂，如仰崇城巨墉之屹立，如临宗庙殿堂之肃穆，令人耳目发皇，精神壮旺。这才可以象征一个大艺术家的力量，一个拥有数千年文物历史民族的心灵。后代文化颓废，画家也思想局促，气象凋耗，这类“大手笔”，便不容易见到了。所以清代平金川等历史画只好假手于西洋教士郎世宁，而近代以政府的力量也奖励不出一幅可观的史迹画。近来一些自命名家的艺人只知画一匹骨瘦如柴的老马，一只哈巴狗似的狮子，几匹雏鸡，几条小鱼，而且鲁莽决裂，古法扫地，自美其名曰“解放”，曰“艺术的反叛”，还要一次两次到外国陈列去，使那些没有见过中国精品的西洋人以为中国画原来如此，我真想替中国真正艺术叫冤了。

中国原是个败落的旧家，破铜烂铁堆积很多，珍宝古玩可也不少。这几十年来外人挟其雄厚的财力，和精明的赏鉴眼光，巧取豪夺，不知弄了我们多少好东西去。吴世昌在《大公报》《史地周刊》上所发表“近五十年中国历史文物之丧失”和“我国石刻及古画之流出海外”两篇文字，中国文物被攘夺于异邦人之多，令人惊愕。今年古物运英，引起国人的反对，说恐怕国宝有失，无物可赎，用意未尝不善，但我们须知道实际上故宫精华，久已被那些白蚁式的管理人暗中蛀蚀得差不多，这次出洋的古物恐怕在故宫中只算得二三等的货色罢了。我们虽不胜其敝帚自珍之情，人家见了，也许还有曾经沧海难为水之感呢。就像这一部《中国画录》吧，里面的精品，故宫里现在又何尝找得出？一国的文物为国民思想情感之所寄托，文物被人抢夺了去，其关系之大不下于土地和主权的丧失。我们看外国人如何宝爱他们的文化结晶，回头再看我们一班不争气的子孙将祖宗珍贵的遗传，一年一年大批向海外送，不禁愧汗无地。而且中国历史文物究竟不是无尽的宝藏，经得几回消耗，再过十年，我们这民族恐怕要成为像斐洲土人一样赤裸裸地一无所有的民族了吧？何况我们那个同文同种的好邻居，正在努力接受我们文化的遗产，以便将来移花接木，向世界夸耀自己为东亚文明世家，我们这些祖宗的心血结晶，在将来世界人的眼里，也许要认为是别人的光荣吧？法国劳郎司教授

(P.A.Laurens)曾说中国民族是个“牺牲的民族”(Une Nation Sacrifiée),血与汗的努力是她的分,成功的果子,却让别人享受。我看了这些流到海外的艺术品,想到将来种种情景,又怎样能不为这可怜的牺牲者的前途,放声一哭!

二十四年七月四日,于珞珈山

佳作赏析:

苏雪林(1897—1999),生于浙江瑞安,原籍安徽太平,女作家、学者。著有散文集《绿天》《青鸟集》,学术论著《唐诗概论》《中国文学史》等。

苏雪林的散文和冰心齐名,她的文章别具一番诗情画意,细腻、温柔。

本文是一篇抒怀的美文,对许多古人画卷作了十分传神的描绘。在作者富有想象力的笔端下,画卷的美感真实显现出来,颇让人神往。而越是被描绘得美丽的画作,作者对它们被遗失国外所产生的惋惜感就越发的强烈,体现了作者的爱国主义情怀。文章论画讲理,兼具情思和理趣,真挚感人。

玉玲珑阁丛谈

□［中国］施蛰存

小引

杭州是我的原籍，但我从来没有在杭州城里住到两星期以上过。这回到杭州来教书，算来至少总可以住上一年半载，对于杭州也许能发现一点以前所不知道的民情风物。黎庵海戈合办《谈风》，遥想海上谈风，必然甚健，近又来信要我助一阵风，于是想把到杭州后一切所见所闻，所思所感，胡乱写一点下来，聊以存一时鸿爪。这些文章，本想题名“杭州杂话”，但又一想，如果《谈风》不中途停刊，也许我将来写的就不尽是关于杭州的事情了。故另外给题一个总名曰玉玲珑阁丛谈。玉玲珑阁者，澹园中一小楼，为鄙人授徒之地。这些文章虽实非在此阁中写成，但到底借用了它的名字者，无他，附庸风雅云耳。

山里果儿

我把行李安顿在亲戚家里之后，走出大门，就听见了一个卖“山里果儿”的。“山里果儿”是一种像山楂一样的果实，叫卖者的声音读做“山林果儿”。每二三十颗穿成一个圆圈卖给小孩子，又可套在颈项上玩儿，又可吃。这是我小时候所曾喜欢过的东西。现在听见了那老头儿的叫卖声，仿佛如回复到总角时去一样。但当我看到他那担子中的货色时，我不禁慨然了。当我小时候所曾买过的山里果儿总是又大又红又甜的，叫卖的老头儿在巷底里叫着“山林果儿噢，五个龙连（杭州方言谓铜钱曰龙连）一串，五个龙连一串！”于是我捡了五个小钱赶出去挨着邻里孩子群中拣得了一串最大的回来，玩好吃完，总可以消磨得一小时。可是现在的山里果儿怎么样？那样的小，那样的干瘪，那样的青，老头儿叫着要卖三个铜板一串，我看他走了半条巷，也没一个小孩子来作成他的生意。山里果儿也没落了，它的地位自然只好让咖啡糖牛奶糖抢了去。只是我还不明白，到底还是因为没有孩子再爱买山里果儿，以至于山里果儿愈来愈坏的呢？还是因为它愈来愈坏，因而没有小孩子再爱买它的呢？

茶

到杭州来了一个月，除了看过一次曾在上海看见过的电影而外，一切的假日与余暇差不多都花在吃茶吃酒两件事情上。茶是我自己吃的，所以常常独自个去，酒则是陪了朋友去吃，因为我自己实在不吃酒。

现在先谈茶。我爱吃茶，但是不韵得很，一向只吃红茶，吃绿茶的兴趣是这回才发生的。因为素来没有品过茗，不大懂得茶道。我只以平时吃惯了自来水或雨水泡的普通红茶的感觉来尝啜杭州的茶，深觉从前所吃的实在算不得茶了。近来到湖滨吃茶者，最普通的地方是第六公园里的挹翠轩茶室。坐在那里看看湖光山色，抽一支烟，喝一盏茶，可算是每日下午工作之余的好消遣法。只是那里的茶虽还差强人意，而点心却很不见佳妙耳。

佐茶的小吃，叫做茶食，但现在茶食店虽然仍在，而真正的中国风的茶食却愈来愈少了。现在的茶食店里，我们所可以买到的都是朱古律、葡萄干、果汁牛肉之流的东西了，洋化的上海固然如是，中国本位的杭州也未尝不如是。丰子恺先生曾做了一篇小文章，深致推崇于敝乡的云片糕，岂知我小时候所吃的云片糕，还要比丰先生所赞赏的好十倍乎？从前都是松子云片，后来变成胡桃云片，而现在则又一变而为果肉云片矣。从松子而降为果肉，此趣味宁非愈趋低级哉！

我在西园吃了一碟茶干，我以为这或许是硕果仅存的中国本位的茶食了。据说扬州的肴肉是佐茶的妙品，但我想以肉佐茶，流品终有点介乎清鄙之间，不很得体。干丝也是淮扬一带的茶食，但叫来时总是一大盘或一大碗，倒像是把茶杯误认做酒杯，俨然是叫菜吃酒的样子，不很有悠闲之趣。因此我推荐杭州西园的茶干。小小的一碟，六块，又甜又香又清淡，与茶味一点没有不谐和的感觉，确是好东西。若到西园去吃油包，予欲无言矣。

且不谈茶食，我们还该谈到茶。最近几天来，从满觉陇到九溪十八涧一带真是异常热闹，因为满觉陇以桂花闻名，这几天桂花正在盛开。游人到满觉陇赏了桂，或是简直折了桂，一路行到九溪十八涧，便在九溪茶场吃一盏茶，泉水既特别清湛芳洌，茶叶也细若霜芽，真可作半日勾留，所惜人太多了，有时总不免反而觉得此事雅得太俗了。

茶虽则好，可是亦有美中不足之处，那就是茶具似乎太坏了。我以为用白瓷壶泡茶已经不很有趣，而现在则又大都改用沪杭、沪宁两路火车上的那种有盖玻璃杯了。这种杯子在火车上用固然很适当，但在这些并不以供人解渴为目的的茶寮中，似乎显得太武气了些。于此我不禁慨然回念起十三年前石屋洞的老和尚所曾款待过我的那一套阳羡砂壶了。虽然，不会品茗的人而斤斤较量到茶具之好坏，也许是吹毛求疵了吧。

酒

东坡诗曰“薄薄酒，胜茶汤”，薄酒尚余于茶，则醇酒与茶味，当有霄壤之判。我平生不善饮，一杯啤酒，亦能使醉颜酡然。故于酒的味道，实在说不出来。但虽不善饮，却喜少饮，欲求薄醉耳。得好酒二三两，醉虾一盘，或卤鸡一碟，随意徐饮之，渐渐而面发热，眼花生缬，肌肤上有温柔纤软之感，口欲言而讷讷，心无感亦凄凄，乍若欲笑，忽复欲哭，此薄醉之时也。清明则逼视现实，沉醉则完全避去，欲求生趣，总非薄醉不可，故我不善饮而辄喜少饮也。

杭州酒好。上海高长兴到杭州来开分店，就常被杭州酒徒引为笑料。故不善饮如我，亦不得不承认杭州酒确实好了。到杭州后，饮酒亦既五七次，辄得薄醉，余味醰醰。倘在此一住三年，或者会变做一个高阳酒徒亦未可知。

杭州酒店真多，街头巷口，总有几家。可是近来已不见那些白布酒帘，失去了不少旧时意味。杭州人吃酒似乎等于吃茶。不论过往客商，贩夫走卒，行过酒店，闻到香气，就会到柜台上去掏摸出八个或十个铜元来烫一碗上好绍酒，再买三个铜元花生米或两块豆腐干，悠然独酌起来。吃完了再赶路做事。上海虽亦有不少酒店，但一个黄包车夫把他的车子停在马路边，自己却偷闲吃一碗老酒的情形却是从来没有看见过的。于此我不能不惊异于杭州地方酒之普遍而黄包车夫之悠闲了。

以上说的是一些真正酒店，或曰小酒店。其实你不论要多少酒它尽卖得出，存瓮山积，门面虽狭，酒窖却大。所谓小者，只因它不卖热菜。不卖热菜，现当名之曰小菜馆，今不小其菜而小其酒，在酒亦不免有代人受过之冤了。

我们回头再谈大酒馆。大酒馆和小酒店一样，杭州也多得是。旗下一带，尤其是新式酒馆集中之地。可是馆虽大，酒却未必比小酒店好些。上这些馆子的大概醉翁之意还在于菜。真要讲究美酒佳肴的吃客，大概都会得自己带酒来。这情形我已见过几次。《宇宙风》编辑陶公亢德最近曾在西悦来大发脾气，怪堂倌送不出好酒来，实在是自己不懂诀窍耳。

介乎大酒馆和小酒店之间的，在旗下一带，另外有一种酒家，仿上海咖啡店之例，每家都有一两个女招待。文君当垆，也许有人会觉得怪有风趣，但他如果一脚踏进那酒店，便无异于误入了黑店，得留神酒里的蒙汗药了。你不点菜，她会给你代点；你不吃，她会代吃；一菜未完，一菜又来；你是欲罢不能，她是多多益善。杭州旧有民谣云："大清娘，鼓楼前，吃菜吃酒不要龙连。"大清娘，不知何职，想是浮浪女子之意，我真想不到这些鼓楼前的大清娘如今也赶到了旗下，继续其白吃酒菜的生活，真可谓能赶上时代潮流者。独惜她们的势力，目下尚未伸入到茶馆中去耳。虽然，恐怕为期亦不远矣。

赏桂记

满觉陇素以桂花及栗子著名，而桂花为尤著，因杭人辄称其栗子为桂花栗子，可见栗子固仍须藉桂花以传也。昔年读书之江大学，八九月间，每星期日辄从云栖越岭，取道烟霞洞，过满觉陇，到赤山埠雇舟泛湖。其时满觉陇一带桂花并不多，不过三四百株，必须有风，行过时仿佛有些香味而已。杭人赏桂，其时亦并不有何等热心，余方以为此一韵事只可从《武林掌故丛编》中求之矣。

今年来杭，八月上旬，就听说满觉陇早桂已开。每星期六下午及星期日，湖上游船骤少，自旗下至六和塔之公共汽车则搭客大拥挤，皆买票到四眼井，参石屋洞天而至满觉陇赏桂者也。其时《东南日报》上几乎每天有关于赏桂的小品文字，后来甚至上海《大公报》的《大公园地》中也有了赏过桂花的雅人发表了一替满觉陇桂花捧场的文章。某画刊上并且刊登了一张模糊不清的照片，题曰"桂花厅赏桂之盛况"，我当时心下想大概现在的满觉陇的桂花一定比十五年前多了几百倍，所以值得杭州人如是夸炫，这是从每一个赏桂回来的人绝不表示一点不满意这事实上，就可以看得出来的。

到了八月杪，人们说迟桂花已经开了。我心下想，如果再不去看一看，今年这个机会岂不错过了吗？上个月错过了一个看老东岳朝审的机会，现在可不能再交臂失之了。于是在某星期六之下午，滚在人堆里搭汽车到四眼井，跟着一批杭州摩登士女一路行去。当此之时，我满心以为那桂花厅前后左右一定是一片金粟世界，人艳于花，花香于人，两般儿氤氲得不分明，倒似乎也值得消磨它半天。问问行人，你们到哪里去赏桂？莫不回答曰：到桂花厅。我心中十分安慰，以为我的预料是十二分的靠得住。

走到一处，离烟霞洞约摸还有一里路，恰在路旁，右边是几份人家，左边是十来座坟山。坟山间隙地上排满了卖茶的白木板桌，坟头上是一座桂树林子，东一株西一株的约摸有百把株桂树。已有许多人在那里吃茶，有的坐在条凳上，有的蹲在坟头上，有的躺在藤椅上——这大概是吃坑茶了，有的靠在墓碑上。吃茶之外，还吃栗子、吃豆腐干、吃梨儿、吃藕、吃沙地老菱。想不到荒凉凄寂的北邙山，却成为鬓影衣香的南京路。我心下想，大概桂花厅上已经挤满了人，所以这些人聚集于此，过屠门而大嚼，总算也快意了一场。

可是前面的人也不再往前走了。他们纷纷加入了这个坟山上赏桂的集团。招呼熟人的招呼熟人，找茶座的找茶座，我一个人却没了主意。我想既到了这里，总该到一到桂花厅，万一真挤得没有地方好坐，就巡行一周回去也好。但是到底桂花厅在哪里呢？这必须请问人家才行。

“喂，请问桂花厅在哪里？”我问一个卖豆腐干的。

“这里就是桂花厅！”他说。

我一呆！难道我瞎了眼？我抬起头来望望，明明是露天的坟山，怎说是什么厅！

“没有真的厅的，叫叫的！”那卖豆腐干的人懂了我这外路人的疑惑，给我解释了。“叫叫的”云者，犹言“姑名之”云耳。

原来这里就是桂花厅，我不怪别的，我只怪那画刊为什么印得那样模糊，若能印得清楚些，让我看明白其所谓桂花厅者，原本没有什么厅，则我对于它也不预存这样的奢望了。现在是，不必说，完全失望了。

但我不甘心回去，找了一个茶座，在一个条凳上坐了。不幸得很，天气还这样热，稀疏的桂叶遮不了阳光，于是我被晒在太阳里吃茶赏桂了。桂花并不比十五年前多些，茶也坏得很，生意忙了，水好像还未沸过。有卖菱的来兜卖菱，给两角法币只买得二十余只，旁边还有一位雅人在买桂花——不许你采，你要就得花钱买——一毛钱只得盆景黄杨那么的一小枝。我想，桂花当然是贵的，桂者，贵也，故中状元曰折桂。又俗曰"米珠薪桂"，足以与珠抗衡，宜乎其贵到如此地步了。

我四周闻闻，桂花香不及汗臭之甚，虽有小姐们之粉香，亦无补于万一。四周看看，也并无足以怡悦神智之处。反而是那些无辜的坟茔，都已被践踏得土崩瓦解。我想从此以后，杭州人弥留时，如果还顾惜到自己身后事，应该遗命子孙不得葬于满觉陇才好。否则让坟亲（管坟人）也种上了十来株桂花树，就不免要佳城不靖了。

我招呼那临时茶店的老板兼堂倌，预备付他茶钱。他说："先生，每壶大洋两角。"我嘴里无话，心中有话，付了他两角法币就走。但那老板兼堂倌很懂得心理学，似乎看出了我满肚皮的不愿意，接着茶钱说道："先生，一年一回，难得的。"

外乡人到过杭州，常说杭州人善"刨黄瓜儿"，但他们却不知道杭州乡下人还会得刨城里人的黄瓜儿，如满觉陇桂花厅诸主人者也。可是被刨了黄瓜儿的外乡人，逢人便说，若唯恐人不知自己之被刨；而这些被杭州乡下人刨了黄瓜儿的杭州城里人却怡然自得，不以被刨之为被刨也。所以我也懂了诀窍，搭汽车回到旗下，在湖滨碰到一个北方朋友，他问我：

"到什么地方去玩儿啦？"

"上满觉陇去看了桂花啦！"我傲然地说。

"怎么样？"

"很好，很热闹，桂花真不错！"我说。

"明儿我也得去一趟。"他说。

我心下想："这才算是我赏了桂哪！"

一九三七年

佳作赏析：

施蛰存（1905—2003），浙江杭州人。作家，学者。著有小说集《上元灯》，散文集《灯下集》《待旦录》，学术论著《水经注碑录》等。

作者在文章前面的"小引"中说得很明白，这篇文章主要是介绍杭州的一些民情风物，分别写了"山里果儿""茶""酒"，并记述了一次外出游玩桂花的经历。作者的文字通俗流畅，通篇透着灵气，充满生活情趣。杭州的小吃民俗、风土人情；作者的洒脱生活、乐观精神都跃然纸上，令人读来欲罢不能。

绕室旅行记

□［中国］施蛰存

我一出了学校门，就想旅行。动机是非常迂腐，原来一心要学“太史公”的文章。当时未曾读过全部《史记》，只读了《项羽本纪》《刺客列传》《滑稽列传》等三五篇，但林琴南的翻译小说却看了不少。一本《大食故宫余载》，尤其是我平生最爱书之一。据说林琴南的文章是“龙门”笔法，而“龙门”笔法是得力于游名山大川的。所以我渴望旅行，虽然我对于山水之趣并不十分浓厚。

可是到现在为止，我的足迹还是北不过长江，南不过浙江。旅行的趣味，始终不曾领略过。这理由是一则为了没有钱，二则为了没有闲，而没有闲也就是为了没有钱。所以三年前就说要逛一趟北平，到今天也还未曾治装成行，给朋友们大大的笑话，说是蚂蚁也该早爬到了。

今天气候很坏，天上阴霾，地上潮湿。看看报纸，北平附近似乎也不安逸，别说旅行去，便是想也不敢想它一想。桌上有几张现成的笺纸，突然兴发，不知打从什么地方来了一股勇气，抓起一枝秃了尖的邵芝岩小提笔，挥洒了一联吴梅村的诗句，叫做“独处意非关水石，逢人口不识杯铛”。摊在地上一看，毕竟没有功夫，不成体统。再写一联，叫做“瀹茗夸阳羡，论诗到建安。”这回字大了，魄力益发不够。写字一道，看来与我终究无缘，只得抛进字簏去。唯有这两联诗句，着实看得中，将来免不得要请别人写了。

收拾好墨池水滴，揩干净书桌，恰好校役送来一本《宇宙风》，总算有了消闲具。看到秋荔亭墨要之一，觉得俞平伯先生的文章游戏愈来愈妙，可惜我又不解其道，莫敢赞一辞。近来棋风似乎很盛，朋友们差不多都能来一手。我却不知如何，怎么也学不好。仿佛是林和靖说过：“我样样都会，只有下棋和担粪不会。”这句话倒颇可为我解嘲，只是“样样都会”一项，还是不够资格。而且以下棋与担粪并举，也不免唐突了国手。罪过罪过。

翻完一本《宇宙风》，袖手默坐。眼前书册纵横，不免闲愁潮涌。“书似青山常乱叠”。则书亦是山。“不知却有几多愁，恰似一江春水向东流。”则愁亦是水。我其在山水之间乎。“欲问行人去那边，眉眼盈盈处。”不免打叠闲愁，且向书城中旅行一番。于是乎燃白金龙一支而起。

一站起来，就看见架上那个意大利白石雕傍。我幼时有三件恩物，是父亲买给我的。第一是一个宜兴砂制牧童骑牛水池，牧童背上的笠子便是水池的盖。原是很普通的东西，但是我很欢喜它。有一天，因为盛水，一不经心，把那个笠子碰碎了一角。惋惜之下，竟哭起来。第二是一架照相机，当时手提摄影机初来中国，一架“柯达”一百二十号快镜须售二十元，连一切冲洗附件，共须三十元零。

父亲也不忍拂逆我，给如数买来了。摄景、冲晒，忙了两三个月，成绩毫无，兴致也就淡了。在水池之后，照相机之前，我唯一的珍宝便是这个意大利石像。当时随父亲到上海游玩。在爱多亚路一间空屋里看见正在举行意大利石雕展览会，就进去看了一看。不看犹可，一看竟看呆了。

我生平未尝见如此可爱的美术品。那时的石雕都是天然的云石（marb1e），不是如现在市上所有的人造大理石或矾石，所以纯白之中有晶莹。雕刻的人体像没一个不是神采相授的。父亲屡次催促我走，因为他要去干正事。但我却迟疑着，也可说呆立着在那里了。我口虽不言，但欲得之心，却已给父亲看出了。他说："你欢喜就买一个回去罢。"我大喜过望，就挑选了横卧的裸女像。哪知一问价钱却要一百元以上。父亲连连摇头，我也觉得我不能买这样昂贵的东西，于是只得寻求价钱最便宜的。除了一些小器皿之外，雕像中间标价最便宜的就是这个半身人像，二十五元。

当下那管理人翻出一本簿子来，查对号数，说这雕像是一位意大利诗人，名字叫做亚里奥期妥。我当时方读西洋史，以为一定是这个中国人读错了洋文，这是亚列期妥德的半身像。但不管他是亚列期妥德或是亚里奥期妥，反正都是诗人总不会错，诗人亦我所欲也。当下就请父亲买了下来。重顿顿地捧着走路，捧着上火车，在火车里捧着，直捧到家中。

现在那水池早已不知去向了。那照相机也早给一位同学借到广州去革命，连性命带照相机都断送了。唯有这位意大利诗人还在我书斋中。可惜前年给我的孩子的傻乳娘，用墨笔给他点了睛，深入石理，虽然设法刮掉，终不免有点双目炯炯似的，觉得不伦不类了。

在诗人半身像底下的，是一架旧杂志。我常常怕买杂志。要是不能积成全卷或全年的话，零本的旧杂志最是没办法安置的东西。但是如果要"炒冷饭"，旧杂志却比旧书的趣味更大。我的这些旧杂志，正如时下的还在不尽地印出来的新杂志一样，十之九是画报与文艺刊物。画报中间，最可珍贵的是那在巴黎印的《世界》和审美图书馆的《真相画报》。近来中国的画报，似乎专在女人身上找材料，始而名妓，名妓之后是名媛，名女学生，或说高材生，再后一些便变了名舞女，以后是明星，以后是半裸体的女运动家和模特儿，最近似乎连女播音员也走上了红运。然而要找一种像英国的《伦敦画报》、法国的《所见周报》和《画刊》这等刊物，实在也很少。就是以最有成绩的《良友》和《时代》这两种画报来看，我个人仍觉得每期中有新闻性的资料嫌太少了一些，至于彩色版之多，编制的整齐，印刷之精，这诸点，现在的画报似乎还赶不上三十年前的《世界》。"东方文明开辟五千年以来第一种体氏闳壮图绘富艳之印刷物。西方文明灌输数十年以来第一种理趣完备组织精当之绍介品”。这个标语，即使到现在，似乎还应该让《世界》画报居之无愧。至于《真相画报》，我不知道它一共出了几期。在我所有的几期中，印着许多有关辛亥革命的照片，我觉得是很可珍贵的。但我对于它最大的感谢却是因为我从这份画报中第一次欣赏了曼殊大师的诗画。

在文艺刊物方面，我很欢喜文明书局出版的三本《春声》，我说欢喜，并不对于它的内容而言——虽然我曾经有一时的确很欢喜过它的内容，而是说到它的篇幅。每期都是四五百页的一厚本，也是以后的出版界中不曾有过的事。

在这一大批尘封的旧杂志中，我发现了一个纸包。我已经记不起这里边是什么东西了。我试猜想着：也许是一些撕下来预备汇订的杂志文章，也许是整理好的全年的报纸副刊，如《学灯》《觉悟》《晨报副刊》之类。打开来一看，却全没有猜中，这是一份纸版。这才想起来，这是一种始终未曾诞生的文艺月刊的创刊号底纸型。

大概是十七年的夏天，戴望舒、杜衡和新从北平南归的冯画室都住在我家里。在种种文学的活动之中，我们向上海光华书局接洽好了给他们编一个三十二开型的新兴文艺小月刊。名字呢，我们费了两天的斟酌，才决定叫做《文学工场》。当时觉得很时髦，很有革命味儿。我们编好了第一期稿子，就送到上海光华书局去。谁进去的，现在可记不起了。过了二十天，到了应该在报纸上看见出版广告的日子，一翻报纸，却遍寻不见我们渴盼着的广告。这天，代替了杂志创刊广告的，是光华书局寄来的一封快信，信中很简单，他说他们不能给我们刊行这个杂志了，因为内容有妨碍。于是，我很记得，望舒和画室专程到上海去了。次日，他们回来了，带回了我们的新兴文学小月刊第一期全部纸型。是的，我还记得画室的那副愤慨的神情，“混蛋，统统排好了，老板才看内容。说是太‘左倾’了，不敢印行，把全副纸版送给我们！”

这就是现在我从旧杂志堆里拣出来的一包纸型。真的，我已经早忘却了这回事了，这始终未曾印行出来的《文学工场》创刊号底内容一共包含着五篇文章：第一篇是杜衡的译文《无产阶级艺术的批评》，署名用“苏汶”，这大概是最早见于刊物的“苏汶”了。第二篇是画室的《革命与知识阶级》，这篇文章后来曾登载在《无轨列车》上。

第三篇是我的一篇拟苏联式革命小说《追》，署名“安华”，这是许多笔名之一。我说这篇是“拟苏联式革命小说”，这并不是现今的说法，即使在当时，我也不能不自己承认是一种无创造性的模拟：描写方法是模拟，结构是模拟，连意识也是模拟。这篇小说后来也曾在《无轨列车》上发表，并且由水沫书店印行了单行本，终于遭受了禁止发行的命运，这倒是我自己从来也没有敢希望它的。第四篇是江近思的诗《断指》。江近思就是望舒，这首诗后来曾编入《我的记忆》，但似乎删改得多了。第五篇又是画室译的日本藏原唯人的《莫斯科的五月祭》。大概书店老板之所以不敢印行这本杂志，最大的原因恐怕是为了这篇文章，因为这篇文章中间，真有许多怕人的标语口号也。

在这份纸型的最后一页上，我还看到一个“本刊第二期要目预告”。这一期内容似乎多了，一共有七个题目。

黑寡妇街（小说）	苏　汶
在文艺领域内的党的政策	画室译
文学的现阶段	周星予
放火的人们（诗）	江近思
寓　言	安　华
最近的戈理基	升曙梦
戈理基是和我们一道的吗?	绥拉菲莫维支

这七篇文章，除了那首诗从此没有下落之外，其余的后来都曾在别的刊物上发表了。现在看看，觉得最有趣的倒是那末一篇，恰恰说明了一九二七、一九二八年顷的左翼文学刊物了。当时我把这一包纸型重又郑重地包拢的时候，心中忽然触念到想把它印几十本出来送送朋友，以纪念这个

流产了的文学月刊。

我觉得应该换一个地方逛逛了。于是我离开了这个安置旧杂志的书架，不消三步，就到窗槛边的壁隅了。那里有一只半桌，桌子上安置着一只账箱，是父亲的东西。我拽开帐箱门来一看，里面并没有什么账簿、算盘之类，不知几时藏在那里的，一个盛贮印章的福建漆盒安逸地高隐着。我不懂得印石的好歹，但是我很喜欢玩印章。这趣味是开始于我在十五六岁时从父亲的旧书箱中找到一本《静乐居印娱》的时候，而在一二月以后从神州国光社函购的一本《簠斋藏古玉印谱》，使我坚定了玩赏印章的癖性。这福建漆匣子的二三十枚印石，也是祖传的几件文房具之一，差不多都是"闲图章"，如"花影在书帷""我思古人""正在有意无意之间"，词句倒都还有趣，只是石质并不很好，而且刻手也不是什么名家，除了我把它们当做"家珍"以外，讲赏鉴的博雅君子是不会中意的。说到印章，我还有一个故事，可资谈助。那是在之江大学读书的时候，每星期日总到"旗下"去玩。走过明德斋那家刻字店，总高兴去看看他们玻璃橱里的印章。有一天，我居然花了八毛钱买了一块椭圆形的印石。不知怎么一想，想到有个杭州人曾经刻过一块图章，文曰"苏小是乡亲"，便模仿起来，叫刻字店里的伙计给我刻了"家姊是吴宫美人"七个阳文篆字。这是想拉"西施"做一家人了。放了年假，把这颗图章带到家里，给父亲看见了，他就大大地讪笑了我一场，羞得我赶紧来磨掉，现在连这块印石也不知那里去了。

隔着一行砺壳长窗，紧对着这账箱，高高地在一只竹架上的，是一个七八年不曾打开过的地球仪箱子，于是在这里边，我又发现了一本"民国"十一年（1922年）四月中华书局同人进德会出版的《进德》杂志。我翻开来一看，原来它已不是《进德》杂志，而是我的贴报薄了。这上面所剪贴的大概是十一二年间的《申报》《新闻报》《时报》上的长篇新闻纪事和文艺作品。当时固然为了它们有趣味，所以剪下来保留起来，而现在看看，却是格外有趣味了。在《进德》杂志中的《说平民和平民主义》那篇文章的第二页上，粘着几篇溥仪夫人的作品。此外，凡所粘贴的东西，都是绝妙好辞，不能一一抄录，只得仿八景之例，记下了八个名目：第一，黎黄坡个电原文。第二，清宫烬余物品目录。第三巴黎通信，春城葬花记。这是名女优莎拉·蓓尔娜夫人之死的记事，附有夫人遗容与绝笔铜图一帧。第四，李昭实的捷克通信，百衲治化谈。第五，黎明晖小姐的说糖。第六，刘三致黄任之书论四时花序。第七，辜鸿铭论小脚美。第八，美国之麻将潮。这八景实在可以代表了“民国”十一二年间上海各大报的精华。尤其是《申报》上的李昭实和王一之的欧洲通信，真是很美丽的文学，可惜以后竟无人继起了。

我把这地球仪的箱子重又搁上了书箱顶之后，才想起我的白金龙不知剩下在那一家别墅的茶几上或那一座凉亭的石栏上了。走回头路一寻，原来在玩弄印石的时候搁在那账箱旁边了。大半支烟全部烧完，兀自的有余烬在那里熏蒸着。这时，太太泡好了一盏新买来的红茶送进来，酽酽的怪有温暖之感。抽烟品茗的欲望打消了我旅行的趣味，何况两足虽未起趼，而两手实已沾满了尘埃乎？好！我回去罢，正如小说中所说“话休烦絮，瞬息便到了家门”。

于是，我又坐藤下椅中了。

佳作赏析：

闷中找乐、闲中寻趣，这篇文章向我们充分展现了作者的恢谐和风趣。

因为无钱无闲，作者一直未能远行游玩。但这难不住他，兴致一起，作者竟然点了一支烟，开始在室内“旅行”起来。作者饶有兴味地介绍了自己的意大利白石雕像、照相机、宜兴砂制水池、旧杂志、刊物创刊号纸型、漆石印章、贴报簿等。睹物思情，作者的思绪随着这些的物品回到过去，回忆了自己童年、生活、工作中的许多事情。再普通不过甚至有些枯燥的题材，在作者笔下妙趣横生，令人回味无穷，这种写法颇值得学习写作者借鉴和参考。

炉火

□［中国］臧克家

金风换成了北风，秋去冬来了。冬天刚刚冒了个头，落了一场初雪，我满庭斗艳争娇的芳菲，顿然失色，鲜红的老来娇，还有各色的傲霜菊花，一夜全白了头。两棵丁香，叶子簌簌辞柯了，像一声声年华消失的感叹。

每到这个季节，十一月上旬，我生上了炉火，一直到明年四月初，将近半年的时光，我进入静多动少的生活。每到安炉子和撤火的时候，我的心里总有些感触，季候的变迁、情绪的转换，打下了很鲜明、很深刻的印记。

我的小四合院，每到冬季，至少要安六个炉子，日夜为它奔忙，我的家人总是念咕说：安上暖气多省事啊，又干净。我也总是用我的一套理由做挡箭牌：安暖气花费太大呀，开地道安管子多麻烦啊，几吨煤将放在何处？还得有人夜里起来烧锅炉……我每年这样搪塞，一直搪塞了二十一年。其实，别的是假的，我中心的一条是：我爱炉火！

我住北房，三明两暗。左右两间有两个炉子，而当中的会客室，却冷冷清清，娇花多盆，放上两套沙发，余地供回旋的就甚少了。客人来了，大衣也不脱，衣架子成了空摆设。到我家做客的朋友们，都说我屋子里的温度太低了。会客室里确是有点清冷，而我的写作间兼寝室却暖和和的。炉子，成为我亲密的朋友，几十年来，它的脾气我是摸透了。它，有时暴烈，有时温柔，它伴我寂寞，给我慰安和喜悦。窗外，北风呼号，雪花乱飘，这时，炉火正红，壶水正沸，恰巧一位风雪故人来，一进门，打打身上的雪花，进入了我的内室，沏上一杯龙井，泡沫喷香，相对倾谈，海阔天空。水壶嗞嗞作响，也好似参加了我们的叙谈，人间赏心乐事，有胜过如此的吗?

每晚，我必卧在床上，对着孤灯，夜读至十时，或更迟些，炉火伴我，它以它的体温温暖我，读到会心之处，忽然炉子里砰砰爆了几声，像是为我欢呼。有时失眠了，辗转不能安枕，瞥看炉子里的红光一点，像只炯炯的明眸，我心安了，悠悠然，入了朦胧的境界。

暖气，当然温暖，也干净；但是啊，它不能给我以光，它缺少性格与一种活力。我要光。我要性格。我要活力。

我想到七八岁上私塾的时候，冬天，带上个铜“火箱”，里边放上几块烧得通红的条炭，用灰把它半掩住，“火箱”盖上全是蜂窝似的小孔，手摸上暖呼呼的，微微的火光从小孔里透露出来，给人以光辉，它不仅使人触感上感到温暖，而且透过视觉在心灵上感受到一种启示与希望的闪光。

有这种生活经验的人，会饶有情味地回忆到隆冬深夜，置身在旷山大野中，几个同伴围在篝火旁边取暖的动人的情景。火，以它的巨大热力使人通体舒畅，它的火柱冲天而起，在黑暗中给人以一种巨大的鼓舞力量与向前冲击的勇气。在它的猛烈的燃烧中，迸出噼噼啪啪的爆炸，不像一声声鼓点吗?

炉火当然不是铜“火箱”，也不是篝火，可是它们也有相同的性格；它们发热，它们发光，它们也能发出震撼心灵的声响。几十年来我独持异议不安暖气，始终留恋着炉火，原因就在此。

一九八四年十一月二十四日

佳作赏析：

臧克家（1905—2004），山东诸城人，诗人。作品有诗集《烙印》《泥土的歌》，散文集《臧克家抒情散文选》等。

这篇文章是臧克家散文的代表作品之一。文章运用了对比、拟人、比喻等多种手法，通过强烈的冷暖对比突出了炉火对人的重要作用，突显了炉火的奉献精神。文章将叙事和抒情紧密结合在一起，“它的脾气我是摸透了”、炉火像“明眸”都形象生动地传达出作者对炉火的喜爱之情，蕴含着深刻的意义。“炉火”在带给人们温暖与活力的同时，也赋予人们对生活的希望与勇气，字里行间都彰显着作者热爱生活、积极向上的人生态度。

桃园杂记

□[中国]李广田

我的故乡在黄河与清河两流之间。县名齐东，济南府属。土质为白沙壤，宜五谷与棉及落花生等。无山，多树，凡道旁田畔间均广植榆柳。县西境方数十里一带，则盛产桃。间有杏，不过于桃树行里添插些隙空而已。世之人只知有“肥桃”而不知尚有“齐东桃”，这应当说是见闻不广的过失，不然，就是先入为主为名声所蔽了。我这样说话，并非卖瓜者不说瓜苦，一味替家乡土产鼓吹，意在使自家人多卖些铜钱过日子，实在是因为年头不好，连家乡的桃树也遭了末运，现在是一年年地逐渐稀少了下去，恰如我多年不回家乡，回去时向人打听幼年时候的伙伴，得到的回答却是某人夭亡某人走失之类，平素纵不关心，到此也难免有些黯然了。

故乡的桃李，是有着很好的景色的。计算时间，从三月花开时起，至八月拔园时止，差不多占去了半年日子。所谓拔园，就是把最后的桃子也都摘掉，最多也只剩着一种既不美观也少甘美的秋桃，这时候园里的篱笆也已除去，表示已不必再昼夜看守了。最好的时候大概还是春天吧，遍野红花，又恰好有绿柳相衬，早晚烟霞中，罩一片锦绣画图，一些用低矮土屋所组成的小村庄，这时候是恰如其分地显得好看了。到得夏天，有的桃实已届成熟，走在桃园路边，也许于茂密的秀长桃叶间，看见有刚刚点了一滴红唇的桃子，桃的香气，是无论走在什么地方都可以闻到的，尤其当早夜，或雨后。说起雨后，这使我想起布谷，这时候种谷的日子已过，是锄谷的时候了，布谷改声，鸣如“荒谷早锄”，我的故乡人却呼作“光光多锄”。这种鸟以午夜至清晨之间叫得最勤，再就是雨霁天晴的时候了。叫的时候又仿佛另有一个作吱吱鸣声的在远方呼应，说这是雌雄和唱，也许是真实的事情。这种鸟也好像并无一定的宿处，只常见它们往来于桃树柳树间，忽地飞起，又且飞且鸣罢了。我永不能忘记的，是这时候的雨后天气，天空也许还是半阴半晴，有片片灰云在头上移动，禾田上冒着轻轻水气，桃树柳树上还带着如烟的湿雾，停了工作的农人又继续着，看守桃园的也不再躲在园屋里。这时候的每个桃园都已建起了一座临时的小屋，有的用土作为墙壁而以树枝之类作为顶篷，有的则只用芦席作成。守园人则多半是老人或年轻姑娘，他们看桃园，同时又做着种种事情，如绩麻或纺线之类。落雨的时候则躲在那座小屋内，雨晴之后则出来各处走走，到别家园里找人闲话。孩子们呢，这时候都穿了最简单的衣服在泥道上跑来跑去，唱着歌子，和“光光多锄”互相应答，被问的自然是鸟，问答的言语是这样的：

> 光光多锄，
> 你在哪里？
> 我在山后。
> 你吃什么？
> 白菜炒肉。
> 给我点吃？
> 不够不够。

在大城市里，是不常听到这种鸟声的，但偶一听到，我就立刻被带到了故乡的桃园去，而且这极简单却又最能表现出孩子的快乐的歌唱，也同时很清脆地响在我的耳里。我不听到这种唱答已经有七八年之久了。

今次偶然回到家乡，是多少年来唯一的能看到桃花的一次。然而使我惊讶的，却是桃花已不再那么多了，有许多桃园都已变成了平坦的农田，这原因我不大明白。问乡里人，则只说这里的土地都已衰老，不能再生新的桃树了。当自己年幼的时候，记得桃的种类是颇多的，有各种奇奇怪怪名目，现在仅存的也不过三五种罢了。有些种类是我从未见过的，有些名目也已经被我忘却，大体说来，则应当分做秋桃与接桃两种，秋桃之中没有多大异同，接桃则又可分出许多不同的名色。

秋桃是由桃核直接生长起来的桃树，开花最早，而果实成熟则最晚，有的等到秋末天凉时才能上市。这时候其他桃子都已净树，人们都在惋惜着今年不会再有好的桃子可吃了，于是这种小而多毛，且颇有点酸苦味道的秋桃也成了稀罕东西。接桃则是由生长过两三年的秋桃所接成的。有的是“根接”，把秋桃树干齐地锯掉，以接桃树的嫩枝插在被锯的树根上，再用土培覆起来，生出的幼芽就是接桃了。又有所谓“筐接”，方法和“根接”相同，不过保留了树干，而只锯掉树头罢了，因须用一个盛土的筱筐以保护插了新枝的树干顶端，故曰“筐接”。这种方法是不大容易成功的，假如成功，则可以较速地得到新的果实。另有一种叫做“枝接”，是颇有趣的一种接法：把秋桃枝梢的外皮剥除，再以接桃枝端上拧下来的哨子套在被剥的枝上，用树皮之类把接合处严密捆缚就行了，但必须保留桃枝上的原有的芽码，不然，是不会有新的幼芽出生的。因此，一棵秋桃上可以接出许多种接桃，当桃子成熟时，就有各色各样的桃实了。也有人把柳树接作桃树的，据说所生桃实大可如人首，但吃起来则毫无滋味，说者谓如嚼木梨。

按成熟的先后为序，据我所知道的，接桃中有下列几种：

“落丝”，当新的蚕丝上市时，落丝桃也就上市了。形椭圆，嘴尖长，味甘微酸。因为在同辈中是最先来到的一种，又因为产量较少之故，价值较高也是当然的了。

“麦匹子”，这是和小麦同时成熟的一种。形圆，色紫，味甚酸，非至全个果实已经熟透而内外皆呈紫色时，酸味是依然如故的。

“大易生”，此为接桃中最易生长而味最甘美的一种，能够和“肥桃”媲美的也就是这一种了。熟时实大而白，只染一个红嘴和一条红线。未熟时甘脆如梨，而清爽适口则为梨所不及，熟透则皮薄多浆，味微如蜜。皮薄是其优点，也是劣点，不能耐久，不能致远，我想也就是因为这个了。

“红易生”，一名“一串绫”，实小，熟时遍体作绛色，产量甚丰，绿枝累累如贯珠。名“一串绫”，乃言如一串红绫绕枝，肉少而味薄，为接桃中之下品。

“大芙蓉”，形浑圆，色全白，故一名“大白桃”，夏末成熟，味甘而淡。又有“小芙蓉”，与此为同种，果实较小，亦曰“小白桃”。

“胭脂雪”，此为接桃中最美观的一种，红如胭脂，白如雪，红白相匀，说者谓如美人颜，味不如“大易生”，而皮厚经久。此为桃类中价值最高者。

“铁巴子”，叶细小，故亦称“小叶子”。“铁巴子”谓其不易摇落，即生摘亦须稍费力气。实小，味甘，现已绝种。另有“齐嘴红一种”，以状得名，不多见。

有一种所谓“磨枝”的，并非桃的另一种类，乃是紧靠着桃枝结果，因之被桃枝磨上了疤痕的桃子，奇怪处是这种桃子特别甘美，为担挑桃的桃贩所不取，但我们园里人则特意在枝叶间探寻“磨枝”来自己享用。为什么这种桃子会特别甘美呢，到现在也还不能明白。另有所谓“桃王”的，我想这大概只是一种传说罢了。据云“桃王”是一种特大的桃子，生在最繁密的枝叶间，长青不老，为一园之王。当然，一个桃园里也就只能有这么一个了。有“桃王”的桃园是幸福的，因为园里的桃子会格外丰美，甚至可以取之不竭。但假如有人把这“桃王”给摘掉了，则全园的桃子也将陨落净尽。这是奇迹，幼年时候每每费尽了工夫去发现“桃王”，但从未发现过一次，也不曾听说谁家桃园里发现过。

桃是我们家乡的重要土产，有些人家是借了桃园来辅助一家生活之所需的。这宗土产的推销有两种方法：一是靠了外乡小贩的运贩，他们每到桃季便肩了挑子在各处桃园里来往；另一种方法，就是靠着流过这地方的那两条河水了。当“大易生”和“胭脂雪”成熟的时候，附近两河的码头上是停泊了许多帆船的，从水路再转上铁路，我们的桃子是被送到其他城市人民的口上去了。我很担心，今后的桃园会变得冷落，恐怕不会再有那么多吆吆喝喝的肩挑贩，河上的白帆也将更见得稀疏了吧。

佳作赏析：

李广田（1906—1968），山东邹平人，散文家、学者。有散文集《画廊集》《回声》，短篇小说集《金坛子》，学术论著《文学枝叶》等。

作者在《桃园杂记》一文中对自己家乡的桃园作了生动细腻的记叙，乡土气息浓郁，是一篇写景抒情的佳作。

文章开始先描述了充满诗情画意的桃园景色以及当地农民和孩子的生活情形。写桃园，声情并茂，一幅幅画面呈现眼前：春天，桃红柳绿，相映生辉；夏天，桃实刚熟，令人垂涎。作者对鸟的描写更让读者如闻其声，如见其形。静态的桃园动感十足，有声有色，情景交融，令人陶醉。

紧接着，作者将家乡特产“齐东桃”的种类一一介绍，每种桃子的“绰号”、特点、外形、味道娓娓道来，如数家珍。作者对家乡的热爱、对家乡特产的自豪之情在看似不经意间的文字中流淌，令人回味无穷。

春雨

□［中国］梁遇春

整天的春雨，接着是整天的春阴，这真是世上最愉快的事情了。我向来厌恶晴朗的日子，尤其是骄阳的春天；在这个悲惨的地球上忽然来了这么一个欣欢的气象，简直像无聊赖的主人宴饮生客时拿出来的那副古怪笑脸，完全显出宇宙里的白痴成分。在所谓大好的春光之下，人们都到公园大街或者名胜地方去招摇过市，像猩猩那样嘻嘻笑着，真是得意忘形，弄到变成为四不像了。可是阴霾四布或者急雨滂沱的时候，就是最沾沾自喜的财主也会感到苦闷，因此也略带了一些人的气味，不像好天气时候那样望着阳光，盛气凌人地大踏步走着，颇有上帝在上，我得其所的意思。至于懂得人世哀怨的人们，黯淡的日子可说是他们唯一光荣的时光。穹苍替他们流泪，乌云替他们皱眉，他们觉到四围都是同情的空气，仿佛一个堕落的女子躺在母亲怀中，看见慈母一滴滴的热泪溅到自己的泪痕，真是润遍了枯萎的心田。斗室中默坐着，忆念十载相违的密友，已经走去的情人，想起生平种种的坎坷，一身经历的苦楚，倾听窗外檐前凄清的滴沥，仰观波涛浪涌，似无止期的雨云，这时一切的荆棘都化做洁净的白莲花了，好比中古时代那班圣者被残杀后所显的神迹。“最难风雨故人来”，阴森森的天气使我们更感到人世温情的可爱，替从苦雨凄风中来的朋友倒上一杯热茶时候，我们很有放下屠刀，立地成佛子的心境。“风雨如晦，鸡鸣不已。”人类真是只有从悲哀里滚出来才能得到解脱，千锤百炼，腰间才有这一把明晃晃的钢刀，“今日把似君，谁为不平事。”“山雨欲来风满楼”，这很可以象征我们孑立人间，尝尽辛酸，远望来日大难的气概，真好像思乡的客子拍着栏杆，看到郭外的牛羊，想起故里的田园，怀念着宿草新坟里当年的竹马之交，泪眼里仿佛模糊辨出龙钟的父老蹒跚走着，或者只瞧见几根靠在破壁上的拐杖的影子。所谓生活术恐怕就在于怎么样当这么一个临风的征人吧。无论是风雨横来，无论是澄江一练，始终好像惦记着一个花一般的家乡，那可说就是生平理想的结晶，蕴在心头的诗情，也就是明哲保身的最后壁垒了；可是同时还能够认清眼底的江山，把住自己的步骤，不管这个异地的人们是多么残酷，不管这个他乡的水土是多么不惯，却能够清瘦地站着，戛戛然好似狂风中的老树。能够忍受，却没有麻木，能够多情，却不流于感伤，仿佛楼前的春雨，悄悄下着，遮着耀目的阳光，却滋润了百草同千花。檐前的燕子躲在巢中，对着如丝如梦的细雨呢喃，真有点像也向我道出此中的消息。

可是春雨有时也凶猛得可以，风驰电掣，从高山倾泻下来似的，万紫千红，都付诸流水，看起来好像是煞风景的，也许是别有怀抱吧。生平性急，一二知交常常焦急万分地苦口劝我，可是暗室扪心，自信绝不是追逐事功的人，不过对于纷纷扰扰的劳生却常感到厌倦，所谓性急无非是疲累的反响吧。有时我却极有耐心，好像废殿上的玻璃瓦，一任他风吹雨打，霜蚀日晒，总是那样子痴痴地望着空旷的青天。我又好像能够在没字碑面前坐下，慢慢地去冥想这块石板的深意，简直是个蒲团已碎，呆然趺坐着的老僧，想赶快将世事了结，可以抽身到紫竹林中去逍遥，跟把世事撇在一边，大隐隐于市，就站在热闹场中来仰观天上的白云，这两种心境原来是不相矛盾的。我虽然还没有，而且绝不会跳出人海的波澜，但是拳拳之意自己也略知一二，大概摆动于焦躁与倦怠之间，总以无可奈何天为中心罢。所以我虽然爱蒙蒙茸茸的细雨，我也爱大刀阔斧的急雨，纷至沓来，洗去阳光，同时也洗去云雾，使我们想起也许此后永无风恬日美的光阴了，也许老是一阵一阵的暴雨，将人世哀乐的踪迹都漂到大海里去，白浪一翻，什么渣滓也看不出了。焦躁同倦怠的心境在此都得到涅槃的妙悟，整个世界就像客走后撇下筵席，洗得顶干净排在厨房架子上的杯盘。当个主妇的创造主看着大概也会微笑吧，觉得一天的工作总算告终了。最少我常常臆想这个还了本来面目的大地。

可是最妙的境界恐怕是尺牍里面那句滥调，所谓“春雨缠绵”吧。一连下了十几天的梅雨，好像再也不会晴了，可是时时刻刻都有晴朗的可能。有时天上现出一大片的澄蓝，雨脚也慢慢收束了，忽然间又重新点滴凄清起来，那种捉摸不到，万分别扭的神情真可以做这个哑谜一般的人生的象征。记得十几年前每当连朝春雨的时候，常常剪纸做和尚形状，把他倒贴在水缸旁边，意思是叫老天不要再下雨了，虽然看到院子里雨脚下一粒一粒新生的水泡我总觉到无限的欣欢，尤其当急急走过檐前，脖子上溅几滴雨水的时候。可是那时我对于春雨的情趣是不知不觉之间领略到的，并没有凝神去寻找，等到知道怎么样去欣赏恬恬的雨声时候，我却老在干燥的此地做客，单是夏天回去，看看无聊的骤雨，过一过雨瘾罢了。因此“小楼一夜听春雨”的快乐当面错过，从我指尖上滑走了。盛年时候好梦无多，到现在彩云已散，一片白茫茫，生活不着边际，如堕五里雾中，对于春雨的怅惘只好算做内中的一小节吧，可是仿佛这一点很可以代表我整个的悲哀情绪。但是我始终喜欢冥想春雨，也许因为我对于自己的愁绪很有顾惜爱抚的意思；我常常把陶诗改过来，向自己说道：“衣沾不足惜，但愿恨无违。”我会爱凝恨也似的缠绵春雨，大概也因为自己有这种的心境吧。

佳作赏析：

梁遇春（1906—1932），福建闽侯人。作家。著有散文选集《春醪集》《泪与笑》等。

梁遇春在这个世界上仅仅活了短短的26年。对于倾慕他才华横溢的广大读者而言，留下了过多的遗憾和伤感。他留下来的作品并不多，《春雨》是其代表作之一。

文章运用对比和比喻的手法，突出了春雨、春阴带给人间的温暖，用“简直像无聊赖的主人宴饮生客时拿出来的那副古怪的笑脸”来比喻春阳的欢欣在“这个悲惨的地球上”的不和谐，从而突出了“春天、春阴”是世上愉快的事情。文章将写景与抒情融为一体，与其他描写春天、春雨文章不同，梁文中处处透着一股淡淡的伤感、忧思、悲观。

菜园小记

□〔中国〕吴伯箫

种花好，种菜更好。花种得好，姹紫嫣红，满园芬芳，可以欣赏；菜种得好，嫩绿的茎叶，肥硕的块根，多浆的果实，却可以食用。俗话说："瓜菜半年粮。"

我想起在延安蓝家坪我们种的菜园来了。

说是菜园，其实是果园。那园里桃树杏树很多，还有海棠。每年春二三月，粉红的桃杏花开罢，不久就开绿叶衬托的艳丽的海棠花，很热闹。果实成熟的时候，杏是水杏，桃是毛桃，海棠是垂垂联珠，又是一番繁盛景象。

果园也是花园。那园里花的种类不少。木本的有蔷薇，木槿，丁香；草本的有凤仙，石竹，夜来香，江西腊，步步高……草花不名贵，但是长得繁茂泼辣。甬路的两边，菜地的周围，园里的角角落落，到处都是。草花里边长得最繁茂最泼辣的是波斯菊，密密丛丛地长满了向阳的山坡。这种花开得稠，有绛紫的，有银白的，一层一层，散发着浓郁的异香；也开的时间长，能装点整个秋天。这一点很像野生的千头菊。这种花称作"菊"，看来是有道理的。

说的菜园，是就园里的隙地开辟的。果树是围屏，草花是篱笆，中间是菜畦，共有三五处，面积大小不等，都是土壤肥沃，阳光充足，最适于种菜的地方。我们经营的那一处，三面是果树，一面是山坡；地形长方，面积约二三分。那是在大种蔬菜的时期我们三个同志在业余时间为集体经营的。收成的蔬菜归集体伙食，自己也有一份比较丰富的享用。

那几年，在延安的同志，大家都在工作、学习、战斗的空隙里种蔬菜。机关、学校、部队里吃的蔬菜差不多都能自给。那个时候没有提出种“十边”，可是见缝插针，很自然地“十边”都种了。窑洞的门前，平房的左右前后，河边、路边，甚至个别山头新开的土地都种了菜。

我们种的那块菜地，在那园里是条件最好的。土肥地整，曾经有人侍弄过，算是熟菜地。地的一半是韭菜畦。韭菜有宿根，不要费太大的劳力（当然要费些工夫），只要施施肥，培培土，浇浇水，出了九就能发出鲜绿肥嫩的韭芽。最难得的是，菜地西北的石崖底下有一个石窠，挖出石窠里的乱石沉泥，石缝里就涔涔地流出泉水。石窠不大，但是积一窠水恰好可以浇完那块菜地。积水用完，一顿饭的工夫又可以蓄满。水满的时候，一清到底，不溢不流，很有点像童话里的宝瓶，水用了还有，用了还有，不用就总是满着。泉水清冽，不浇菜也可以浇果树，或者用来洗头，洗衣服。“沧浪之水清兮，可以濯我缨；沧浪之水浊兮，可以濯我足”。这比沧浪之水还好。同样种菜的别的同志，菜地附近没有水泉，用水要到延河里去挑，不像我们三个，从石窠通菜地掏一条窄窄浅浅的水沟，用柳罐打水，抬抬手就把菜浇了。大家都羡慕我们。我们也觉得沾了自然条件的光，仿佛干活掂了轻的，很不好意思，就下定决心要把菜地种好、管好。

“庄稼一枝花，全靠粪当家”。为了积肥，大家趁早晚散步的时候到大路上拾粪，那里来往的牲口多，“只要动动手，肥源到处有”啊。我们请老农讲课，大家跟着学了不少知识。《万丈高楼从地起》的歌者，农民诗人孙万福，就是有名的老师之一。记得那个时候他是六十多岁，精神矍铄、声音响亮，讲话又亲切又质朴，那老当益壮的风度，到现在我还留着深刻的印象。跟那些老师，我们学种菜、种瓜、种烟。像种瓜要浸种、压秧，种烟要打杈、掐尖，很多实际学问我们都是边做边跟老师学的。有的学会烤烟，自己做挺讲究的纸烟和雪茄；有的学会蔬菜加工，做的番茄酱能吃到冬天；有的学会蔬菜腌渍、窖藏，使秋菜接上春菜。

种菜是细致活儿，"种菜如绣花"；认真干起来也很累人，就劳动量说，"一亩园十亩田"。但是种菜是极有乐趣的事情。种菜的乐趣不只是在吃菜的时候，像苏东坡在《菜羹赋》里所说的："汲幽泉以揉濯，持露叶与琼枝。"或者像他在《后杞菊赋》里所说的："春食苗，夏食叶，秋食花实而冬食根，庶几西河南阳之寿。"种菜的整个过程，随时都有乐趣。施肥、松土、整畦、下种，是花费劳动量最多的时候吧，那时蔬菜还看不到影子哩，可是"种瓜得瓜，种豆得豆"，就算种的只是希望，那希望也给人很大的鼓舞。因为那希望是用诚实的种子种在水肥充足的土壤里的，人勤地不懒，出一劳力就一定能有一收成。验证不远，不出十天八天，你留心那平整湿润的菜畦吧，就从那里会生长出又绿又嫩又茁壮的瓜菜的新芽哩。那些新芽，条播的行列整齐，撒播的万头攒动，点播的傲然不群，带着笑、发着光，充满了无限生机。一棵新芽简直就是一颗闪亮的珍珠。"夜雨剪春韭"是老杜的诗句吧，清新极了；老圃种菜，一畦菜怕不就是一首更清新的诗?

暮春，中午，踩着畦垅间苗或者锄草中耕，煦暖的阳光照得人浑身舒畅。新鲜的泥土气息，素淡的蔬菜清香，一阵阵沁人心脾。一会儿站起来，伸伸腰，用手背擦擦额头的汗，看看苗间得稀稠，中耕得深浅，草锄得是不是干净，那时候人是会感到劳动的愉快的。夏天，晚上，菜地浇完了，三五个同志趁着皎洁的月光，坐在畦头泉边，吸吸烟；或者不吸烟，谈谈话；谈生活，谈社会和自然的改造，一边人声咯咯罗罗，一边在谈话间歇的时候听菜畦里昆虫的鸣声；蒜在抽薹，白菜在卷心，芫荽在散发脉脉的香气：一切都使人感到一种真正的田园乐趣。

我们种的那块菜地里，韭菜以外，有葱、蒜，有白菜、萝卜，还有黄瓜、茄子、辣椒、西红柿等等。农谚说："谷雨前后，栽瓜种豆。""头伏萝卜二伏菜。"虽然按照时令季节，各种蔬菜种得有早有晚，有时收了这种菜才种那种菜；但是除了冰雪严寒的冬天，一年里春夏秋三季，菜园里总是经常有几种蔬菜在竞肥争绿的。特别是夏末秋初，你看吧：青的萝卜，紫的茄子，红的辣椒，又红又黄的西红柿，真是五彩斑斓，耀眼争光。

那年蔬菜丰收。韭菜割了三茬，最后吃了薹下韭（跟莲下藕一样，那是以老来嫩有名的），掐了韭花。春白菜以后种了秋白菜，细水萝卜以后种了白萝卜。园里连江西腊、波斯菊都要开败的时候，我们还收了最后一批西红柿。天凉了，西红柿吃起来甘脆爽口，有些秋梨的味道。我们还把通红通红的辣椒穿成串晒干了，挂在窑洞的窗户旁边，一直挂到过新年。

一九六一年四月九日

佳作赏析：

吴伯箫（1906—1982），山东莱芜人，散文家。著有散文集《羽书》《烟尘集》《出发集》《北极星》等。

这是一篇回忆性的散文，作家在文中回忆了十多年前在延安时期一个小小的生活片段。20世纪40年代的延安，由于国民党当局的经济封锁，物资严重匮乏。为了克服工作生活中的困难，解放区开展了大生产运动，进行生产自救。而作者记叙的正是当年大生产时期机关工作人员进行生产自救活动的成果。文章鼓励人们像延安时代那样以乐观主义精神面对工作和生活。作者认为只要勇敢地面对困难，就一定能够战胜它。

文章的语言简洁精练、生动优美，在菜园的辛苦劳作经过作者的描写具有了诗情画意的美感，字里行间充满田园浪漫、乐观精神。

山屋

□［中国］吴伯箫

屋是挂在山坡上的。门窗开处便都是山。不叫它别墅，因为不是旁宅支院颐养避暑的地方；唤作什么楼也不妥，因为一底一顶，顶上就正对着天空。无以名之，就姑且直呼为山屋吧，那是很有点老实相的。

搬来山屋，已非一朝一夕了；刚来记得是初夏，现在已慢慢到了春天呢。忆昔入山时候，常常感到一种莫名的寂寞，原来地方太偏僻，离街市太远啊。可是习惯自然了，浸假又爱了它的幽静；何况市镇边缘上的山，山坡上的房屋，终究还具备着市廛与山林两面的佳胜呢。想热闹，就跑去烦嚣的市内；爱清闲，就索性锁在山里，是两得其便、左右逢源的。倘若你来，于山屋，你也会喜欢它的吧？傍山人家，是颇有情趣的。

譬如说，在阳春三月，微微煦暖的天气，使你干什么都感到几分慵倦；再加整天的忙碌，到晚上你不会疲惫得像一只晒腻了太阳的猫么？打打舒身都嫌烦。一头栽到床上，怕就蜷伏着昏昏入睡了。活像一条死猪。熟睡中，踢来拌去的乱梦，梦味儿都是淡淡的。心同躯壳是同样的懒啊。几乎可以说是泥醉着、糊涂着，乏不可耐。可是大大的睡了一场，寅卯时分，你的梦境不是忽然透出了一丝绿莹莹的微光么，像东风吹过经冬的衰草似的，展眼就青到了天边。恍恍惚惚的，屋前屋后有一片啾唧哳哳的闹声，像是姑娘们吵嘴，又像一群活泼泼的孩子在嘈杂乱唱；兀的不知怎么一来，那里"支幽"一响，你就醒了。立刻你听到了满山满谷的鸟叫。缥缥渺遥的那里的钟声也嗡嗡地传了过来。你睁开了眼，窗帘后一缕明亮，给了你一个透底的清醒。靠左边一点，石工们在叮咚的凿石声中，说着呜呜噜噜的话；稍偏右边，嘚嘚的马蹄声又仿佛一路轻的撒上了山去。一切带来的是个满心的欢笑啊。那时你还能躺在床上么？不，你会霍然一跃就起来的。衣裳都来不及披一件，先就跳下床来打开窗子。那窗外像笑着似的处女的阳光，一扑就扑了你个满怀。

"呵，我的灵魂，我们在平静而清冷的早晨找到我们自己了。"

——惠特曼《草叶集》

那阳光洒下一屋的愉快，你自己不是都几乎笑了么？通身的轻松。那山上一抹嫩绿的颜色，使你深深地吸一口气，清爽是透到脚底的。瞧着那窗外的一丛迎春花，你自己也仿佛变作了它的一枝。

我知道你是不暇妆梳的，随便穿了穿衣裳，就跑上山去了。一路，鸟儿们飞着叫着的赶着问"早啊？早啊？"的话，闹得简直不像样子。戴了朝露的那山草野花，遍山弥漫着，也懂事不懂事似的直对你颔首微笑，受宠若惊，你忽然骄蹇，迈着昂藏的脚步三跨就跨上了山巅。你挺直了腰板，要大声嚷出什么来，可是怕喊破了那清朝静穆的美景，你又没嚷，只高高地伸出了你粗壮的两臂，像要拥抱那个温都的骄阳似的，很久很久，你忘掉了你自己。自然融化了你，你也将自然融化了。等到你有空再眺望一下那山根尽头的大海的时候，看它展开着万顷碧浪。翻掀着千种金波灵机一动，你主宰了山，海，宇宙全在你的掌握中了。

下山，路那边邻家的小孩子，苹果脸映着旭阳，正向你闪闪招手，烂漫的笑；你不会赶着问她，“宝宝起这样早哇？姐姐呢？”

再一会，山屋里的人就是满口的歌声了。

再一会，山屋右近的路上，就是逛山的人格格的笑语了。

要是夏天，晌午阳光正毒，在别处是热得汤煮似的了，山屋里却还保持着相当的凉爽，坡上是通风的。四周的山松也有够浓的荫凉。敞着窗，躺在床上，噪耳的蝉声中你睡着了，噪耳的蝉声中你又醒了。没人逛山。樵夫也正傍了山石打盹儿。市声又远远的，只有三五个苍蝇，嗡飞到了这里，嗡又飞到了那里。老鼠都会瞅空出来看看景的吧，“蝉噪林逾静，鸟鸣山更幽，”心跳都听得见扑腾呢。你说，山屋里的人，不该是无怀氏之民么？

夏夜，自是更好。天刚黑，星就悄悄地亮了。流萤点点，像小灯笼，像飞花。檐边有吱吱叫的蝙蝠，张着膜翅凭了羞光的眼在摸索乱飞。远处有乡村味的犬吠，也有都市味的火车的汽笛。几丈外谁在毕剥的拍得蒲扇响呢？突然你听见耳有边的蚊子薨薨了。这样，不怕露冷，山屋门前坐到丙夜是无碍的。

可是，我得告诉你，秋来的山屋是不大好斗的啊。若然你不时时刻刻咬紫了牙，记牢自己是个男子，并且想着“英国的孩子是不哭的”那句名言的话，你真挡不了有时候要落泪呢。黄昏，正自无聊的当儿，阴沉沉的天却又淅淅沥沥地落起雨来。不紧也不慢，不疏也不密，滴滴零零，抽丝似的，人的愁绪可就细细的长了。真愁人啊！想来个朋友谈谈天吧，老长的山道上却连把雨伞的影子也没有；喝点酒解解闷吧，又往那里去找个把牧童借问酒家何处呢？你听，偏偏墙角的秋虫又凄凄切切唧唧而吟了。呜呼，山屋里的人其不但然蹙眉頞然告病者，怕极稀矣，极稀矣！

凑巧，就是那晚上，不，应当说是夜里，夜至中宵。没有闭紧的窗后，应着潇潇的雨声冷冷的虫声，不远不近，袭来了一片野兽踏落叶的窸窣声。呕吼呕吼，接二连三的嗥叫，告诉你那是一只饿狼或是一匹饥狐的时候，喂，伙计，你的头皮不会发胀么？好家伙！真得要蒙蒙头。

虽然，“采菊东篱下”，陶彭泽的逸兴还是不浅的。

最可爱，当然数冬深。山屋炉边围了几个要好的朋友，说着话，暖烘烘的。有人吸着烟，有人就偎依在床上，唏嘘也好，争辩也好，锁口默然也好，态度却都是那样淳朴诚恳的。回忆着华年旧梦的有，希冀着来日尊荣的有，发着牢骚，大夸其企图与雄心的也有。怒来拍一顿桌子，三句话没完却又笑了。哪怕当面骂人呢，该骂的是不会见怪的，山屋里没有“官话”啊，要讲“官话”，他们指给你，说：“你瞧，那座亮堂堂的奏着军乐的，请移驾那楼上去吧。”

若有三五乡老，晚饭后咳嗽了一阵，拖着厚棉鞋提了长烟袋相将而来，该是欢迎的吧？进屋随便坐下，便尔开始了那短短长长的闲话。八月十五云遮月，单等来年雪打灯。说到了长毛，说到了红枪会，说到了税、捐，拿着粮食换不出钱，乡里的灾害，兵匪的骚扰，希望中的太平丰年及怕着的天下行将大乱：说一阵，笑一阵，就鞋底上磕磕烟灰，大声地打个呵欠，“天不早了。”“总快鸡叫了。”要走，却不知门开处已落了满地的雪呢。

原来我已跑远了。急急收场：“雪夜闭户读禁书。”你瞧，这半支残烛，正是一个好伴儿。

佳作赏析：

《山屋》是吴伯箫的另一篇代表作。

“第一人称”和“第二人称”的巧妙结合是其一大特色。在文中，“我”是山屋的主人，而“你”就是“我”假想中邀请的客人，“主人”十分细心热情地向“客人”描述了居住在山屋里将会欣赏到的山中美景和获取的审美享受。这种特殊的叙述方式使作品获得了一种不同寻常的艺术感染力。

在景物描写上，作者将视觉和听觉有机结合，为读者呈现了大量声音意象。春日马蹄声与满山鸟鸣的合奏，夏日噪耳蝉声与嗡嗡蝇声的齐鸣，秋日潇潇雨声和唧唧虫吟的重唱，美妙的自然之声将作者安闲质朴的山居情趣表达得淋漓尽致。

夏虫之什（节选）

□［中国］缪崇群

楔　子

在这个火药弥天的伟大时代里，偶检破箧，忽然得到这篇旧作；稿纸已经黯黄，没头没尾，不知从何说起，也不知到何处为止，摩挲良久，颇有啼笑皆非之感。记得往年为宇宙之大和苍蝇之微的问题，曾经很热闹地讨论过一阵，不过早已事过境迁，现在提起来未免“夏虫语冰”，有点不识时务了。好在当今正是炎炎的夏日，对于俯拾即是的各种各样的虫子，爬的飞的叫的，都是夏之“时者”，就乐得在夏言夏，应应景物。即或有人说近乎赶集的味道，那好，也还是在赶呀。只是，童子雕虫篆刻，壮夫所不为罢了。

添上这么一个楔子，以下照抄。恐怕说不清道不明，就在每节后边添个名儿，庶免有人牵强附会当做谜猜，或怪作者影射是非云尔。

一 人虫泛论

在小学和中学时代读过的博物科——后来改作自然和生物科了，我所得到的关于这方面的知识似乎太少了。也许因为人大起来了，对于这些知识反倒忘记，这里能写得出的一些虫子，好像还是在以前课本上所看到的一些图画，不然就是亲自和他们有过交涉的。

最不能磨灭的印象是我在小学《修身》或《国文》课里所读过的一篇文章。大意是说，有一个孩子，居然在大庭广众之前，他辩证了人的存在是吃万物，还是蚊子的存在为着吃人的这个惊人的问题。从幼小的时候到成年，到今日，我不大看得起人果真是万物的灵的道理，和我从来也并不敢小视蚊虫的观念，大约都受了他的影响。

偶翻线装书，才知道我少小时候所读的那一课，是出于列子的《说符篇》。为着我谈虫有护符起见，就附带把它抄出：

“齐田氏祖于庭，食客千人，坐中有献鱼雁者，田氏视之，乃叹曰：‘天之于民，厚矣！殖五谷，生鱼鸟，以为之用。’众客和之如响。鲍氏之子年十二，预于次，进曰：‘不如君言，天地万物，与我并生类也，类无贵贱，徒以小大智力而相制，迭相食，非相为而生之。人取可食者而食之，岂天本为人生之？且蚊蚋噆肤，虎狼食肉，非天本为蚊蚋生人，虎狼生肉者哉！？’”

二 蝇

红头大眼，披着金光闪烁的斗篷，里面衬一件苍点或浓绿的贴身袄，装束得颇有些类似武侠好汉，但是细细看他的模样，却多少带着些乡婆村姑气。

也算是一种证实的集团的动物了，除了我们不能理解的他们的呼声和高调之外，每个举止风度，都不失之为一个仪表堂堂的人物。

趋炎走势，视膻臭若家常便饭的本领，我们人类在他们之前将有愧色。向着光明的地方百折不回，硬碰头颅而无任何顾虑的这种精神，我们固然不及；至如一唱百和，飘然而来，飘然而去的态度，我们也将瞠乎其后的。

兢兢业业地，我从来不曾看见他们阖过一次眼，无时无刻不在摩拳擦掌地想励精图治的样子；偶尔难以两臂绕颈，作出闲散的姿势，但谁可以否认那不是埋头苦干挖空心机的意思。

遗憾的只是谁都对于他们的出身和居留地表示反感，甚至于轻蔑、谩骂，使他们永远诅咒着他们再也诅咒不尽的先天的缺陷。湮没了自身的一切，熙熙攘攘的度了一个短促的时季，死了，虽然也和人们一样的葬身于粪土之中。

人类的父母是父母，子弟是子弟，父母的父母是祖先——而他们的祖先是蛆虫，他们的后人也是蛆虫。这显然不同的原因，大约就是人类会穿衣吃饭，肚子饱了，又有遮拦，他们始终是虫，所以不管他们的祖先和后人也都是蛆了。

出身的问题，竟这样决定了每个生物的运命，我不禁惕然！

但无论如何，他总算是一员红人，炎炎时代中的一位时者，留芳乎哉！遗臭乎哉！

三　蛇

想着他，便憧憬起一切热带的景物来。

深林大沼中度着寓公的生活，叫他是土香土色的草莽英雄也未为不可。在行一点的人们，却都说他属于一种冷血的动物。

花色斑斓的服装，配着修长苗条的身躯，真是像一个秀色可餐的女人，但偏偏有人说女人倒是像他。

这世界上多的是这样反本为末，反末为本的事，我不大算得清楚了。

且看他盘着像一条绳索，行走起来仿佛在空间描画着秀丽的峰峦，碰他高兴，就把你缠得不可开交，你精疲力竭了，他才开始胜利地昂起了头。莎乐美捧着血淋淋的人头笑了；他伸出了舌尖，火焰一般的舌尖，那热烈的吻，够你消受的!

据说他的瞳孔得天独厚，他看见什么东西都是比他渺小，所以他不怕一切的向前扑去，毫不示弱，也许正是因为人的心眼太窄小了，明明是挂在墙上的一张弓，映到杯里的影子也当作了他的化身，害得一场大病。有些人见了他，甚至于急忙把自己的屁眼也堵紧，以为无孔不入的他，会钻了进去丧了性命——其实是同归于尽——像这种过度的神经过敏症，过度的恐怖病，不是说明了人们是真的渺小吗?

幸亏他还没有生着脚，固然给画家描绘起来省了一笔事，可是一些意想不到的灵通，也就叫他无法实现了。

计谋家毕竟令人佩服，说打一打草也是对于他的一种策略。渺小的人们，应该有所憬悟了罢?

虽然，象征着中国历代帝王的那种动物——龙，也不过比他多生了几根胡须，多长了几条腿和爪子罢了。

四　萤

不与光明争一日的短长，永远是黑夜里的游客。在月光下的池畔，也常常瞥见他的踪影，真好像一条美丽的白鱼。细鳞被微风吹翻了，散在水上，荡漾着，闪动着。从不曾看见鬼火是一种什么东西的我，就臆测着他带着那个小小灯笼是以幽灵为膏烛的。

静静地凝视着他，他把星星招引来了，他也会牵人到黑暗的角落里去。自己仿佛眩迷了，灵魂如同披了一件轻细的纱衣，恍惚地溶在黑暗里，又恍惚地在空中飘舞了一阵，等恢复了意识之后，第一就想把自己找回来，再则就要把他捉住。

在孩提的时候，便受了大人的告诫：“飞进鼻孔里会送命。”直到如今仍旧切记不忘。我以为这种教训正是“寓禁于征”的反面的作用。

和“头悬梁，锥刺股”相媲美的苦读生的故事，使这个小虫的令名，也还传留在所谓书香人家的子弟耳里。

不过，如今想来，苦读虽好，企图这一点点光亮，从这个小虫子身上打算进到富贵功名的路途，却也未免抹煞风景了。我希望还是把它当一项时代参考的资料为佳。

欣喜着这个小虫子没有绝种——会飞的，会流的星子，夏夜里常常无言地为我画下灵感的符号；漂着我的心绪，现着，却不能再度寻觅的我所向往的那些路迹。

虽没有刺目的光明，可是他已经完成了使黑暗也成为裂隙的使命了。

五　蜈蚣

“百足之虫，死而不僵。”多半是说着他了。

首尾断置，不僵，又该怎样？这个问题我是颇有提出来讨论一下的兴致的。就算他有一百只足，或是一百对足罢，走起来也并不见得比那一条腿都没有的更快些。我想，这不僵的道理，是“并不在乎”吗？那么腿多的到底是生路也多之谓么；或者，是在观感上叫人知道他死了还有那么多摆设吗？

有着五毒之一头衔的他，其名恐怕不因足而显罢？

亏得鸡有一张嘴，便成了他的力敌，管他腿多腿少，死而不僵，或是僵而不死；管他头衔如何，有毒无毒，吃下去也并没有翘了辫子。所以我们倒不必斤斤斥责说“肉食者鄙”的话了。

六　蝉

今天开始听见他的声音，像一个阔别的友人，从远远的地方归来，虽还没有和他把晤，知道他已经立在我的门外了。也使我微微地感伤着：春天，挽留不住的春天，等到明年再会吧。

谁都厌烦他把长的日子拖着来了，他又把天气鼓噪得这么闷热。但谁会注意过一个幼蛹，伏在地下，藏在树洞里……经过了几年甚至于一二十年长久的蛰居的时日，才蜕生出来看见天地呢？一个小小的虫豸，他们也不能不忍负着这么沉重的一个运命的重担！

运命也并不一定是一出需要登场的戏剧哩。

鱼为了一点点饵食上了钩子，岸上的人笑了。孩子们只要拿一根长长的杆子，顶端涂些胶水，仰着头，循着声音，便将他们粘住了。他们并不贪求饵食，连孩子们都知道很难养活他们，因为他们不能受着缚束与囚笼里的日子，他们所需要的唯有空气、露水与自由。

人们常常说“自鸣”就近于得意，是一件招祸的事，但又把不平则鸣当作一种必然的道理。我看这个世界上顶好的还是作个哑巴，才合乎中庸之道吧？

话说回来，他之鸣，并非“得已〔意〕”，螳螂搏着他，也并未作声，焉知道黄雀又跟在他后面呢？这种甲被乙吃掉，甲乙又都被丙吃掉的真实场面，可惜我还没有身临其境，不过想了想虫子也并不比人们更倒霉些罢了。

有时，听见一声长长的嘶音，掠空而过，仰头望见一只鸟飞了过去，嘴里就衔着了一个他。这哀惨的声音，唤起了我的深痛的感觉。夏天并不因此而止，那些幼蛹，会从许多的地方生长起来，接踵地攀到树梢，继续地叫着，告诉我们：夏天是一个应当流汗的季候。

我很想把他叫做一个歌者，他的歌，是唱给我们流汗的劳动者的。

七　壁虎

桃色的传说，附在一个没有鳞甲的，很像小鳄鱼似的爬虫的身上，居然迄今不替，真是一件令人不可思议的事了！

守宫——我看过许多书籍，都没有找到一个真实可以显示他的妙用的证据。

所谓宫，在那里面原是住着皇帝、皇后和妃子等等的一类神圣不可侵犯的人物——男的女的主子们，守卫他们的自然是一些忠勇的所谓禁军们，然而把这样重要的使命赋予一个小虫子的身上，大约不是另有其他的缘故，就是另有其他的解释了。

凭他飞檐走壁的本领，看守宫殿，或者也能够胜任愉快。记得小时候我们常常捉弄他，把他的尾巴打断了，只要有一小截，还能在地上里里外外地转接成几个圈子，那种活动的小玩意儿，煞是好看的，至于他还有什么妙用，在当时是一点也不能领悟出来。

所谓贞操的价值，现在是远不及那些男用女用的“维他赐保命”贵重，他只好爬在墙壁上称雄而已。

关于那桃色的传说，我想女人们也不会喜欢听的，就此打住。

八　蝎

北方人家的房屋，里面多半用纸裱糊一道。在夜晚，有时听见顶棚或墙壁上嘶啦嘶啦的声响，立刻将灯一照，便可以看见身体像一只小草鞋的虫子，翘卷着一个多节的尾巴，不慌不忙地来了。尾巴的顶端有个钩子，形像一个较大的逗号。那就是他的自卫的武器，也是因为有了这么一个含毒的螯子，所以他的名望才扬大了起来。

人说他的腹部有黑色的点子，位置各不相同，八点的像张“人”牌，十一点的像张“虎头”…… 一个一个把他们集了起来，不难凑成一副骨牌——我不相信这种事，如同我不相信赌博可以赢钱一样（倘如平时有人拿这副牌练习，那么他的赌技恐怕就不可思议了）。

有人说把他投在醋里，隔一刻儿便能化归乌有。我试验了一次，并无其事。想必有人把醋的作用夸得太过火了。或许意在叫吃醋的人须加小心，免得不知不觉中把毒物吃了下去。

还有人说，烧死他一个，不久会有千千万万个，大大小小的倾窠而出。

这倒是多少有点使人警惕了。所以我也没敢轻于尝试一回，果真前个试验是灵效，我预备一大缸醋，出来一个化他一个，岂非成了一个除毒的圣手了么？

什么时候回到我那个北方的家里，在夏夜，摇着葵扇，呷一两口灌在小壶里的冰镇酸梅汤，听听棚壁上偶尔响起了的嘶啦嘶啦的声音……也是一件颇使我心旷神怡的事哩。

大大方方地翘着他的尾巴沿壁而来，毫不躲闪，不是比那些武装走私的，作幕后之宾的，以及那些“洋行门面”里面却暗设着销魂馆，福寿院的；穿了西装，留着仁丹胡子，腰间却藏着红丸、吗啡、海洛因的绅士们，更光明磊落些么？

“无毒不丈夫”的丈夫，也应该把他们分出等级才对。

选自《夏虫集》

佳作赏析：

缪崇群（1907—1945），江苏人。主要作品有《晞露集》《归客与鸟》《夏虫集》等。

这是一篇颇具特色的文章，拟人化的描写是其最大特点。蝇、蛇、萤、蜈蚣、蝉、壁虎、蝎这几种夏天常见的昆虫和小动物被作者赋予了人的形象和感情色彩，活灵活现地展现在人们眼前。虽然作者在文章开头强调自己并没有影射什么，但读者分明从这些小动物身上看到了人类社会三教九流的世间百态。生动形象的语言也为文章增色不少。“红头大眼，披着金光闪烁的斗篷”“花色斑斓的服装，配着修长苗条的身躯”，这些对小动物身体外型特征精确逼真的拟人化描写令人忍俊不禁。

囚绿记

□［中国］陆蠡

这是去年夏间的事情。

我住在北平的一家公寓里。我占据着高广不过一丈的小房间，砖铺的潮湿的地面，纸糊的墙壁和天花板，两扇木格子嵌玻璃的窗，窗上有很灵巧的纸卷帘，这在南方是少见的。

窗是朝东的。北方的夏季天亮得快，早晨五点钟左右太阳便照进我的小屋，把可畏的光线射个满室，直到十一点半才退出，令人感到炎热。这公寓里还有几间空房子，我原有选择的自由的，但我终于选定了这朝东房间，我怀着喜悦而满足的心情占有它，那是有一个小小理由。

这房间靠南的墙壁上，有一个小圆窗，直径一尺左右。窗是圆的，却嵌着一块六角形的玻璃，并且在下角是打碎了，留下一个大孔隙，手可以随意伸进伸出。圆窗外面长着常春藤。当太阳照过它繁密的枝叶，透到我房里来的时候，便有一片绿影。我便是欢喜这片绿影才选定这房间的。当公寓里的伙计替我提了随身小提箱，领我到这房间来的时候，我瞥见这绿影，感觉到一种喜悦，便毫不犹疑地决定下来，这样了截爽真使公寓里伙计都惊奇了。

绿色是多宝贵的啊！它是生命，它是希望，它是慰安，它是快乐。我怀念着绿色把我的心等焦了。我欢喜看水白，我欢喜看草绿。我疲累于灰暗的都市的天空和黄漠的平原，我怀念着绿色，如同涸辙的鱼盼等着雨水！我急不暇择的心情即使一枝之绿也视同至宝。当我在这小房中安顿下来，我移徙小台子到圆窗下，让我的面朝墙壁和小窗。门虽是常开着，可没人来打扰我，因为在这古城中我是孤独而陌生。但我并不感到孤独。我忘记了困倦的旅程和已往的许多不快的记忆。我望着这小圆洞，绿叶和我对语。我了解自然无声的语言，正如它了解我的语言一样。

我快活地坐在我的窗前。度过了一个月，两个月，我留恋于这片绿色。我开始了解渡越沙漠者望见绿洲的欢喜，我开始了解航海的冒险家望见海面飘来花草的茎叶的欢喜。人是在自然中生长的，绿是自然的颜色。

我天天望着窗口常春藤的生长。看它怎样伸开柔软的卷须，攀住一根缘引它的绳索，或一茎枯枝；看它怎样舒开折叠着的嫩叶，渐渐变青，渐渐变老，我细细观赏它纤细的脉络，嫩芽，我以揠苗助长的心情，巴不得它长得快，长得茂绿。下雨的时候，我爱它淅沥的声音，婆娑的摆舞。

忽然有一种自私的念头触动了我。我从破碎的窗口伸出手去，把两枝浆液丰富的柔条牵进我的屋子里来，教它伸长到我的书案上，让绿色和我更接近，更亲密。我拿绿色来装饰我这简陋的房间，装饰我过于抑郁的心情。我要借绿色来比喻葱茏的爱和幸福，我要借绿色来比喻猗郁的年华。我囚住这绿色如同幽囚一只小鸟，要它为我作无声的歌唱。

绿的枝条悬垂在我的案前了，它依旧伸长、依旧攀缘、依旧舒放，并且比在外边长得更快。我好像发现了一种“生的欢喜”，超过了任何种的喜悦。从前我有个时候，住在乡间的一所草屋里，地面是新铺的泥土，未除净的草根在我的床下茁出嫩绿的芽苗，蕈菌在地角上生长，我不忍加以剪除。后来一个友人一边说一边笑，替我拔去这些野草，我心里还引为可惜，倒怪他多事似的。

可是每天在早晨，我起来观看这被幽的“绿友”时，它的尖端总朝着窗外的方向。甚至于一枚细叶、一茎卷须，都朝原来的方向。植物是多固执啊！它不了解我对它的爱抚，我对它的善意。我为了这永远向着阳光生长的植物不快，因为它损害了我的自尊心。可是我囚系住它，仍旧让柔弱的枝叶垂在我的案前。

它渐渐失去了青苍的颜色，变成柔绿、变成嫩黄，枝条变成细瘦、变成娇弱，好像病了的孩子。我渐渐不能原谅我自己的过失，把天空底下的植物移锁到暗黑的室内；我渐渐为这病损的枝叶可怜，虽则我恼怒它的固执，无亲热，我仍旧不放走它。魔念在我心中生长了。

我原是打算七月尾就回南去的。我计算着我的归期，计算这“绿囚”出牢的日子。在我离开的时候，便是它恢复自由的时候。

卢沟桥事件发生了。担心我的朋友电催我赶速南归。我不得不变更我的计划，在七月中旬，不能再流连于烽烟四逼中的旧都，火车已经断了数天，我每日须得留心开车的消息。终于在一天早晨候到了。临行时我珍重地开释了这永不屈服于黑暗的囚人。我把瘦黄的枝叶放在原来的位置上，向它致诚意的祝福，愿它繁茂苍绿。

离开北平一年了。我怀念着我的圆窗和绿友。有一天，得重和它们见面的时候，会和我面生么？

佳作赏析：

陆蠡（1908—1942），浙江天台人，作家。著有散文集《海星》《竹刀》、《囚绿记》等。

《囚绿记》是陆蠡散文的代表作，作者借“囚”窗前一株永向光明的“绿”色常春藤的故事，抒发了自己对光明与自由的向往之情。

文章结构精巧，作者按赏绿、囚绿、放绿、思绿的线索组织文字，形成作品特有的节奏。作者在“赏绿”中极言对绿之爱，为“囚绿”作铺垫；接着详写“囚绿”之执著，表达了对“绿友”的爱之深，情之切。而“放绿”则是文章主题所在，作者的用意深远，发人深省。《囚绿记》语言含蓄优美，而各种修辞方法的运用，更大大增强了文章的表现力。

借物抒情，以小见大，是这篇散文最显著的特点。文章通过“囚绿”“放绿”几个很小的生活细节，凝聚了一己的情感和民族的精神。满怀爱国激情的作者，正是因为忧虑祖国大好河山的沦亡才联想起那被“幽囚”的常春藤。

枇杷

□［中国］何家槐

自己最爱吃的水果，除了梨子，就是枇杷了。

这种嗜好完全是与生来的，仿佛在娘胎里，就已学会了吃梨子和枇杷的本领，一点也用不到什么训练，不像吃橄榄或香蕉的那样麻烦。

在年轻时候，梨子是吃透了的，因为好几个亲戚家里全有，每到梨熟的时节，我就带领着堂兄弟们，分头去吃个痛快。这里住几天，那里住几天，好容易就把一二个月在梨树下面混过去了。回家来也绝对不会空手，不是满篮，就是盈筐，算是亲戚们对我母亲的馈赠，但结果还是被我这个“梨种”代吃了的。而且等到梨市快完的时候，亲戚们又把一些被鸟啄过的梨子送来，他们说这是最末一次的“尝味”。那种梨子虽则有点儿烂了，却是最大最甜最香，最能引人流涎沫的。

枇杷却就来路狭窄，难以吃到了。我自己家里是从来不种果树的，亲戚家里又刚好缺乏枇杷；市上虽则可以买到，门前也时常有小贩挑着叫卖，但母亲从来舍不得买一次。她说茶饭是少不了的东西，水果却是毫无用处的，如果吃出瘾来，那就只有受冻受饿。勤俭是家里一直继承下来的教训，祖父是连孩子们要一个铜子买一个烧饼，也是要把他的那根拐杖打断才甘心的，父亲也对浪费主张绝不容情的人。因此不论怎样口馋，也只能咽咽口沫算了。

我想最苦的，是看到一种心爱的东西，却不能得到手时的焦急。这种经验，我在枇杷的身上，尝得很透。原来我跟母亲是睡在楼上的，只要窗门一开，就可以看到世遂妈园里的一树枇杷、一架葡萄。葡萄倒没有什么，枇杷却使我神魂颠倒了。别说看到那累累的、金黄色的果子，就是在那些果子还是青色的时候，我也是晚上睡不成觉的。夜里老是不安地做着梦。觉得自己早已飞出窗外，爬在那株翠绿色的树上，在密层层的叶丛中摘着枇杷，因为是瞒着园主人和母亲的，所以全身颤抖着，在甜蜜的快感中夹杂着偷窃秘密的恐怖。及到醒来，我老是迷迷糊糊地摇醒母亲说：

“妈，我做了梦来。”

白天工作得疲倦了的母亲，只含含混混地应了一声“唔”，马上又沉在酣睡中。但我忍不住不把心中的秘密告诉人家，因此在极度的兴奋中，我又用蛮劲摇醒了她。

“干吗不好好睡觉？”

她有点恼了。

“我睡不着……妈，你听狗叫得多响，恐怕有人在世遂妈的园里偷枇杷，而且，我刚刚做了梦来……”

“人家偷枇杷和你有什么相干？”

“可是，妈，明天我们买点枇杷吃吃，不好吗？”

“不要发痴，如果再说得高声一点，爷爷准会爬起来敲断你的腿子！”

这种说话是不止一次的，有的时候我竟一连几夜把母亲吵醒，这纠缠使我失去了一部分母爱。祖父的严酷着实使我害怕，他把只偷了几个铜子出去买桃子吃的小叔父追着打的情形，是清清楚楚地印在我的心头的，虽则那时候我还只有七岁。他视钱如命，吝啬是他的第二生命，跟俗话说的一样，看一个钱简直像看一个箬帽的，觉得它是硕大无比的样子。但虽是这样，我却还是耐不住，不跟母亲谈些梦话，不管睡在隔壁的祖父会不会听到，因为不这样简直无以自慰。

不知是在晚上听到了我们的谈话，还是觉察到了我在看到枇杷担子时候的贪馋情形，祖父老是凭空地在吃饭的时候说：

“现在要吃枇杷，以后不是要吃人参了吗？”

虽然话是带着讽刺的，他的脸色却阴沉得像雨天云雾，整个脸像猪肚似的挂下来，眼睛像酒杯似的突出眼眶。

“不要吃饭，还是吃枇杷的好吧。”

听到这些话，父亲也是非常严厉地看着我！仿佛我犯了什么过错，否则祖父决计不会这么说我的——因为祖父是家主，他的话自然是圣旨！

母亲却掩着筷子，向我白白眼，叫我识相点跑开去吃。

那种时候我几乎想哭了，如不是哭起来更要受打挨骂。在家里，小孩子是不能诉苦的，服从是他们的义务，是他们得到大人垂怜和抚爱的代价。因此每次我挨了骂，只自流泪，虽则每次都是受着白冤枉，并没有一点理由。

可是事情终于发生了。

因为想吃枇杷，而又吃不到，所以我的渴望每天都在增进。听说妇人怀孕时，最想吃东西，想这样，想那样，仿佛口里不咀嚼就难过活。害痨病或者伤寒症的人也是这样，愈难得到和愈不能吃的东西，愈想吃。我曾亲眼看过一个伤寒症的患者，在他刚会起床的时候，就想吃鲫鱼，但被医生所禁止，因此他想法偷到了大吃一顿，竟致送了性命。我想我那时想吃枇杷的热烈，怕比这个病人还要过分一点吧。

一整天，我都不离楼的待在窗前，眺望着那株枇杷。那金黄的颜色，像变成无限大似的，简直浮漾到我的眼前来了，一伸手仿佛就能摸到那些成结成串的果子。我回想着梦境，描摹着吃枇杷时的滋味：又多水、又甜，剥皮、吃肉，去核，是抛了一个又来一个地……我开闭着嘴巴，神经质似的笑着，津津地舔着嘴唇，肚里仿佛有虫在爬，那样的难受。有时想呆了，我会自言自语地说：

"甜吧，甜吧？"

接着又用劝导或者责备的口气说：

"怎么不捡黄一些的吃？那个有虫，而且还是酸溜溜地！"

那样地想着，突然地一个念头闪过我的心头了——还是去偷吃。

开始还以为这种念头是可耻的、愚蠢的，但结果却认定试它一次也没有关系。而且像得到一个绝妙的计策似的，叹了一口气，得意洋洋地摇头。于是我仔细地观察起来：那样进园，那样爬树，要那样才不会被人看见。

园门是长年紧闭着的，但我看见近门的地方，有一个墙缺，上面生着狗尾草，时常有一种很可怕的，俗名水骨虫的虫类在墙上爬。平常我很怕那种虫，一看见就会起跳，但这次我却没有想到这层。

"在楼上半天，你做些什么事？"

祖父在走廊上碰到我，敲着拐杖问。那根竹竿他是时常带在身边的，说那是点金的财神棒，所以他老是把它碰碰的敲着砖地。"在父亲的旧书箱里找本旧书。"

"那才好，不过你可不要把书箱翻乱。"

他说着还笑了一笑，这是难得的。只有听到读书一类的话，祖父才欢喜，因为他自己虽是由贫农出身的富农，可是他要我们读书，因为他说一个家庭要繁荣，不但要耕，而且要读，读书是跟买田置地一样重要的。

看到他脾气还好，我鼓起勇气向他要求：

"爷爷，让我到外边玩玩。"

"去吧，却不准闹事，闯了祸回来，得提防你的脚骨！"

我连声应是，拘拘谨谨地走向大门，仿佛很听话似的。但一走出门，我就拔着脚跑了。世遂妈的园子就在我家后面，横过一条小巷就是那扇陈腐的园门。我把它轻轻一推，希望它会倒掉，但没有用。于是慌忙地向周围一望，看见没有人，园里也是静静的，使我鼓起了勇气。墙十分低矮，爬进去倒很容易，可是爬树却是困难的。

经过了许多曲折，我终于达到枝头，隐在树叶中拼命地吃，没有一点选择的，差不多连皮带核的，只要是枇杷就放进口里，咀嚼也忘掉了，一骨碌吞下肚去就算，会不会生病更是计较不到，甚至有虫的也吃进去了，那种急性的吃法，我现在还能如同亲身经历似的回想起来，仿佛肚里满是枇杷核，枇杷汁似的，膨胀得非常难受。

正当吃得过瘾了，预备下来的时候，忽然听到世遂妈的声音：

“是谁呀！是谁呀！”

本来我已有一只脚伸出茂密的枝叶外面，听到这声音一慌，连忙想把脚躲回，但一个落空，嘭啦一声跌下来了。

伤势自然很重的，因为我一连几天不还魂，只是昏沉沉的睡觉，觉得遍身都十二分疼痛。醒来的时候，看见祖父和母亲都坐在我的床前。

“他脚上扭伤了一块骨头，再想法替他医医才好。”

祖父严厉地、野蛮地看着母亲：

“你替倒门楣的儿子医病？这点钱宁愿拿来吃饭！哼，这次不跌死……”

他骂着，敲着竹拐杖，愤愤地走开了。因此母亲再不敢提一句请大夫的话，随我自己痛得死去活来。她虽则爱我，但在祖父的威严下，敢多说一句话吗？

在床上睡了几个月，我才能起来，多谢天，虽则睡得这么久，却还没有烂了半个身体！可是那块扭伤了的骨头，却不折不扣地便栽跛了脚，变成了残废了。

那回不曾跌死真是奇怪的，我自己觉得不可思议，大约祖父也要不胜怏怏吧。

佳作赏析：

何家槐（1911—1969），浙江义乌人。现代作家。著有短篇小说集《寒夜集》《竹布衫》，散文集《稻粱米》等。

这是一篇充满童趣和残酷、悲喜交加的文章。主人公对吃枇杷的渴望、祖父父亲的严厉绝情形成了鲜明而强烈的对比，贯穿始终。文章对一个小孩子吃食的渴望描写得十分生动有趣，尤其是与母亲说梦中所见一段，令人忍俊不禁。然而面对孩子合理的要求，处于封建家长制家庭的母亲很难做主，左右为难。而祖父对儿孙超乎寻常的严厉、无情和吝啬在今天看来很难理解，并最终导致了小主人公外出偷吃枇杷并跌伤落下残疾，令人徒生几分悲凉。

清塘荷韵

□［中国］季羡林

楼前有清塘数亩，记得三十多年前初搬来时，池塘里好像是有荷花的，我的记忆里还残留着一些绿叶红花的碎影。后来时移事迁，岁月流逝，池塘里却变得“半亩方塘一鉴开，天光云影共徘徊”，再也不见什么荷花了。

我脑袋里保留的旧的思想意识颇多，每一次望到空荡荡的池塘，总觉得好像缺点什么。这不符合我的审美观念。有池塘就应当有点绿的东西，哪怕是芦苇呢，也比什么都没有强。最好的最理想的当然是荷花。中国旧的诗文中，描写荷花的简直是太多太多了。周敦颐的《爱莲说》读书人不知道的恐怕是少之又少的。他那一句有名的“香远益清”是脍炙人口的。几乎可以说，中国没有人不爱荷花的。可我们楼前池塘中独独缺少荷花。每次看到或想到，总觉得是一块心病。

有人从湖北来，带来了洪湖的几颗莲籽，外壳呈黑色，极硬。据说，如果埋在淤泥中，能够千年不烂。因此，我用铁锤在莲籽上砸开了一条缝，让莲芽能够破壳而出，不至永远埋在泥中。这都是一些主观的愿望，莲芽能不能够出，都是极大的未知数。反正我总算是尽了人事，把五六颗敲破的莲籽投入池塘中，下面就是听天命了。

这样一来，我每天就多了一件工作：到池塘边上去看上几次。心里总是希望，忽然有一天，“小荷才露尖尖角”，有翠绿的莲叶长出水面。可是，事与愿违，投下去的第一年，一直到秋凉落叶，水面上也没有出现什么东西。经过了寂寞的冬天，到了第二年，春水盈塘，绿柳垂丝，一片旖旎的风光。可是，我翘盼的水面上却仍然没有露出什么荷叶。此时我已经完全灰了心，以为那几颗湖北带来的硬壳莲籽，由于人力无法解释的原因，大概不会再有长出荷花的希望了。我的目光无法把荷叶从淤泥中吸出。

但是，到了第三年，却忽然出现了奇迹。有一天，我忽然发现，在我投莲籽的地方长出了几个圆圆的绿叶，虽然颜色极惹人喜爱，但是却细弱单薄，可怜兮兮地平卧在水面上像水浮莲的叶子一样。而且最初只长出了五六个叶片。我总嫌这有点太少，总希望多长出几片来。于是，我盼星星、盼月亮，天天到池塘边上去观望。有校外的农民来捞水草，我总请求他们手下留情，不要碰断叶片。但是经过了漫漫的长夏，凄清的秋天又降临人间，池塘里浮动的仍然只是孤零零的那五六个叶片。对我来说，这又是一个虽微有希望但毕竟仍是令人灰心的一年。

真正的奇迹出现在第四年上。严冬一过，池塘里又溢满了春水。到了一般荷花长叶的时候，在去年飘浮着五六个叶片的地方，一夜之间，突然长出了一大片绿叶，而且看来荷花在严冬的冰下并没有停止运动，因为在离开原有五六个叶片的那块基地比较远的池塘中心，也长出了叶片。叶片扩张的速度，扩张范围的广大，都是惊人地快。几天之内，池塘内不小一部分，已经全为绿叶所覆盖。而且原来平卧在水面上的像是水浮莲一样的叶片，不知道是从哪里聚集来了力量，有一些竟然跃出了水面，长成了亭亭的荷叶。原来我心中还迟迟疑疑，怕池中长的是水浮莲，而不是真正的荷花。这样一来，我心中的疑云一扫而光：池塘中生长的真正是洪湖莲花的子孙了。我心中狂喜，这几年总算是没有白等。

天地萌生万物，对包括人在内的动植物等有生命的东西，总是赋予一种极其惊人的求生存的力量和极其惊人的扩展蔓延的力量，这种力量大得无法抵御。只要你肯费力来观察一下，就必然会承认这一点。现在摆在我面前的就是我楼前池塘里的荷花。自从几个勇敢的叶片跃出水面以后，许多叶片接踵而至。一夜之间，就出来了几十枝，而且迅速地扩散、蔓延。不到十几天的工夫，荷叶已经蔓延得遮蔽了整个池塘。从我撒种的地方出发，向东西南北四面扩展。我无法知道，荷花是怎样在深水中淤泥里走动。反正从露出水面的荷叶来看，每天至少要走半尺的距离，才能形成眼前这个局面。

光长荷叶，当然是不能满足的。荷花接踵而至，而且据了解荷花的行家说，我门前池塘里的荷花，同燕园其他池塘里的，都不一样。其他地方的荷花，颜色浅红；而我这里的荷花，不但红色浓，而且花瓣多，每一朵花能开出十六个莲瓣，看上去当然就与众不同了。这些红艳耀目的荷花，高高地凌驾于莲叶之上，迎风弄姿，似乎在睥睨一切。幼时读旧诗："毕竟西湖六月中，风光不与四时同。接天莲叶无穷碧，映日荷花别样红。"爱其诗句之美，深恨没有能亲自到杭州西湖去欣赏一番。现在我门前池塘中呈现的就是那一派西湖景象。是我把西湖从杭州搬到燕园里来了，岂不大快人意也哉！前几年才搬到朗润园来的周一良先生赐名为"季荷"，我觉得很有趣，又非常感激。难道我这个人将以荷而传吗？

前年和去年，每当夏月塘荷盛开时，我每天至少有几次徘徊在塘边，坐在石头上，静静地吸吮荷花和荷叶的清香。"蝉噪林愈静，鸟鸣山更幽。"我确实觉得四周静得很。我在一片寂静中，默默地坐在那里，水面上看到的是荷花的绿肥、红肥。倒影映入水中，风乍起，一片莲瓣堕入水中，它从上面向下落，水中的倒影却是从下边向上落，最后一接触到水面，二者合为一，像小船似的漂在那里。我曾在某一本诗话中读到两句诗："池花对影落，沙鸟带声飞。"作者深惜第二句对仗不工。这也难怪，像"池花对影落"这样的境界究竟有几个人能参悟透呢？

晚上，我们一家人也常常坐在塘边石头上纳凉。有一夜，天空中的月亮又明又亮，把一片银光洒在荷花上。我忽听“扑通”一声，是我的小白波斯猫毛毛扑入水中，它大概是认为水中有白玉盘，想扑上去抓住。它一入水，大概就觉得不对头，连忙矫捷地回到岸上，把月亮的倒影打得支离破碎，好久才恢复了原形。

今年夏天，天气异常闷热，而荷花则开得特欢。绿盖擎天，红花映日，把一个不算小的池塘塞得满而又满，几乎连水面都看不到了。一个喜爱荷花的邻居，天天兴致勃勃地数荷花的朵数。今天告诉我，有四五百朵；明天又告诉我，有六七百朵。但是，我虽然知道他为人细致，却不相信他真能数出确实的朵数。在荷叶底下，石头缝里，旮旮旯旯，不知还隐藏着多少骨朵，都是在岸边难以看到的。粗略估计，今年大概开了将近一千朵。真可以算是洋洋大观了。

连日来，天气突然变寒，好像是一下子从夏天转入了秋天。池塘里的荷叶虽然仍然是绿油一片，但是看来变成残荷之日也不会太远了。再过一两个月，池水一结冰，连残荷也将消逝得无影无踪。那时荷花大概会在冰下冬眠，做着春天的梦。它们的梦一定能够圆的。“既然冬天到了，春天还会远吗？”

我为我的“季荷”祝福。

佳作赏析：

季羡林（1911—2009），山东清平人，学者、翻译家、散文家。著有学术论著《中印文化关系史论丛》《印度简史》，译作《迦梨陀娑》《罗摩衍那》，散文集《天竺心影》等。

《清塘荷韵》是季羡林晚年创作的一篇散文精品。作者的一位友人从湖北洪湖捎来几颗莲子，作者投入池塘中，在年复一年的焦急等待中，莲子破土而出，长势茂盛。“生存的力量”令人叹为观止。

情景交融是这篇散文的一大特色。从把莲子投入水中的那一天起，作者的心境与它的命运就紧紧连在了一起。作者每天都要到池塘边上去看上几眼，数年如一日，其对莲子生命奇迹的执切期待可见一斑。文中也有生动的景色描写，但写景是为了衬托人的心情，而抒情是为了烘托景物的变化。莲子、荷花的生存状态与作者的爱好、心境、情绪全都融合到一起，达到了“景生情，情生景”的美妙境界。

夹竹桃

□［中国］季羡林

夹竹桃不是名贵的花，也不是最美丽的花；但是，对我说来，它却是最值得留恋、最值得回忆的花。

不知道由于什么缘故，也不知道从什么时候起，在我故乡的那个城市里，几乎家家都种上几盆夹竹桃，而且都摆在大门内影壁墙下，正对着大门口。客人一走进大门，扑鼻的是一阵幽香，入目的是绿蜡似的叶子和红霞或白雪似的花朵，立刻就感觉到仿佛走进自己的家门口，大有宾至如归之感了。

我们家的大门内也有两盆，一盆红色的，一盆白色的。我小的时候，天天都要从这下面走出走进。红色的花朵让我想到火，白色的花朵让我想到雪。火与雪是不相容的，但是这两盆花却融洽地开在一起，宛如火上有雪，或雪上有火。我故而乐之，小小的心灵里觉得十分奇妙、十分有趣。

只有一墙之隔，转过影壁，就是院子。我们家里一向是喜欢花的；虽然没有什么非常名贵的花，但是常见的花却是应有尽有。每年春天，迎春花首先开出黄色的小花，报告春的消息。以后接着来的是桃花、杏花、海棠、榆叶、梅丁香等等，院子里开得花团锦簇。到了夏天，更是满院葳蕤。凤仙花、石竹花、鸡冠花、四色梅、江西腊等等，五彩缤纷，美不胜收。夜来香的香气熏透了整个的夏夜的庭院，是我什么时候也不会忘记的。一到秋天，玉簪花带来凄清的寒意，菊花报告花事的结束。总之，一年三季，花开花落，没有间歇；情景虽美，变化亦多。

然而，在一墙之隔的大门内，夹竹桃却在那里悄悄地一声不响，一朵花败了，又开出一朵；一嘟噜花黄了，又长出一嘟噜；在和煦的春风里，在盛夏的暴雨里，在深秋的清冷里，看不出什么特别茂盛的时候，也看不出什么特别衰败的时候，无日不迎风弄姿，从春天一直到秋天，从迎春花一直到玉簪花和菊花，无不奉陪。这一点韧性，同院子里那些花比起来，不是形成一个强烈的对照吗？

但是夹竹桃的妙处还不止于此。我特别喜欢月光下的夹竹桃。你站在它下面，花朵是一团模糊；但是香气却毫不含糊，浓浓烈烈地从花枝上袭了下来。它把影子投到墙上，叶影参差，花影迷离，可以引起我许多幻想。我幻想它是地图，它居然就是地图了。这一堆影子是亚洲，那一堆影子是非洲，中间空白的地方是大海。碰巧有几只小虫子爬过，这就是远渡重洋的海轮。我幻想它是水中的荇藻，我眼前就真的展现出一个小池塘。夜蛾飞过映在墙上的影子就是游鱼。我幻想它是一幅墨竹，我就真看到一幅画。微风乍起，叶影吹动，这一幅画竟变成活画了。

有这样的韧性，能这样引起我的幻想，我爱上了夹竹桃。

好多好多年，我就在这样的夹竹桃下面走出走进。最初我的个儿矮，必须仰头才能看到花朵。后来，我逐渐长高了，夹竹桃在我眼中也就逐渐矮了起来等到我眼睛平视就可以看到花的时候，我离开了家。

我离开了家，过了许多年，走过许多地方。我曾在不同的地方看到过夹竹桃，但是都没有留下深刻的印象。

两年前，我访问了缅甸，在仰光开过几天会以后，缅甸的许多朋友热情地陪我们到缅甸北部古都蒲甘去游览。这地方以佛塔著名，有“万塔之城”的称号。据说，当年确有万塔，到了今天，数目虽然没有那样多了，但是，纵目四望，嶙嶙峋峋，群塔簇天，一个个从地里涌出，宛如阳朔群山，又像是云南的石林，用雨后春笋这一句老话，差堪比拟。虽然花草树木都还是绿的，但是时令究竟是冬天了，一片萧瑟荒寒气象。

然而就在这地方，在我们住的大楼前，我却意外地发现了老朋友夹竹桃。一株株都跟一层楼差不多高，以至我最初竟没有认出它们来。花色比国内的要多，除了红色的和白色的以外，记得还有黄色的。叶子比我以前看到的更绿得像绿蜡，花朵开在高高的枝头，更像片片的红霞、团团的白雪、朵朵的黄云，苍郁繁茂，浓翠逼人，同荒寒的古城形成了强烈的对比。

我每天就在这样的夹竹桃下走出走进。晚上同缅甸朋友们在楼上凭栏闲眺，畅谈各种各样的问题，谈蒲甘的历史，谈中缅文化交流，谈中缅两国人民同胞般的友谊。在这时候，远处的古塔逐渐隐入暮霭中，近处的几个古塔上却给电灯照得通明，望之如灵山幻境。我伸手到栏外，就可以抓到夹竹桃的顶枝。花香也一阵一阵地从下面飘上楼来，仿佛把中缅友谊熏得更加芬芳。

就这样，在对于夹竹桃的婉美动人的回忆里，又涂上了一层绚烂夺目的中缅人民友谊的色彩。我从此更爱夹竹桃……

佳作赏析：

《夹竹桃》是季羡林的另一篇代表作，写于1959年。

散文的前半部分是正值中年的作者对自己童年的回忆，后半部分写了缅甸的夹竹桃，写它的象征意义。

夹竹桃因叶似竹、花如桃而得名，原产亚洲南部，我国早有栽种。季羡林的这篇文章对夹竹桃的书写和寄托是与自己的独特生活经验和对这经验的体味、思考相联系的。

在《夹竹桃》一文中，作者熟练而充分地利用汉语时空广阔的特点，妙笔生花，稳步而行，不急不缓地把夹竹桃的品性、自己的感觉和思想精致地传达出来。季羡林主张散文要“淳朴而不乏味”，要有起伏节奏，这在《夹竹桃》一文中有着生动的体现。他在用平实的语言叙述时，往往会突然嵌入一句文言句式，或用方言口语来突出语言的节奏感。与此同时，他还适时地穿插一些口语，使语言风趣而多变。所有这些都增强了这篇散文的可读性。

可贵的山茶花

□［中国］邓 拓

我生平最喜欢山茶花。前年冬末春初卧病期间，幸亏有一盆盛开的浅红色的“杨妃山茶”摆在床边，朝夕相对，颇慰寂寥。有一个早上，突然发现一朵鲜艳的花儿被碰掉了，心里觉得很可惜。我把她拾起来，放在原来的花枝上，借着周围的花叶把她托住。经过了二十天的时间，她还没有凋谢。这是多么强烈的生命力啊！当时我写了一首小诗，称颂这朵山茶花：

> 红粉凝霜碧玉丛，淡妆浅笑对东风。
> 此生愿伴春长在，断骨留魂证苦衷。

她的粉红色花瓣，又嫩又润，恍惚是脂粉凝成的；衬着绿油油的叶子，又厚又有光泽，好像是用碧玉雕成的；一株小树能开许多花朵，前后开花的时间，可以连续两个月。似乎在严寒的季节，她就已经预示了春天的到来，而在东风吹遍大地的时候，她更加不愿离去，即便枝折花落，她仍然不肯凋谢，始终要把她的生命献给美丽的春光。这样坚贞优美的性格，怎能不令人感动啊！

今年春节，我有机会在云南的昆明和大理等地，看到各色各样的山茶花。特别是在大理，不但所有的公共场所都遍栽山茶花，而且许多居民的庭院中也尽是山茶花。在这个古老的小县城里，春节前夕的街头，到处摆满了小摊，出售野生的山茶花。我当时看到这番情景，马上产生一个强烈的印象，觉得这个小巧玲珑的古城，把它叫做“茶花城”，一点也不过分。美丽的山茶花，使这里的山水人物，全都变得那么娇艳可爱了。仰望苍山，俯瞰洱海，听着五朵金花公社的歌声，看着金花银花姐妹们热情的笑脸，人们的生活更显得丰富而美满，如诗如画，永不凋谢，永远繁荣！

这样美丽的山茶花乃是我国西南地区的特产，而以云南、四川为最。明代的王世懋，在他的著作《学圃杂疏》的“花疏”中写道：

吾地山茶重宝珠。有一种花大而心繁者，以蜀茶称，然其色类殷红。尝闻人言，滇中绝胜。余官莆中，见士大夫家皆种蜀茶，花数千朵，色鲜红，作密瓣，其大如杯。云：种自林中丞蜀中得来，性特畏寒，又不喜盆栽。余得一株，长七八尺，舁归，植淡园中，作屋幕于隆冬，春时撤去。蕊多辄摘却，仅留二三花，更大绝，为余兄所赏。后当过枝，广传其种，亦花中宝也。

王世懋是江苏太仓人，为明代著名诗人王世贞的弟弟。从他的这一节记载中，我们可以看出，明代嘉靖年间，江苏等地的山茶花，大概都由四川和云南移植过去的。王世懋在书中还介绍了黄山茶、白山茶、红白茶梅、杨妃山茶等许多品种。在他以后，到明代万历年间，王象晋写了一部《群芳谱》，其中对山茶花又作了详细的介绍：

山茶一名曼陀罗，树高者丈余，低者二三尺，枝干交加。叶似木樨，硬有棱，稍厚；中阔寸余，两头尖，长三寸许；面深绿，光滑，背浅绿，经冬不脱。以叶类茶，又可作饮，故得茶名，花有数种，十月开至二月。有鹤顶茶，大如莲，红如血，中心塞满如鹤顶，来自云南，曰滇茶玛瑙茶，红黄白粉为心，大红为盘，产自温州。宝珠茶，千叶攒簇，色深少态。杨妃茶，单叶，花开早，桃红色，焦萼。白似宝珠，宝珠而蕊白，九月开花，清香可爱。正宫粉、赛宫粉，皆粉红色。石榴茶，中有碎花。海榴茶，青蒂而小。菜榴茶、踯躅茶、类山踯躅。真珠茶、串珠茶，粉红色。又有云茶、磬口茶、茉莉茶、一捻红、照殿红。

在这里介绍了许多种山茶花的名目和特点，很有参考价值。但是，他说山茶又叫做曼陀罗，后来其他作者也这么说，这一点我却有另外的解释。曼陀罗显然是梵语的译音，并非我国原有的名称。而山茶花的原产地的确是我们中国，所以介绍她的本名只能用中国原有的名称，而不应该采用外来的名称。

唐代段成式的《酉阳杂俎》，早已肯定了山茶花的名称和基本特征。他说："山茶，叶似茶树，高者丈余，花大盈寸，色如绯，十二月开。"到了宋代，范成大在《桂海虞衡志》中，更把山茶花分为南北两大类，一类是以当时的中原，即所谓中州所产的为代表；另一类则是南山茶，就是我们现在所说的云南四川等地的山茶花。估计自古迄今南北各地山茶花的种类，总在一百种上下。正如明代的李时珍在《本草纲目》中所说的，"山茶之名，不可胜数"。这就好比菊花的名目一样，随着人工栽培技术的不断进步，她们的花色品种也必然会越来越多。李时珍在《本草纲目》中还介绍了山茶花的许多用途和医药价值。这就证明，她不但可供人们欣赏，而且是人们养生祛病的良友啊！

虽然，最珍贵的山茶花品种，目前还只能在南方温暖的地带有繁殖的条件。但是也可以断定，只要培植得法，她同样可以适应北方的气候和土壤，而逐渐繁殖起来，只要条件适宜，山茶花的寿命可以延续很久。据明代隆庆年间冯时可写的《滇中茶花记》所说："茶花最甲海内……寿经三四百年，尚如新植。"看来在我国南北各地，如果经过植物学家和园艺技师的共同研究，完全有可能把昆明、大理等处最好的山茶花品种，普遍移植，绝无问题。这比起在欧洲、美洲各国种植山茶花，条件要好得多了。人们都知道，法国人加梅尔，在十七世纪的时候，曾将中国的山茶花移植到欧洲，后来又移植到美洲。难道我们要在国内其他地区移植还不比他们更容易吗?

但是，无论天南海北的人，每当欣赏山茶花的时候，都不应该忘记她还有一段动人的传说。这是流传在云南白族人民中的一个神话故事。它告诉我们：古代有个魔王，嫉恨人间美满的生活，他用魔法把大地变成一片惨白的世界，不让有红花绿叶留在人间。但是，人们是爱惜自己的美好生活的。一位白族的少女，毅然决然地献出了不朽的青春，献出了宝贵的生命，用自己的鲜血，重新染红了山茶花，用自己的胆汁重新染绿了花叶。从那以后，山茶花才更加娇艳地出现在大地上。

怪不得历来有无数的诗人，写了无数的诗篇，一致赞赏山茶花的高贵品质。

这里应该首先提到宋代苏东坡歌咏山茶花的一首七绝。他写道：

山茶相对阿谁栽？细雨无人我独来。
说似与君君不会，烂红如火雪中开。

宋代另一个著名诗人范成大，也写了许多赞美山茶花的诗，其中有一首绝句是：

折得瑶华付与谁？人间铅粉弄妆迟。
直须远寄骖鸾客，鬓脚飘飘可一枝！

特别应该记住，爱国诗人陆放翁，因为看到花园里有“山茶一树，自冬至清明后，著花不已”，曾经写了两首绝句，大加赞扬：

东园三日雨兼风，桃李飘零扫地空。
惟有小茶偏耐久，绿丛又放数枝红。

雪里开花到春晚，世间耐久孰如君？

凭栏叹息无人会，三十年前宴海云。

在宋代的诗人中，就连曾子固素来被认为不会写诗的人，也都写过几首诗，尽情歌唱山茶花的秀艳和高尚的性格。曾子固的诗中有些句子也很动人。比如，他说："为怜劲意似松柏，欲攀更惜长依依。"他把山茶花和松柏相比，可算得估价极高了。

后来元、明、清各个朝代都有许多著名的诗人和画家，用他们的笔墨和丹青，尽情地描绘这美丽的山茶花。如今，我们生活在东风吹遍大地的新时代，我们要让人民过着日益美满幸福的生活，我们对于如此美丽而高贵的山茶花，怎么能不加倍地珍爱呢！

佳作赏析：

邓拓（1912—1966），生于福建闽侯，作家。著有《燕山夜话》《三家村札记》《诗十四首》等。

《可贵的山茶花》是一篇借物抒情的散文。作者通过对山茶花的描写和赞颂，抒发了对祖国和人民的热爱之情，向那些为大众利益奉献和献身的英雄表达了崇高的敬意。

旁征博引、以诗入文是文章的两大特色。作者从自己日常生活中见到的山茶花入手，写到云南、四川等地的山茶花，又追溯到古人关于山茶花的相关记载，旁征博引，贯穿古今。

神话传说中的山茶花是白族少女舍弃生命用自己的鲜血染成，为了讴歌这种崇高精神，作者又引用了大量古人诗词来表达自己的思想感情。借物抒情，美丽的图景和强烈的感情互为衬托，达到了情景交融的美妙效果。

水仙

□［中国］冯亦代

水仙花由洁白变成金黄，凋残了，妻还留着那一盆葱茏的叶子，供在窗前。她眼睛不好，需要经常看点绿色，保持眼目清凉。然而在我看来，不免有些凄然。久居北国，一年一度清馨我的屋子，为严冬里留着一丝春意的，只此水仙而已，此时却又换了个年头。在我生命的长途跋涉中，不管还有多远可以举步，只要年年得以重见这绿叶白花的水仙，不能不说是人生一乐也！

我从小喜爱水仙，那该是生活在老家里留下的痕迹吧！杭州人似乎都爱水仙，每到春节左右，你走到哪一家，都能在案头看到水仙的倩影，以及浮映在水里的雨花石。我们家也不例外。祖母在世时，一入冬，就时时留意聆听门外卖水仙的吆喝声。这种水仙来自二地，一种是产在温台一带的，另一种是负贩者从福建营运来的。前者多单瓣，叶子细长；后者根茎茁壮，花开得茂盛。祖母必选那些从福建来的才买。买后就养在专门种水仙的浅水盆里，用五色斑斓的雨花石掩上。我小时家里不像北方人那样每家都有一个火炉，所以全赖阳光给水仙以滋生的养分，然后到春节前半月，特别把这几盆水仙移到一间向阳的小屋里，还生起一小盆火，这样就在春节前后，水仙开花了。满室的馨香，而且还有小火盆，我便赖在这间屋子里做功课，但主要还是在欣赏花色与花香。春节前后上供神祖先，供桌上必有一盆盛开的水仙，每株叶茎上都用约寸许红纸圈箍住，图个神与祖先的欢喜，降下福来。

祖母故世以后，买花的事儿似乎无形中成为我的分内事了。那时祖父已经从嘉兴盐公堂告老回来，每天伏在桌上对着一具放大镜阅读他已不知看了多少遍的笔记小说。一听到门外声声卖水仙，便会命我把负贩者叫进家门，从负贩者卸下肩的蒲包里，选出一些茁壮的根茎来。于是我去拿了花盆和雨花石，把水仙种上了。祖父和祖母一样地调理水仙，到春节时又把盛开的水仙圈着红纸箍，摆在供桌上。但他也会在自己的书桌上摆上一两盆。在薄暮时分我从学校里回家，给他桌上放下温酒盅，和沿途买的豆腐干、烧羊肉时，我可以看到他默默地用昏黄的老眼，望着眼前的水仙，有时还用颤抖的枯手为花整理花叶。这时我总有种遐想袭上心头：祖母爱水仙，祖父也爱水仙，此时此地他老人家的心上凝结着的又是一种什么样的感情呢？是他想起了少年某些值得回忆的往事吗？我的脚步惊动了他，他便将昏黄的眼珠移向了我，口角漾起了笑意，说，你回来了，给我烫酒吧。于是一面把着酒盅，和我谈起他少年时在太平军中的生活。他一生没有应过考，做过官，宁愿默默无闻在盐公堂里做一名职员，过着平凡的岁月，是有一定缘故的。这样的生活年复一年，一直到他病瘫在床上。最后一个冬天，他还要我买水仙，每天为他买小吃烫酒，听他讲些掌故。到了第二年夏初，他就去世了，我也离开了老家。

但是爱水仙竟成了我的癖好，以后我也浪迹南北，走到哪里，只要有水仙，总是要栽的。到了开花时，闻得花香，我便会想起我的祖母和祖父。他们去世早已过了一个花甲，但他们的音容还会不时在我心头荡漾着。

如今我也是当祖父的人了。每年总有好友从福建给我捎来漳州的水仙，我和妻侍候它不下于自己的儿孙。花儿含苞了，花儿开了，花儿谢了；我总会向孙辈们唠叨我的祖父母。他们还小，不懂得我要他们看花的心意，只是说这花儿好香啊！他们哪里能体察我的怀旧病和尚未褪色的童心呢？

花儿凋残，我有时也会感到寂寞。眼前确是少了那朵朵洁白的花儿和沁人心脾的清香，但却不是当年祖父听我盛赞花香时，他老人家那种不为我知的怀旧感情。在北国住居了，也居然学得一两把水仙雕成艺术品的小技；每年春节，花开得一年比一年旺盛，生趣盎然。春来时留给我的，也不只是枝枝绿叶，更不是祖父暮年举杯独酌的情怀；自己也不知端的，竟是一片岁岁更新，从头做起的痴心。

甲子初春于听风楼

一九八四年三月二十四日

佳作赏析：

冯亦代（1913—2005），浙江杭州人，作家、文学翻译家。著有散文集《书人书事》《龙套集》《漫步纽约》等。

这是一篇借物抒情的佳作。养水仙、赏水仙，是日常生活中的一件小事，但在作者眼里，除了赏心悦目、增加生活情趣以外，更是一种寄托对去世亲人的怀念方式。作者之所以喜爱水仙花，受他祖父、祖母的影响很大，也自然而然地将花与人联系起来。祖父在世时经常在水仙花前和作者讲自己的人生经历，而当作者也有孙辈时，也在花前重复着当年他祖父对他做的事情。芬芳的水仙花寄托着作者对人生的感悟，浓浓的亲情在字里行间流淌。

茶花赋

□［中国］杨朔

久在异国他乡，有时难免要怀念祖国的。怀念极了，我也曾想：要能画一幅画儿，画出祖国的面貌特色，时刻挂在眼前，有多好。我把这心思去跟一位擅长丹青的同志商量，求她画，她说："这可是个难题，画什么呢？画点零山碎水，一人一物，都不行。再说，颜色也难调，你就是调尽五颜六色，又怎么画得出祖国的面貌？"我想了想，也是，就搁下这桩心思。

今年二月，我从海外回来，一脚踏进昆明，心都醉了。我是北方人，论季节，北方也许正是搅天风雪、水瘦山寒，云南的春天却脚步儿勤，来得快，到处早像催生婆似的正在催动花事。

花事最盛的去处数着西山华庭寺。不到寺门，远远就闻见一股细细的清香，直渗进人的心肺。这是梅花，有红梅、白梅、绿梅，还有朱砂梅，一树一树的，每一树梅花都是一树诗。白玉兰花略微有点儿残，娇黄的迎春却正当时，那一片春色啊，比起滇池的水来不知还要深多少倍。

究其实这还不是最深的春色。且请看那一树，齐着华庭寺的廊檐一般高，油光碧绿的树叶中间托出千百朵重瓣的大花，那样红艳，每朵花都像一团烧得正旺的火焰。这就是有名的茶花。不见茶花，你是不容易懂得“春深似海”这句诗的妙处的。

想看茶花，正是好时候。我游过华庭寺，又冒着星星点点细雨游了一次黑龙潭，这都是看茶花的名胜地方。原以为茶花一定很少见，不想在游历当中，时时望见竹篱茅屋旁边会闪出一枝猩红的花来。听朋友说：“这不算稀奇。要是在大理，差不多家家户户都养茶花。花期一到，各样品种的花儿争奇斗艳，那才美呢。”

我不觉对着茶花沉吟起来。茶花是美啊。凡是生活中美的事物都是劳动创造的。是谁白天黑夜，积年累月，拿自己的汗水浇着花，像抚育自己儿女一样抚育着花秧，终于培养出这样绝色的好花？应该感谢那为我们美化生活的人。

普之仁就是这样一位能工巧匠，我在翠湖边上会到他。翠湖的茶花多，开得也好，红彤彤的一大片，简直就是那一段彩云落到湖岸上。普之仁领我穿着茶花走，指点着告诉我这叫大玛瑙，那叫雪狮子；这是蝶翅，那是大紫袍……名目花色多得很。后来他攀着一棵茶树的小干枝说：“这叫童子面，花期迟，刚打骨朵，开起来颜色深红，倒是最好看的。”

我就问：“古语说：看花容易栽花难——栽培茶花一定也很难吧？”

普之仁答道：“不很难，也不容易。茶花这东西有点特性，水壤气候，事事都得细心。又怕风、又怕晒，最喜欢半阴半阳，顶讨厌的是虫子。有一种钻心虫，钻进一条去，花就死了。一年四季不知得操多少心呢。”

我又问道：“一棵茶花活不长吧？”

普之仁说：“活得可长啦。华庭寺有棵松子鳞，是明朝的，五百多年了，一开花，能开一千多朵。”

我不觉噢了一声：想不到华庭寺见的那棵茶花来历这样大。

普之仁误会我的意思，赶紧说：“你不信么？大理地面还有一棵更老的呢，听老人讲，上千年了，开起花来，满树数不清数，都叫万朵茶。树杆子那样粗，几个人都搂不过来。”说着他伸出两臂，做个搂抱的姿势。

我热切地望着他的手，那双手满是茧子，沾着新鲜的泥土。我又望着他的脸，他的眼角刻着很深的皱纹，不必多问他的身世，猜得出他是个曾经忧患的中年人。如果他离开你，走进人丛里去，立刻便消逝了，再也不容易寻到他——他就是这样一个极其普通的劳动者。然而正是这样的人，整月整年，劳心劳力，拿出全部精力培植着花木，美化我们的生活。美就是这样创造出来的。

正在这时，恰巧有一群小孩也来看茶花，一个个仰着鲜红的小脸，甜蜜蜜地笑着，唧唧喳喳叫个不休。

我说："童子面茶花开了。"

普之仁愣了愣，立时省悟过来，笑着说："真的呢，再没有比这种童子面更好看的茶花了。"

一个念头忽然跳进我的脑子，我得到一幅画的构思。如果用最浓最艳的朱红，画一大朵含露乍开的童子面茶花，岂不正可以象征着祖国的面貌？我把这个简单的构思记下来，寄给远在国外的那位丹青能手，也许她肯再斟酌一番，为我画一幅画儿吧。

一九六一年

佳作赏析：

杨朔（1913—1968），山东蓬莱人，作家。著有《杨朔散文集》《杨朔短篇小说选》《三千里江山》等。

用赋的格式来写散文是令人耳目一新的创新，它兼具诗的节奏、赋的文采，《茶花赋》是颇具典型性的代表作品。文章文字优美，营造了如诗如画的美妙意境。《茶花赋》结构分明、布局精致、开篇破题、结尾点睛、首尾呼应。

托物言志、借物抒情是文章最大的特色。文章表面写的是茶花，其实是祖国面貌的象征。写茶花的美艳旺盛，是在隐喻历史悠久的祖国充满青春活力。茶花这一中心意象对表达主题具有关键性作用。

荔枝蜜

□［中国］杨朔

花鸟草虫，凡是上得画的，那原物往往也叫人喜爱。蜜蜂是画家的爱物，我却总不大喜欢。说起来可笑。孩子时候，有一回上树掐海棠花，不想叫蜜蜂螫了一下，痛得我差点儿跌下来。大人告诉我说：蜜蜂轻易不螫人，准是误以为你要伤害它，才螫；一螫，它自己耗尽生命，也活不久了。我听了，觉得那蜜蜂可怜，原谅它了。可是从此以后，每逢看见蜜蜂，感情上疙疙瘩瘩的，总不怎么舒服。

今年四月，我到广东从化温泉小住了几天。四围是山，怀里抱着一潭春水，那又浓又翠的景色，简直是一幅青绿山水画。刚去的当晚，是个阴天，偶尔倚着楼窗一望，奇怪啊，怎么楼前凭空涌起那么多黑黝黝的小山，一重一重的，起伏不断？记得楼前是一片比较平坦的园林，不是山。这到底是什么幻景呢？赶到天明一看，忍不住笑了。原来是满野的荔枝树，一棵连一棵，每棵的叶子都密得不透缝，黑夜看去，可不就像小山似的！

荔枝也许是世上最鲜最美的水果。苏东坡写过这样的诗句：“日啖荔枝三百颗，不辞长作岭南人”，可见荔枝的妙处。偏偏我来的不是时候，满树刚开着浅黄色的小花，并不出众。新发的嫩叶，颜色淡红，比花倒还中看些。从开花到果子成熟，大约得三个月，看来我是等不及在从化温泉吃鲜荔枝了。

吃鲜荔枝蜜，倒是时候。有人也许没听说这稀罕物儿吧？从化的荔枝树多得像汪洋大海，开花时节，那蜜蜂满野嘤嘤嗡嗡，忙得忘记早晚，有时还趁着月色采花酿蜜。荔枝蜜的特点是成色纯，养分多。住在温泉的人多半喜欢吃这种蜜，滋养精神。热心肠的同志为我也弄到两瓶。一开瓶子塞儿，就是那么一股甜香；调上半杯一喝，甜香里带着股清气，很有点鲜荔枝味儿。喝着这样的好蜜，你会觉得生活都是甜的呢。

我不觉动了情，想去看看自己一向不大喜欢的蜜蜂。

荔枝林深处，隐隐露出一角白屋，那是温泉公社的养蜂场，却起了个有趣的名儿，叫“养蜂大厦”。正当十分春色，花开得正闹。一走近“大厦”，只见成群结队的蜜蜂出出进进，飞去飞来，那沸沸扬扬的情景，会使你想：说不定蜜蜂也在赶着建设什么新生活呢。

养蜂员老梁领我走进“大厦”。叫他老梁，其实是个青年人，举动很精细。大概是老梁想叫我深入一下蜜蜂的生活，小小心心揭开一个木头蜂箱，箱里隔着一排板，每块板上满是蜜蜂，蠕蠕地爬着。蜂王是黑褐色的，身量特别细长，每只蜜蜂都愿意用采来的花精供养它。

老梁叹息似的轻轻说：“你瞧这群小东西，多听话。”

我就问道：“像这样一窝蜂，一年能割多少蜜？”

老梁说：“能割几十斤。蜜蜂这物件，最爱劳动。广东天气好，花又多，蜜蜂一年四季都不闲着。酿的蜜多，自己吃的可有限。每回割蜜，给它们留一点点糖，够它们吃的就行了。它们从来不争，也不计较什么，还是继续劳动、继续酿蜜，整日整月不辞辛苦……”

我又问道：“这样好蜜，不怕什么东西来糟害么？”

老梁说：“怎么不怕？你得提防虫子爬进来，还得提防大黄蜂。大黄蜂这贼最恶，常常落在蜜蜂窝洞口。专干坏事。”

我不觉笑道："噢！自然界也有侵略者。该怎么对付大黄蜂呢？"

老梁说："赶！赶不走就打死它。要让它待在那儿，会咬死蜜蜂的。"

我想起一个问题，就问："可是呢，一只蜜蜂能活多久？"

老梁回答说："蜂王可以活三年，一只工蜂最多能活六个月。"

我说："原来寿命这样短。你不是总得往蜂房外边打扫死蜜蜂么？"

老梁摇一摇头说："从来不用。蜜蜂是很懂事的，活到限数，自己就悄悄死在外边，再也不回来了。"

我的心不禁一颤：多可爱的小生灵啊！对人无所求，给人的却是极好的东西。蜜蜂是在酿蜜，又是在酿造生活；不是为自己，而是在为人类酿造最甜的生活。蜜蜂是渺小的，蜜蜂却又多么高尚啊！

透过荔枝树林，我沉吟地望着远远的田野，那儿正有农民立在水田里，辛辛勤勤地分秧插秧。他们正用劳力建设自己的生活，实际也是在酿蜜——为自己，为别人，也为后世子孙酿造着生活的蜜。

这黑夜，我做了个奇怪的梦，梦见自己变成一只小蜜蜂。

佳作赏析：

这是杨朔另一篇托物言志的名篇。

文章采用了欲扬先抑的写作手法，在文章开头作者先写不喜欢蜜蜂，当通过养蜂人之口了解蜜蜂后对蜜蜂勤劳、奉献的精神发出由衷的赞叹，并引申为对劳动人民的赞美。

杨朔的散文结构精巧，语言洗练，善于意境的创造。作者把现实的生活和美好的想象巧妙地交织在了一起。作者以自己的感情变化为线索，即讨厌蜜蜂——赞美蜜蜂——想变成蜜蜂，感情一步步深化，意境悠远。

黄鹂

□［中国］孙犁

这种鸟儿，在我的家乡好像很少见。童年时，我很迷恋过一阵捕捉鸟儿的勾当。但是，无论春末夏初在麦苗地或油菜地里追逐红靛儿，或是天高气爽的秋季，奔跑在柳树下面网罗虎不拉儿的时候，都好像没有见过这种鸟儿。它既不在我那小小的村庄后边高大的白杨树上同鸎鸡儿一同鸣叫，也不在村南边那片神秘的大苇塘里和苇咋儿一块筑巢。

初次见到它，是在阜平县的山村。那是抗日战争期间，在不断的炮火洗礼中，有时清晨起来，在茅屋后面或是山脚下的丛林里，我听到了黄鹂的尖利的富有召唤性和启发性的啼叫。可是，它们飞起来，迅若流星，在密密的树枝树叶里忽隐忽现，常常是在我仰视的眼前一闪而过，金黄的羽毛上映照着阳光，美丽极了，想多看一眼都很困难。

因为职业的关系，对于美的事物的追求，真是有些奇怪，有时简直近于一种狂热。在战争不暇的日子里，这种观察飞禽走兽的闲情逸致，不知对我的身心情感，起着什么性质的影响。

前几年，终于病了。为了疗养，来到了多年向往的青岛。春天，我移居到离海边很近，只隔着一片杨树林洼地的一幢小楼房里。有很长的一段时间，我一个人住在这里，清晨黄昏，我常常到那杨树林里散步。有一天，我发现有两只黄鹂飞来了。

这一次，它们好像喜爱这里的林木深密幽静，也好像是要在这里产卵孵雏，并不匆匆离开，大有在这里安家落户的意思。

每天，天一发亮，我听到它们的叫声，就轻轻打开窗帘，从楼上可以看见它们互相追逐、互相逗闹，有时候看得淋漓尽致，对我来说，这真是饱享眼福了。

观赏黄鹂，竟成了我的一种日课。一听到它们叫唤，心里就很高兴，视线也就转到杨树上，我很担心它们一旦要离此他去。这里是很安静的，甚至有些近于荒凉，它们也许会安心居住下去的。我在树林里徘徊着、仰望着，有时坐在小石凳上谛听着，但总找不到它们的窠巢所在，它们是怎样安排自己的住室和产房的呢？

一天清晨，我又到树林里散步，和我患同一种病症的史同志手里拿着一支猎枪，正在瞄准树上。

“打什么鸟儿？”我赶紧过去问。

“打黄鹂！”老史兴致勃勃地说，“你看看我的枪法。”

这时候，我不想欣赏他的枪技，我但愿他的枪法不准。他瞄了一会儿，黄鹂发觉飞走了。乘此机会，我以老病友的资格，请他不要射击黄鹂，因为我很喜欢这种鸟儿。

我很感激老史同志对友谊的尊重。他立刻答应了我的要求，没有丝毫不平之气。并且说：

“养病么，喜欢什么就多看看，多听听。”

这是真诚的同病相怜。他玩猎枪，也是为了养病，能在兴头儿上照顾旁人，这种品质不是很难得吗？

有一次，在东海岸的长堤上，一位穿皮大衣戴皮帽的中年人，只是为了讨取身边女朋友的一笑，就开枪射死了一只回翔在天空的海鸥。一群海鸥受惊远飏，被射死的海鸥落在海面上，被怒涛拍击漂卷。胜利品无法取到，那位女人请在海面上操作的海带培养工人帮助打捞，工人们愤怒地掉头划船而去。这给我留下了深刻的印象。回到房子里，无可奈何地写了几句诗，也终于没有完成，因为契诃夫在好几种作品里写到了这种人。我的笔墨又怎能更多地为他们的业绩生色？在他们的房间里，只挂着契诃夫为他们写的褒词就够了。

惋惜的是，我的朋友的高尚情谊，不能得到这两只惊弓之鸟的理解，它们竟一去不返。从此，清晨起来，白杨萧萧，再也听不到那种清脆的叫声。夏天来了，我忙着到浴场去游泳，渐渐把它们忘掉了。

有一天我去逛鸟市。那地方卖鸟儿的很少了，现在生产第一，游闲事物相应减少，是很自然的。在一处转角地方，有一个卖鸟笼的老头儿，坐在一条板凳上，手里玩弄着一只黄鹂。黄鹂系在一根木棍上，一会儿悬空吊着，一会儿被拉上来。我站住了，我望着黄鹂，忽然觉得它的焦黄的羽毛，它的嘴眼和爪子，都带有一种凄惨的神气。

“你要吗？多好玩儿！”老头儿望望我问了。

“我不要。”我转身走开了。

我想，这种鸟儿是不能饲养的，它不久会被折磨得死去。这种鸟儿，即使在动物园里，也不能从容地生活下去吧，它需要的天地太宽阔了。

从此，有很长一段时间，我不再想起黄鹂。第二年春季，我到了太湖，在江南，我才理解了“杂花生树，群莺乱飞”这两句文章的好处。

是的，这里的湖光山色，密柳长堤；这里的茂林修竹，桑田苇泊；这里的乍雨乍晴的天气，使我看到了黄鹂的全部美丽，这是一种极致。

是的，它们的啼叫，是要伴着春雨、宿露；它们的飞翔，是要伴着朝霞和彩虹的。这里才是它们真正的家乡，安居乐业的所在。

各种事物都有它的极致。虎啸深山，鱼游潭底，驼走大漠，雁排长空，这就是它们的极致。

在一定的环境里，才能发挥这种极致。这就是形色神态和环境的自然结合和相互发挥，这就是景物一体。典型环境中的典型性格，也可以从这个角度来理解吧。这正是在艺术上不容易遇到的一种境界。

佳作赏析：

孙犁（1913—2002），河北安平人，作家。著有《荷花淀》《芦花荡》《尺泽集》等。

作为“荷花淀派”代表人物的孙犁，他的散文和他的小说一样，没有错综复杂的故事，只是描写一些日常生活的琐事。看似平淡，但平淡中却显出新奇；表现手法简朴，但简朴中却含有隽永。《黄鹂》是这种风格的代表作品。

作者前后五次写到黄鹂：童年时虽迷恋鸟儿却没见过黄鹂；抗日战争中初次见到黄鹂；病中在散步中见到黄鹂；逛鸟市时，看到黄鹂被囚禁玩弄；在太湖，看到黄鹂在欢乐地飞翔。由此作者得出结论：黄鹂只有在大自然的怀抱中自由飞翔，自由生活，才能活出它的本性，才能现出“美的极致”。作者对大自然的爱以及希望人们别为了自己的爱好滥杀滥捕无辜的情感，在清新自然的文字中表达了出来，触动人们的心灵，发人深思。

金鱼

□［中国］杨宪益

金鱼虽然只是一种供玩赏的东西，但从这里，我们也可以看到我国文化的丰富多彩和劳动人民的智慧。

金鱼和菊花或茶叶等，推其起源，都是经过我国劳动人民的仔细选种培植的结果，这些东西都有了很大变化。

世界上任何地方都没有像我们那样种类繁多的菊花，也没有我们那样分门别类的茶叶，金鱼更是我们培育的独特产物。

当我们走进北京中山公园，看到那些多种多样的金鱼的时候，我们不禁为我们悠久的文化传统感到骄傲。

中国一句古话："智者乐水"，就是说，有智慧的人从流动的水可以悟出许多真理。所以孔子看到东流的河水就感到宇宙的永恒和人生的短暂。观赏水里的游鱼更是智者的消遣，所以古代的哲学家庄周和他的朋友在观鱼时曾作过一次有趣的辩论："看呀，水里的游鱼多么快乐呀。""你不是鱼，怎么会知道鱼的快乐？""你不是我，怎么会知道我不知道鱼的快乐？"

我们还可以举出其他有关观鱼的古代故事，但观赏游鱼成为一般人民的爱好，则似乎是在唐宋以来才开始的，可能这与封建社会中市民阶级的兴起不无关系。从古代图画的记载也可以看到这一点。宋代的“宣和画谱”里才开始以“龙鱼”为画的一门。在这本书的绪论里它提到过去画家总是把鱼画为一种食物，放在厨房里或饭桌上的。在五代时才有一位姓袁的画家，以画鱼蟹著名。后来又有一位画家刘寀也是以画鱼得名的。从五代到北宋末年书里一共举出八位画鱼的画家。所以图画以游鱼为题材大概是在这时，也就是说公元 10 世纪左右才开始。养金鱼当然又应该是以鱼为玩赏物以后的事。

最早养金鱼的记载与我国宋代大诗人苏东坡有关。在他一首访问西湖南屏山兴教寺的和尚的诗里，有这样两句，“我识南屏金鲫鱼，重来倚槛散斋余。”宋代苏子美的游西湖诗里也提到那里的“金鲫”。宋代彭乘所写的笔记“续墨客挥犀”里说，西湖南屏山兴教寺池里有十几条金色的鱼，人常常倚着栏杆观赏，并投给它们食物。他也提到苏东坡这两句诗。所以金鱼似乎是北宋时才有的，最初发现的地点是杭州西湖。苏东坡把访问的和尚称为“臻师”，这位“臻师”也许就是第一个养金鱼的人。

13 世纪初年有一位岳珂，他是岳飞的孙子，写了一本笔记叫作“桯史”，里面有些当时养金鱼的记载。从那里可以见到，从苏东坡的时代起，到南宋末，这短短 200 年间，养金鱼已渐渐成为一种普遍的爱好。笔记里说当时贵族官吏常凿石为池来养金鱼，以供玩赏，养金鱼的人能改变鱼的颜色，但不肯说出他的办法。据说用污水沟里生长的小红虫喂鱼，经过一百天左右，白色如银的鱼就会渐渐变黄，终而变成金色。但作者也没有试验过是否如此。另外又有一种白地黑花的鱼，叫作玳瑁鱼，也很好看。有人曾把杭州的金鱼带到成都去，并带了三大船的西湖湖水去养鱼。当时金鱼已有多种多样，“诡形瑰丽不止二种”了。但只有杭州人晓得养金鱼的方法。

明代养金鱼更为普遍，记载里提到金鱼也很多。郎瑛的笔记书《七修类稿》就说，当时南北二京的官吏有不少养金鱼的，最普遍的是一种红如血色的“火鱼”。在杭州几乎没有一家不养鱼的，并且把金鱼拿来竞赛赌钱。有的人家养鱼多到十几缸。但这位作者似乎对养金鱼很外行，他说，金鱼的味道远远不如鲫鱼好吃，这真是有些煞风景了。

欧洲国家养金鱼是从中国传去的，据说是在13世纪。不过养金鱼的西方记载多见于十八九世纪。英国的18世纪诗人葛瑞就有过一首为人传诵的诗，叫作“爱猫在养金鱼的中国缸里淹死歌”，原诗太长，兹不具引。

养金鱼是一种技术，需要很多的耐心与时间来选种和培养。不小心金鱼就会退化，渐渐失去它的色彩和光泽以及特殊的形状。金鱼也常常产生新的品种。水的温度要保持一定，不能忽冷忽热。自来水含氯是不适合养鱼的，用自来水养鱼会使鱼的颜色退落。金鱼经常的食物是鱼虫，有时也可以用羊肝或风干的牛肉细末来代替。养金鱼的器皿最好是陶制大缸或木盆，玻璃缸并不太合适，因为上面不能生长绿苔，而且传热太快。夏天换水要勤，每天可抽换十分之五，不可使水温过高。秋天换水可减少，但这时鱼的食量增加，要多给食物。冬天则不必常换水也不必给食物。春天是金鱼产卵期，缸里可放点水草，使鱼在上面产卵。产卵后可把水草拿出来，另放净水盆里，在太阳光下暴晒，快则四五天，多不过两星期就可变成小鱼。小鱼要吃一种最小的水虫，或用煮熟的鸡蛋黄代替，一两个月后就成为大鱼了。

现在北京中山公园的金鱼，约有20多种，如紫龙睛球、五花蛋凤、花帽子、红望天、蓝绒球、蛤蟆头、翻鳃等。这还是受了养金鱼的器皿数量的限制。金鱼常常有新的变种，如果鱼缸多一些，还可培植出来更多的品种。金鱼的寿命相当长，中山公园的金鱼有活到20多年的。每天都有许多游人来赏玩金鱼，公园的金鱼已经成为假日的工人学生和农闲时进城的农民欣赏的对象。

佳作赏析：

杨宪益（1914—2009），安徽泗县人，翻译家、作家。译有《红楼梦》《儒林外史》等。

这是一篇兼具知识性、趣味性、文艺性的美文，通俗流畅，风格轻快。

作者先指出金鱼是我国的独特产物，然后开始追溯我国培养、观赏金鱼的历史，接着介绍了养金鱼的具体方法和技巧。文章开头和结尾部分都提到了中山公园里的金鱼，首尾呼应，结构完整。在介绍金鱼的相关知识时，作者不止一次提到金鱼和菊花、茶叶的发源地是我国，其对祖国悠久历史、灿烂文化的自豪之感溢于言表，而劳动人民的勤劳和智慧更值得我们钦佩。

睡与梦

□〔中国〕吴祖光

人活一辈子，睡觉差不多占了半辈子，睡觉对于人生的关系真是够密切的了。我们每一个人到世界上来，来了就睡，一连好几个月地睡下去；而离开世界的时候，也总是睡着去的。睡觉的舒服、安逸，永远占据着人们享乐的最高点。最值得称颂的是它不用金钱，也不讲势力，无论老幼贫富，贤愚智不肖，除掉世界上最可怜的失眠症患者之外，都能得到一个睡眠。在睡的世界里，一切都是平等的。在那里，富翁可以变成乞丐，乞丐也可以变成富翁；皇太子可以和平民女儿恋爱成功，穷光蛋也可以笑傲王侯……睡觉是一件大事，同吃饭一样重要，比结婚更为重要。

睡觉根本是一种原始的享乐，所以并不十分需要现代化的装置，自然柔软的弹簧床是会使人适意，然而我们用最原始的自然环境也许可以给我们更多的乐趣，像史湘云醉眠芍药茵，就是一个最俏皮而又富于诗意的睡觉；这样谁能说这碧绿如茵的草地不比弹簧褥子更温软？醉人的春风不比天鹅绒的被子更轻柔？更何况树枝上的小鸟唱着催眠曲，小河里淙淙的水声送来酒也似浓厚的睡意。

有一次，我坐在一节三等火车里，开始着一个辽远的程途，天慢慢地黑下去，车里的灯光是惨绿的颜色，每一个旅客都觉得非常疲倦了。那时从深夜的人堆里，忽然传来一声冗长而沉重的呵欠，这一声呵欠影响了全车的旅客，不由得令人想起家中温软的床铺，立刻觉得眼皮发涩，头发重，心发沉。随后鼾声大起，纷纷睡去。张嘴者有之，歪头者有之，咬牙切齿者有之，口角垂涎者有之，光怪陆离，万像毕陈。总而言之，大家都睡着了，虽然车里空气坏，椅子硬，没有床铺。

人家说："睡中别有天地，谓之睡乡。"睡乡就是梦境。梦是什么？现代的心理生理学家的解释，说是一种外界的刺激促成身心上的下意识的反应。这个我们且撇开不谈，我只觉得梦是超乎现实的另一个人生，像《仲夏夜之梦》所表现的那么美的大同世界；它比苍蝇的翅还要轻，比空气还要空灵，比月光还要美丽，忽明忽灭，不可捉摸。《金刚般若经》说："一切有为法，如梦幻泡影，如露亦如电，应作如是观。"梦是一个虚无的幻想，一个迎着阳光五彩的水泡，一个阴阴的暗影，一颗侵晓花茎上晶莹的露珠，一道倏然一现随即瞥然而逝的电光。

常言道："日有所思，晚有所梦。"这种梦多半是最甜蜜的，我们白天得不到的东西，做不到的事情，往往在梦中就得到了，做到了。譬如说：心里想着某人，然而在事实上是可望而不可即的，思之想之，神魂颠倒。可是到了夜晚，假如梦神有灵，就把某人送来了。自己不由得有点飘飘然。最煞风景的就是在这恰到好处的时候，不是掉到沟里去了，便是被狗咬了一口。如此一来，"适可而止"。梦尽人渺，依然故我，四大皆空，所谓"不如意事常八九"，连做梦都是如此。

纵使是如此空虚的梦，都不是我们强求得来的。贾宝玉想梦见林黛玉，不惜卑躬屈节，焚香净手，祷告神灵，冀得梦中一亲颜色；而结果纳头睡去，一觉睡到大天亮，梦边儿也没有沾到一点。这样我们可以体会到"悠悠生死别经年，魂魄不曾来入梦"是何等凄凉的情绪了。

虚无的梦有时也会改变了现实的人生，最有名的就是《南柯梦》。《南柯梦》的主人公在黄粱未熟的短短的时间内，竟跑到梦中的南柯国里，去作了几十年的东床驸马；尝尽了悲欢苦乐，享尽了富贵荣华。梦醒时，他起了无限感慨，因此而参透了人生，于是居然青灯一盏，皈依佛门。梦真是不可思议，它不分时间，不分地域，相隔千万里的朋友，可以在梦中相处一堂，几十年的光阴可以在梦中一闪而过。梦之于人生，是非莫辨，虚实不分，离奇恍惚，不着边际。

古人有“人生如梦”与“浮生暂寄梦中梦”之类的话。是的，人生本是一个梦。睡乡的梦境不过是梦中之梦，大梦之中的小梦而已。人生下地来就是一个大梦的开始，死去就是梦的终结。世界本就是一个广大的梦境，我们就是这梦中的人物。其中的贵贱贫富，喜怒哀乐，不过是这梦境中的遭际；有的做着轰轰烈烈的梦，有的做着庸庸碌碌的梦，有的做着幸福的梦，有的做着可怜的梦；有桃色的梦也有灰色的梦。纵然我们在少年时代，被梦境所支配，像真事似的，为梦境所苦，为梦境兴奋，然而到了老年的时候，也就是大梦将醒的时候，哪一个不托着腮帮子，低着头，闭着眼，心里想着那几十年的过眼云烟，有如一梦呢？诸葛亮在高卧隆中之时，吟道：“大梦谁先觉，平生我自知。草堂春睡足，窗外日迟迟。”虽然他自命以为自知平生，先觉大梦，以睡觉为唯一的消遣，然而他终于接受了三顾茅庐之请，到茫茫人海之中作了一个角逐者，尽数十年的心力于残酷的争斗，七擒孟获，六出祁山，鞠躬尽瘁，死而后已。诸葛亮是所谓人中之龙，所谓高士，然而他终于逃不脱这梦的支配。啊！这人生如梦！这梦也似的人生！

写到这里，我望了望窗外，江南的暮春时节是如此美丽，前面的小河涨得水汪汪的。正是新雨之后，花草是一望皆碧之中夹着几点红白，越显得娇艳欲流，“庭芜上阶绿，草色入帘青”就是这时候的景色。浅草间有一对蝴蝶在翩翩追逐。我面对着这暮春天气，听见树枝擦着窗棂簌簌的声音，看见那一对蝴蝶隐没在密叶丛中时，忽然想起了庄周化蝶的故事。我只觉得恍惚，轻纱似的朦胧，我也分不出究竟是人间还是梦中了。

《饮水词》里有一句说得最好，道是："还睡！还睡！解道醒来无味。"假如我们真觉得这世界是无味的话，那么大家都睡吧！到睡乡中去找寻更美丽的梦境，因为真正的大同世界只能在梦里去寻求的。

一九三七年三月于南京

打开箱子发现了去年春天在南京写的这篇短文，展读一过，百感交萦。一年来的艰苦遭际，让我觉得以往的生活真是一个荒唐梦，大有昨非而今犹不是之感。我发誓不再做梦了。然而我如何忘得了南京？

一九三八年十一月于重庆

佳作赏析：

吴祖光（1917—2003），浙江武进人，剧作家。著有话剧《风雪夜归人》《林冲夜奔》，电影剧本《国魂》，散文集《后台朋友》《艺术的花朵》等。

"人生如梦，梦幻人生"，吴祖光的这篇散文将这句话演绎得淋漓尽致。作者先指出睡觉的重要性：几乎占了一个人一生中将近一半的时间。然后开始讲述睡觉的乐趣——在睡眠中能够借助梦境到另一个"世界"去遨游，了却现实生活中的种种无奈和烦恼，也是一大快事。其实我们的人生又何尝不是一场梦，荣华富贵、功名利禄到头来都是一场空。

文章以睡觉和梦为线索，旁征博引、虚实结合，历史典故、佛家经典信手拈来，令人读来趣味十足。

花园

□［中国］汪曾祺

在任何情形之下，那座小花园是我们家最亮的地方。虽然它的动人处不是，至少不仅在于这点。

每当家像一个概念一样浮现于我的记忆之上，它的颜色是深沉的。

祖父年轻时建造的几进，是灰青色与褐色的。我自小养育于这种安定与寂寞里。报春花开放在这种背景前是好的。它不致被晒得那么多粉，固然报春花在我们那儿很少见，也许没有，不像昆明。

曾祖留下的则几乎是黑色的，一种类似眼圈上的黑色（不要说它的青的），里面充满了影子。这些影子足以使供在神龛前的花消失。晚间点上灯，我们常觉那些布灰布漆的大柱子一直伸拔到无穷高处。神堂屋里总挂一只鸟笼，我相信即是现在也挂一只的。那只青裆子永远眯着眼假寐（我想它做个哲学家，似乎身子太小了）。只有巳时将尽，它唱一会儿，洗个澡，抖下一团小雾在伸展到廊内片刻的夕阳光影里。

一下雨，什么颜色都郁起来，屋顶、墙、壁上花纸的图案，甚至鸽子：

铁青子、瓦灰、点子、霞白。宝石眼的好处这时才显出来。于是我们，等斑鸠叫单声，在我们那个园里叫。等着一棵榆梅稍经一触，落下碎碎的瓣子，等着重新着色后的草。

我的脸上若有从童年带来的红色，它的来源是那座花园。

我的记忆有菖蒲的味道。然而我们的园里可没有菖蒲呵？它是哪儿来的，是那些草？这是一个无法解决的问题。但是我此刻把它们没有理由地纠在一起。

“巴根草绿阴阴，唱个唱，把狗听。”每个小孩子都这么唱过吧。有时什么也不做，我躺着，用手指绕住它的根，用一种不露锋芒的力量拉，听顽强的根胡一处一处断了。这种声音只有拔草的人自己才听得见。当然我嘴里是含着一根草了。草根的甜味和它的似有若无的水红色是一种自然的巧合。

草被压倒了。有时我的头动一动，倒下的草又慢慢站起来。我静静地注视它，很久很久，看它的努力快要成功时，又把头枕上去，嘴里叫一声“嗯！”有时，不在意，怜惜它的苦心，就算了。这种性格呀！那些草有时会吓我一跳的，它在我的耳根伸起腰来了，当我看天上的云。

我的鞋底是滑的，草磨得它发了光。

莫碰臭芝麻，沾惹一身，嘻，难闻死人。沾上身了，不要用手指去拈，用刷子刷。这种籽儿有带钩儿的毛，讨嫌死了。至今我不能忘记它：因为我急于要捉住那个“都溜”（一种蝉，叫得最好听），我举着我的网，蹑手蹑脚，抄近路过去，循它的声音找着时，拍，得了。可是回去，我一身都是那种臭玩意。想想我捉过多少“都溜”！

我觉得虎耳草有一种腥味。

紫苏的叶子上的红色呵，暑假快过去了。

那棵大垂柳上常常有天牛，有时一个，两个的时候更多。它们总像有一桩事情要做，六只脚不停的运动，有时停下来，那动着的便是两根有节的触须了。我们以为天牛触须有一节它就有一岁。捉天牛用手，不是如何困难工作，即使它在树枝上转来转去，你等一个合适地点动手，常把脖子弄累了，但是失望的时候很少。这小小生物完全如一个有教养惜身份的绅士，行动从容不迫，虽有翅膀可从不想到飞；即是飞，也不远。一捉住，它便吱吱扭扭的叫，表示不同意，然而行为依然是温文尔雅的。黑地白斑的天牛最多，也有极瑰丽颜色的。有一种还似乎带点玫瑰香味。天牛的玩法是用线扣在脖子上看它走。令人想起……不说也好。蟋蟀已经变成大人玩意了。但是大人的兴趣在斗，而我们对于捉蟋蟀的兴趣恐怕要更大些。我看过一本秋虫谱，上面除了苏东坡米南宫，还有许多济颠和尚说的话，都神乎其神的不大好懂。捉到一个蟋蟀，我不能看出它颈子上的细毛是瓦青还是朱砂，它的牙是米牙还是菜牙，但我仍然是那么欢喜。听，瞿瞿瞿瞿，哪里？这儿是的，这儿了！用草掏，手扒，水灌，嚯，蹦出来了。顾不得螺螺藤拉了手，扑，追着扑。有时正在外面玩得很好，忽然想起我的蟋蟀还没喂呐，于是赶紧回家。我每吃一个梨，一段藕，吃石榴吃菱，都要分给它一点。正吃着晚饭，我的蟋蟀叫了，我会举着筷子听半天，听完了对父亲笑笑，得意极了。一捉蟋蟀，那就整个园子都得翻个身。我最怕翻出那种软软的鼻涕虫。可是堂弟有的是办法，撒一点盐，立刻它就化成一摊水了。

有的蝉不会叫，我们称之为哑巴。捉到哑巴比捉到“红娘”更坏。但哑巴也有一种玩法。用两个马齿苋的瓣子套起它的眼睛，那是刚刚合适的，仿佛马齿苋的瓣子天生就为了这种用处才长成那么个小口袋样子，一放手，哑巴就一直向上飞，决不偏斜转弯。

蜻蜓一个个选定地方息下，天就快晚了。有一种通身铁色的蜻蜓，翅膀较窄，称“鬼蜻蜓”。看它款款的飞在墙角花阴，不知什么道理，心里有一种说不出来的难过。

好些年不看到土蜂了。这种蠢头蠢脑的家伙，我觉得它也在花朵上把屁股撅来撅去的，有点不配，因此常常愚弄它。土蜂是在泥地上掘洞当做窠的。看它从洞里把个有绒毛的小脑袋钻出来（那神气像个东张西望的近视眼），嗡，飞出去了，我便用一点点湿泥把那个洞封好，在原来的旁边给它重掘一个，等着，一会儿，它拖着肚子回来了，找呀找，找到我掘的那个洞，钻进去，看看，不对，于是在四近大找一气。我会看着它那副急样笑个半天。或者，干脆看它进了洞，用一根树枝塞起来，看它从别处开了洞再出来。好容易，可重见天日了，它老先生于是坐在新大门旁边息息，吹吹风。神情中似乎是生了一点气，因为到这时已一声不响了。

祖母叫我们不要玩螳螂，说是它吃了土谷蛇的脑子，肚里会生出一种铁线蛇，缠到马脚脚就断，什么东西一穿就过去了，穿到皮肉里怎么办？

它的眼睛如金甲虫，飞在花丛里五月的夜。

故乡的鸟呵。

我每天醒在鸟声里。我从梦里就听到鸟叫，直到我醒来。我听得出几种极熟悉的叫声，那是每天都叫的，似乎每天都在那个固定的枝头。

有时一只鸟冒冒失失飞进那个花厅里，于是大家赶紧关门、关窗子，吆喝、拍手、用书扔、竹竿打，甚至把自己帽子向空中摔去。可怜的东西这一来完全没了主意，只横冲直撞的乱飞，碰在玻璃上，弄得一身蜘蛛网，最后大概都是从两椽之间空隙脱走。

园子里时时晒米粉，晒灶饭，晒碗儿糕。怕鸟来吃，都放一片红纸为了这个警告鸟儿照例就不来。我有时把红纸拿掉让它们大吃一阵，倒觉得它们太不知足时便大喝一声赶去。

我为一只鸟哭过一次。那是一只麻雀或是癞花。也不知从什么人得来的，欢喜得了不得，把父亲不用的细篾笼子挑出一个最好的来给它住，配一个最好的雀碗，在插架上放了一个荸荠，安了两根风藤跳棍，整整忙了一半天。第二天起得格外早，把它挂在紫藤架下。正是花开的时候，我想那是全园最好的地方了。一切弄得妥妥当当后，独自还欣赏了好半天，我上学去了。一放学，急急回来，带着书便去看我的鸟。笼子掉在地下，碎了，雀碗里还有半碗水，“我的鸟，我的鸟呐！”父亲正在给碧桃花接枝，听见我的声音，忙走过来，把笼子拿起来看看，说“你挂得太低了，鸟在大伯的玳瑁猫肚子里了。”哇的一声，我哭了。父亲推着我的头回去，一面说“不害羞，这么大人了。”

有一年，园里忽然来了许多夜哇子。这是一种鹭鸶属的鸟，灰白色，据说它们头上那根毛能破天风。所以有那么一种名。大概是因为它的叫声如此吧。故乡古话说这种鸟常带来幸运。我见它们唧唧喳喳做窠了，我去告诉祖母，祖母去看了看，没有说什么话。我想起它们来了，也有一天会像来了一样又去了的。我尽想，从来处来，从去处去，一路走，一路望着祖母的脸。

园里什么花开了，常常是我第一个发现。祖母的佛堂里那个铜瓶里的花常常是我换新，对于这个孝心的报酬是有须掐花供奉时总让我去，父亲一醒来，一股香气透进帐子，知道桂花开了，他常是坐起来，抽支烟，看着花，很深远地想着什么。冬天，下雪的冬天，一早上，家里谁也还没有起来，我常去园里摘一些冰心腊梅的朵子，再掺着鲜红的天竺果，用花丝穿成几柄，清水养在白磁碟子里放在妈（我的第一个继母）和二伯母妆台上，再去上学。我穿花时，服侍我的女佣人小莲子，常拿着掸帚在旁边看，她头上也常戴着我的花。

我们那里有这么个风俗，谁拿着掐来的花在街上走，是可以抢的，表姐姐们每带了花回去，必是坐车。她们一来，都得上园里看看，有什么花开得正好，有时竟是特地为花来的。掐花的自然又是我。我乐于干这项差事。爬在海棠树上、梅树上、碧桃树上、丁香树上，听她们在下面说“这枝，唉，这枝这枝，再过来一点，弯过去的，喏，唉，对了！对了！”冒一点险，用一点力，总给办到。有时我也贡献一点意见，以为某枝已经盛开，不两天就全落在台布上了；某枝花虽不多，样子却好。有时我陪花跟她们一道回去，路上看见有人看过这些花一眼，心里非常高兴。碰到熟人同学，路上也会分一点给她们。

想起绣球花，必连带想起一双白缎子绣花的小拖鞋。这是一个小姑姑房中东西。那时候我们在一处玩，从来只叫名字，不叫姑姑。只有时写字条时如此称呼，而且写到这两个字时心里颇有种近于滑稽的感觉。我轻轻揭开门帘，她自己若是不在，我便看到这两样东西了。太阳照进来，令人明白感觉到花在吸着水，仿佛自己真分享到吸水的快乐。我可以坐在她常坐的椅子上，随便找一本书看看，找一张纸写点什么，或有心无意地画一个枕头花样，把一切再恢复原来样子不留什么痕迹，又自去了。但她大都能发觉谁来过了。那第二天碰到，必指着手说“还当我不知道呢。你在我绷子上戳了两针，我要拆下重来了！”那自然是吓人的话。那些绣球花，我差不多看见它们一点一点地开，在我看书做事时，它会无声地落两片在花梨木桌上。绣球花可由人工着色。在瓶里加一点颜色，它便会吸到花瓣里。除了大红的之外，别种颜色看上去都极自然，我们常以骗人说是新得的异种。这只是一种游戏，姑姑房里常供的仍是白的。为什么我把花跟拖鞋画在一起呢？真不可解。——姑姑已经嫁了，听说日子极不如意。绣球快开花了，昆明渐渐暖起来。

花园里旧有一间花房，由一个花匠管理。那个花匠仿佛姓夏。关于他的机伶促狭和女人方面的恩怨，有些故事常为旧日佣仆谈起，但我只看到他常来要钱，样子十分狼狈，局局促促，躲避人的眼睛，尤其是说他的故事的人的。花匠离去后，花房也跟着改造园内房屋而拆掉了。那时我认识花名极少，只记得黄昏时，夹竹桃特别红，我忽然又害怕起来，急急走回去。

我爱逗弄含羞草。触遍所有叶子，看都合起来了，我自低头看我的书，偷眼瞧它一片片地开张了，再猝然又来一下。他们都说这是不好的，有什么不好呢。

荷花像是清明栽种。我们吃吃螺蛳，抹抹柳球，便可看佃户把马粪倒在几口大缸里盘上藕秧，再盖上河泥。我们在泥里找蚬子，小虾，觉得这些东西搬了这么一次家，是非常奇怪有趣的事。缸里泥晒干了，便加点水，一次又一次，有一天，紫红色的小觜子冒出来了水面，夏天就来了。赞美第一朵花。荷叶上花拉花响了，母亲便把雨伞寻出来，小莲子会给我送去。

大雨忽然来了。一个青色的闪照在槐树上，我赶紧跑到柴草房里去。那是距我所在处最近的房屋。我爬上堆近屋顶的芦柴上，听水从高处流下来，响极了，訇——，空心的老桑树倒了，葡萄架塌了，我的四近越来越黑了，雨点在我头上乱跳。忽然一转身，墙角两个碧绿的东西在发光！哦，那是我常看见的老猫。老猫又生了一群小猫了。原来它每次生养都在这里。我看它们攒着吃奶，听着雨，雨慢慢小了。

那棵龙爪槐是我一个人的。我熟悉它的一切好处，知道哪个枝子适合哪种姿势。云从树叶间过去。壁虎在葡萄上爬。杏子熟了。何首乌的藤爬上石笋了，石笋那么黑。蜘蛛网上一只苍蝇。蜘蛛呢？花天牛半天吃了一片叶子，这叶子有点甜么，那么嫩。金雀花那儿好热闹，多少蜜蜂！波——，金鱼吐出一个泡，破了，下午我们去捞金鱼虫。香椽花蒂的黄色仿佛有点忧郁，别的花是飘下，香橼花是掉下的，花落在草叶上，草稍微低头又弹起。大伯母掐了枝珠兰戴上，回去了。大伯母的女儿，堂姐姐看金鱼，看见了自己。石榴花开，玉兰花开，祖母来了，“莫掐了，回去看看，瓶里是什么？我下来了，下来扶您。”

槐树种在土山上，坐在树上可看见隔壁佛院。看不见房子，看到的是关着的那两扇门，关在门外的一片田园。门里是什么岁月呢？钟鼓整日敲，那么悠徐，那么单调。门开时，小尼姑来抱一捆草，打两桶水，随即又关上了。水咚咚地滴回井里。那边有人看我，我忙把书放在眼前。

家里宴客，晚上小方厅和花厅有人吃酒打牌（我记得有个人吹得极好的笛子）。灯光照到花上，树上，令人极欢喜也十分忧郁。点一个纱灯，从家里到园里，又从园里到家里，我一晚上总不知走了无数趟。有亲戚来去，多是我照路，说哪里高，哪里低，哪里上阶，哪里下坎。若是姑妈舅母，则多是扶着我肩膀走。人影人声都如在梦中。但这样的时候并不多。平日夜晚园子是锁上的。

小时候胆小害怕，黑魆魆的，树影风声，令人却步。而且相信园里有个“白胡子老头子”，一个土地花神，晚上会出来，在那个土山后面，花树下，冉冉的转圈子，见人也不避让。

有一年夏天，我已经像个大人了，天气郁闷，心上另外又有一点小事使我睡不着，半夜到园里去。一进门，我就停住了。我看见一个火星。咳嗽一声，招我前去，原来是我的父亲。他也正因为睡不着觉在园中徘徊。他让我抽一支烟，（我刚会抽烟）我搬了一张藤椅坐下，我们一直没有说话。那一次，我感觉我跟父亲靠得近极了。

四月二日。月光清极，夜气大凉。似乎该再写一段作为收尾，但又似无须了。便这样吧，日后再说。逝者如斯。

佳作赏析：

汪曾祺（1920—1997），江苏高邮人，作家。有短篇小说集《邂逅集》《汪曾祺短篇小说选》，散文集《蒲桥集》《晚饭花集》等。

童年对于许多人而言是美好的、快乐的，这对于作者而言也不例外，而承载他童年美好回忆就是自己家中的那片花园。在这篇散文里，作者描写了很多花园里的事物。有草有花、有虫有鸟、有树有藤，还有作者与花草虫鸟树木之间或快乐或遗憾的种种回忆。作者敏锐地抓住了平常生活中普通、常见、可爱的事物，把它们活泼、生动、可爱、自由的一面以一种清新自然的姿态展示在人们面前。

文章语言生动形象，在把花园中生机盎然的风物、动植物世界的奇妙展现在读者面前的同时，一种简朴、清甜、微苦的生活气息也扑面而来，通篇洋溢着作者对大自然、对生活的热爱之情。

水仙

□［中国］菡子

病院一个月的日子，全在水仙花中过去了。寒冬腊月，在那一片白色的病房里，每个床桌前都有一簇渐渐上升的绿叶。四九过后一天，罕遇的暖流从南方卷来，有些水仙竞放着错落有致的白花，中央一颗黄金般的心。病友奔走相告，正如养花的主角于畊的愿望：我们要建立一个“快乐的病院”，以区别于其他。虽然这里也有呻吟，也有不幸，各有各的病痛。两个病友在夜晚默默地离开了我们。

这是第一次的花讯，看来花潮还在后面。二楼和三楼正迷漫着一股“水仙热”。

这里的水仙千姿百态。想起过去养的或者偶尔在外面看见长得蒜叶一般的水仙，不禁讪笑起来，现在才觉得细心雕刻和精养水仙的乐趣。大家围着于畊，她原是教育家，在福建呆过二十年，从她那里源源而来的正出自水仙的故乡。那些在泥里埋了三年的“土仙”，来时不过是一个个特大号的荸荠，都紧裹着身子，仅露出两三处芽儿。刻上一两小时，使它摆脱束缚，显露了自然的玉姿。我看那白玉般的小小的殿堂里，蕴藏着橄榄形的黄花，一朵、两朵，最多的六朵。不久她将是亭亭玉立的水仙花，现在却微笑着不做声儿。每天睁眼就看她，看不厌的。刻后冲掉她身上的粘汁，合伏着泡在水里，每天就是不换水的时候，也爱翻过来看她。花呀，叶呀，那真是怒放啊！你想不到这是用锋利的刀刻出来的。真怪，她经受开膛破肚的手术，却出落得这个样子，叶和花都像玉琢的一样。由于刻的人刀法不同，长的模样也不一样，有佛手形的，有的菊花一般，有的竟卷曲成一座假山。生长之中，不问那儿的叶子，都像众星托月似的，对着花儿看，形成包围的形势。从脸盆里取出来，分别放在水仙盆里养着，经过阳光照射，绿了，粗壮了，花儿被裹在透明的包里，自己会从叶丛中钻出来。弯曲的叶子，像在对她顶礼膜拜。每天这么看着，觉得水仙也似在与人对话。

于畊是个严师，一个月中，我被封为她的大弟子了，确实没有想到。不过当接触花的当儿，她不大肯让人碰。我们自己偷着刻的，即使诚惶诚恐，有时也被她提出有伤着花儿的地方。像考了两分的小孩，只好羞愧地站在她的面前。那幼花确实是伤不得的，伤了，她不会钻出叶子，脸上像烧焦了似的。学会了刻水仙，是这次住院的一件乐事。我们大都已是花甲之年，也许有天闲着，可到花鸟商店，帮人们去刻水仙，这样的自遣，实在觉得很有意思。

刻着谈着，不仅把病痛忘了，生活也过得充实起来。于畊出院过一天，马上病了回来，臂上刚放下挂瓶，勉强能坐起来了，又刻她的水仙。从院长到清洁工人，谁没有她刻送的水仙呢？她每年都给好友张茜送水仙的，去年陈老总逝世十周年的忌日，她精刻两盆水仙花，送到他们夫妇的奠前。今年一月六日也没忘记托孩子给他家送两盆去。

一面刻着，一面谈着往事。幼年也是一个从土里出来的花蓓头儿，任党和人民精心地雕琢，使我们有水仙般的青年时代，也还有我们艰辛而奋发的中年岁月，现在可算老了。就在一年的最后季节，也要学着水仙开出一簇两簇小小的白花，发出淡淡的清香。总的来说，多么美妙的人生！就是苦难的十年，“西风凌厉态依然”，不会笑话我们以水仙自喻吧！没有开花的那几天，于昳的老伴儿送了一束梅花来了。

她是用诗说话的，马上吟了林黛玉的诗句：“偷来梨蕊三分白，借得梅花一缕魂”，称赞这个苏州姑娘的风骨。

“何须借得，原来就是有的，我们！”她笑出眼泪来了。我忽然领悟她太爱水仙的缘由。

我想于昳刻的水仙，该推为艺术中的珍品佳作，但她昨天回家看了福建送来刻好的水仙，急急地跑回来了，说那一盘有九个花的，连声赞曰：“说不出的美！”原来我也曾看见的那盘几乎削剩一寸的叶子，现在却长得非常茂盛，而且绕着群花生长，那才是奇观呢。我从中又悟出一点道理，料理水仙，也是一门不断调整的艺术。大刀阔斧，不枝不蔓，反倒长得茁壮透泼；而高手还是出在辛勤的专家中间，哪怕土生土长的。于总懊恼着把漳州师傅教的刻花的一手忘了。即使在花上，那神妙的一刀，能促使她长成横枝水上的凌波仙子，可见老师心里总还有老师哩！

大批的水仙花，将要在春节前后开放，这又是“养”出来的，清水和阳光要人们勤于摄取，温度也要适宜。关于水仙的养法，我不敢班门弄斧了，时时想着的却是她的性格，她也是我生活的老师。

一九八三年一月三十一日深夜

佳作赏析：

菡子（1921—2003），江苏省溧阳人，现代女作家。著有《和平博物馆》《初晴集》《素花集》《乡村集》等。

这是一篇借景抒情、情景交融的佳作。

作者接触水仙花的地方有些特殊，她竟然是在住院期间和水仙和刻水仙的于畊相遇的。气氛沉闷的医院因为于畊送的水仙花而变得热闹、欢快起来，于畊给大家带来的不仅是水仙花，还有乐观的人生态度、奉献的精神。文章运用了多种比喻、拟人等多种修辞手法，对美丽的水仙花进行了生动的描述，对奉献自己的劳动成果而给大家带来欢乐的于畊的崇高精神进行了赞美。

火晶柿子

□［中国］陈忠实

我喜欢柿树。柿子好吃，这是最主要的因由。柿树不招虫害，任何害虫病菌都难以近身，大约是柿树特有的那种涩味构成了内在的天然抗拒，于是便省去了防虫治病的麻烦，也不担心农药残留的后患。柿树又很坚韧，几乎与榆槐等柴树无异，既不要求肥力和水分，也不需要任何稍微特殊的呵护。庭院里可以栽植，水肥优良的平川地里可以茁壮成长，土瘠水缺的干旱的山坡上硷畔上同样蓬蓬勃勃，甚至一般柴树也畏怯的红石坡梁上，柿树仍可长到合抱粗。按照习惯或者说传统，几乎没有给柿树施肥浇水的说法。然而果实柿子却不失其甘美。

在柿树家族里，种类颇多。最大个儿的叫虎柿，大到可称出半斤。虎柿必须用慢火温水浸泡，拔去涩味儿，才香甜可口。然慢火的火功和温水的温度要随机变换，极难把握，稍有不当就会温出一锅僵涩的死柿子，甭说上市卖钱，白送人也送不出去。再说这种虎柿还有一个致命的弱点，不能存放，温熟之后即卖即食，隔三天两日尚可，再长就坏了，属于典型的时令性水果。

还有一种民间称为义生的柿子，个头也比较大，果实变红时摘下，搁置月余即软化熟透，味道十分香甜。麻烦的是软化后便需尽快出手，或卖钱或送亲友或自家享受，稍长时间便皮儿崩裂柿汁流出，不可收拾，长途运送都是比较难以解决的问题。再有一种名曰“火罐”的柿子，果实较小，一般不超过半两，尽管味道与火晶柿子无甚差异，却多核儿，成为重大的弹嫌之弊，所以不被钟爱，几乎遭到淘汰而绝种，反正我已多年不见此物了。只有火晶柿子，在柿树家族中逐渐显出优长来，已经成为独透柿族的王牌品种了。

火晶。真是一个热烈而又令人富于想象的名字。火是这种柿子的色彩，单一的红，红的程度真可以用“文革”中用滥了的词儿“红彤彤”来形容来喻示。我在骊山南麓的岭坡上见到过那种堪称红彤彤的景观，一棵一棵大到合抱粗的柿树，叶子已经落光掉净了，枝枝丫丫上挂满繁密的柿子，红溜溜或红彤彤的，蔚为壮观，像一片自然的火树。火晶的名字中的火字大约由此而自然产生，晶也就无需阐释或猜想了。把火的色彩与晶字联结起来，便成为民间命名的高雅一种，恐怕只有民间的智者才会创造出这样一个雅俗共赏的柿子的名字来。

火晶柿子比虎柿比义生柿子小，比火罐柿子大，个重两余，无核。在树上长到通体变成橙黄时摘折下来，存放月余便软化熟透，尤其耐得存放，保管得法的农户甚至可以保存到春节以后，仍不失其新鲜甘美的原味。食时一手捏把儿，一手轻轻捏破薄皮儿，一撕一揭，那薄皮儿便利索地完整地去掉了，现出鲜红鲜红的肉汁，软如蛋黄，却不流，吞到口里，无丝无核儿，有一缕蜂蜜的香味儿。乡间小贩摆卖火晶柿子的摊位上，常见蜜蜂嗡嗡盘绕不去，可见其诱惑。

关中盛产柿子，尤以骊山为代表的临潼的火晶柿子最负盛名。一种名果的品质，决定于水土，这是无法改变的常识。我家居骊山之南，白鹿原原坡之北，中间流着一条倒淌河灞水，形成一条狭窄的川道，俗称灞川，逆水而上经蓝田的五十里进入王维的辋州。由我祖居的老屋涉过灞水走过平川登上骊山南麓的坡道，大约也就半个小时。水土和气候无大差异，火晶柿子的品质也难分上下，然而形成气候形成品牌的仍然是临潼。

大约是“文革”后期，诺罗敦·西哈努克亲王携妻引子到西安，参观兵马俑往来的路上，王子发现路边有农民摆的火晶柿子小摊，问及此果，陪随人员告之。回到西安下榻处，有心的接待人员已经摆放好一盘经过精心挑选的火晶柿子，并说明吃法。王子生长在热带，未见过亦未吃过北方柿子并不足怪，恰是这种中国关中的火晶柿子令其赞赏不绝，直到把一盘火晶柿子吃完，仍然还要，不顾斯文且不说了，连陪随人员的劝告（食多伤胃）也任性不顾。果然，塞了满肚子火晶柿子的王子，到晚上闹起肚子来，引起各方紧张，直接报告北京有关领导，弄出一场虚惊。王子虽然经历了一个难受的夜晚，离开西安时仍不忘要带走一篮火晶柿子。

这个真实的传闻流传颇广。在关中普通到不能再普通的柿子，竟然上了招待外宾的果盘，而且是高贵的王子，确实令当地人始料不及。想来也不足奇，向来都是物以稀为贵的。二十世纪八十年代中期，我到与临潼连界的蓝田县查阅县志时发现，清末某年，关中奇冷，柿树竟然死绝了。我得到一个基本常识，柿树原来耐不得严寒的。但那年究竟“奇冷”到怎样的程度，却是无法判断的，那时怕是连一根温度计也没有。到二十世纪九十年代头上，我在原下的祖屋写作《白鹿原》的时候，这年冬天冻死了一批柿树，我至今记得这年冬天的最低温度为零下十四度，持续了大约半月左右，这是几十年来西安最冷的一个冬天。村子里许多农户刚刚挂果的葡萄统统冻死了，好多柿树到春末夏初还不发芽，人们才惊呼柿树被冻死了。我也便明白，清末冻死柿树的那年冬天“奇冷”的程度，不过是零下十几度而已。

编志人在叙述“奇冷”造成的灾害时，加了一句颇带怜悯情调的话，曰：柿可当食。我便推想，平素当做水果的柿子，到了饥馑的年月里，就成为养生活命的吃食了。确凿把柿子顶做粮食的事，发生在二十世纪六十年代初的“三年困难”时期及十年“文革”之中，临潼山上的山民从生产队分回柿子，五斤顶算一斤粮食。想想吧，作为消遣的柿子是一种调节和品尝，而作为一日三餐的主食，未免就有点残酷。然而，我又胡乱联想起来，被当地山民作为粮食充饥的柿子，在西哈努克的王子那里却成为珍果，可见人的舌头原本是没有什么天生的贵贱的。想到近年某些弄出一点名堂的人，硬要做派出贵族状，硬要做派出龙种凤胎的不凡气象，我便担心这其中说不准会潜伏着类似火晶柿子的滑稽。

我在祖居的屋院里盖起了一幢新房，这是八十年代中期的事，当时真有点“李顺大造屋”的感受。又修起了围墙，立了小门楼，街门和新房之间便有了一个小小的庭院。我便想到栽一株柿树，一株可以收获火晶柿子的柿树。

我的左邻右舍乃至村子里的家家户户，都有一棵两棵火晶柿树，或院里或院外；每年十月初，由绿色转为橙黄的柿子便从墨绿的树叶中脱颖而出，十分耀眼，不说吃吧，单是在屋院里外撑起的这一方风景就够惹眼了。我找到内侄儿，让他给我移栽一棵火晶柿子树。内侄慷慨应允，他承包着半条沟的柿园。这样，一株棒槌粗的柿树便栽植于小院东边的前墙根下，这是秋末冬初最好的植树时月里做成的事。

这株柿树栽下以后，整个前院便生动起来。走出屋门，一眼便瞅见高出院墙沐着冬日阳光的树干和树枝，我的心里便有了动感。新芽冒出来，树叶日渐长大了，金黄色的柿花开放了，从小草帽一样的花萼里托出一枚枚小青果，直到缀满枝丫的红灯笼一样的火晶柿子在墙头上显耀……期待和祈祷的心境伴我进入漫长的冬天。

二十世纪五十年代初我读小学时，后屋和厦房之间窄窄的过道里，有一株火晶柿树，若小碗口粗，每年都有一树红亮亮的柿子撑在厦房房瓦上空。我于大人不在家时，便用竹竿偷偷打下两三个来，已经变成橙黄的柿子仍然涩涩的，涩味里却有不易舍弃的甜香。母亲总是会发现我的行为，总是一次又一次斥责，你就等不到摘下搁软了熟了吗？直到某一年，我放学回家，突然发现院里的光线有点异样，抬头一看，罩在过道上空的柿树的伞盖没有了，院子里一下子豁亮了。柿树被齐根锯断了，断茬上敷着一层细土。从断茬处渗出的树汁浸湿了那一层细土，像树的泪，也似树的血。我气呼呼问母亲。母亲也阴郁着脸，告诉我，是一位神汉告诫的。那几年我家灾祸连连，我的一个小妹夭折了，一个小弟也在长到四五岁时夭亡了，又死了一头牛。父亲便请来一位神汉，从前院到后院观察审视一番，最终瞅住过道里的柿树说：把这树去掉。父亲读过许多演义类小说，于这类事比较敏感，不用神汉阐释，便悟出其中玄机，“柿”即“事”。父亲便以一种泰然的口吻对我说，柿树栽在家院里，容易生“事”、惹“事”。去掉柿树，也就不会出“事”了。我的心里便怯怯的了，看那锯断的柿树茬子，竟感到了一股鬼气妖氛的恐惧。

没有什么人现在还相信神汉巫师装神弄鬼的事了，起码在“柿”与“事”的咒符是如此。因为我的村子里几乎家家户户的院里门外都有一株或几株柿树。人在灾变连连打击下便联想到神的惩罚和鬼的作祟，这种心理趋势由来已久，也并非只是科学滞后的中国乡村人独有，许多民族包括科学已很发达的民族也颇类同，神与鬼是人性软弱的不可避免的存在。我在前院栽下这棵柿树，早已驱除了“柿”与“事”的文字游戏式的咒语，而要欣赏红柿出墙的景致了。漫长的冬天过去了。春风日渐一日温暖起来。我栽的柿树迟迟不肯发芽。

直到春末夏初，枝梢上终于努出绿芽来，我兴奋不已，证明它活着。只要活着就是成功，就有希望。大约两月之后，进入伏天，我终于发觉不妙，那仅仅长到三四寸长的幼芽开始萎缩。无论我怎样浇水、疏松土壤，还是无可挽回地枯死了。

这是很少有的现象，我喜欢栽树，不敢说百分之百成活，这样的情况确实极少发生。这株火晶柿子树是我尤为用心栽植的一棵树，它却死了。我久久找不出死亡的原因，树根并无大伤害，树的阴阳面也按原来的方向定位，水也及时适度浇过，怎么竟死了呢。问过内侄儿，他淡淡地说，柿树是很难移栽的，成活率极低。我原是知道这个常识的，却自信土命的我会栽活它。我犯了急功近利轻易求取成功的毛病，急于看到一棵成景的柿树。于是便只好回归到最实之点，先栽软枣苗子，然后嫁接火晶柿子。

一种被当地人称做软枣的苗子，是各种柿树嫁接的唯一的钻木。软枣生长十分泼势，随便甚至可以说马马虎虎栽下就活。我便在小院的西北角栽下一株软枣，一年便长到齐墙的高度。第二年夏初，请来一位嫁接果树的巧手用俗称热粘皮的芽接法一次成功，当年冒出的正儿八经的火晶柿子的新枝，同样蹿起一人高。叶子大得超过我的巴掌，新出的绿色的杆儿竟有食指粗，那蓬勃的劲头真正让我时时感知初生生命的活力。为了防止暴风折断它的尚为绿色的嫩杆，我为它立了一根木杆，绑扶在一起，一旦这嫩杆变成褐黑色，显示它已完全木质化了，就尽可放心了。我于兴奋鼓舞里独自兴叹，看来栽成树走捷径还是不行的。这个火晶柿子树的起根发苗的全过程完成了，我也就留下了一棵树的生命的完整印象，至今难以忘怀。

这株火晶柿树后来就没有故事了。没有虫害病菌侵害，在院里也避免了牛马猪羊的骚扰，对水呀肥呀也不讲究，忽忽喇喇就长起来了，分枝分叉了，长过墙头了，形成一株青春活力的柿树了。这年冬天到来时，我离开久居的祖屋老院，迁进城里去，一年难得回来几次。有一年回来正遇着它开花，四方卷沿的米黄色小花令人心动，我忍不住摘下两朵在嘴里嚼着咽下，一股带涩的甜味儿，竟然回味起背着父母用竹竿偷打下来的生柿子的感觉。

今年春节一过，我终于下定决心回归老家，争取获得一个安静吃草安静回嚼的环境。我的屋檐上时有一对追逐着求偶的咕咕咕叫着的斑鸠。小院里的树枝和花丛中常常栖息着一群或一对色彩各异的鸟儿。隔墙能听到乡友们议论天气和庄稼施肥浇水的农声，也有小牛或羊羔窜进我忘了关闭的大门。看着一个个忙着农事忙着赶集售物的男人女人毫不注意修饰的衣着，我常常想起那些高级宾馆车水马龙衣冠楚楚口红眼影的景象。这是乡村，那是城市。大家都忙着。大家都在争取自己的明天。

我的柿树已经碗口粗了。我今年才看到了它出芽、开花、坐果到成熟的完整的生命过程。十月初，柿子日渐一日变得黄亮了，从浓密的柿树叶子里显现出来，在我的墙头上方，造成一幅美丽的风景。我此时去了一趟滇西，回来时，妻子已经让人摘卸了柿子。

装在纸箱里的火晶柿子开始软化。眼看得由橙黄日渐一日转变为红亮。有朋自城里来，我便用竹篮盛上，忍不住说明：这是自家树上的产物。多路客人无论长幼无论男女无不惊叹这火晶柿子的醇香，更兼着一种自家种植收获的乡韵。看着客人吃得快活，我就想起一件有关火晶柿子的轶趣。某年到一个笔会，与一位作家朋友聊天，他说某年到陕西参观兵马俑的路上，品尝了火晶柿子，尤感甘美，临走时又特意买了一小篮，带回去给尚未尝过此物的南方籍的夫人。这种软化熟透的火晶柿子，稍碰即破，当地农民用剥去了粗皮的柳条编织的小篮儿装着，一层一层倒是避免了挤压。他一路汽车火车，此物不能装箱，就那么拎着进了家门，便满怀爱心献给了亲爱的夫人。揭开柳条小篮，取出上边一层红亮亮的柿子，情况顿觉不妙，下边两层却变成了石头。可以想象他的懊丧和生气之状了。事过多年和我相遇聊起此事，仍然火气难抑，末了竟冲我说，人说你们陕西人老实，怎么这样恶劣作假？几个柿子倒不值多少钱，关键是让我几千里路拎着它，却拎回去一篮子石头，你说气人不气人？这在谁也会是懊丧气恼的，然而我却调侃道，假导弹假飞船没准儿都弄出来了，陕西农民给柿篮子里塞几块石头，在中国蓬蓬勃勃的造假行业里，只能算是启蒙生或初级水平，你应该为我的乡党的开化而庆祝。朋友也就笑了。我随之自我调侃，你知道我们陕西人总结经济发展滞后的原因是什么吗？不急不躁、不跑不跳、不吵不闹、不叫不到、不给不要，所谓关中人的“十不”特性。所以说，一个兵马俑式的农民用当地称作料僵石（此石特轻）的石头冒充火晶柿子，把诸如我所钦敬的大城市里的名作家哄了骗了涮了一回，多掏了他几枚铜子，真应该庆祝他们脑瓜里开始安上了一根转轴儿，灵动起来了。

玩笑说过也就风吹雨打散了。我却总想着那些往柳条编的小篮里塞进冒充火晶柿子的石头的农民乡党，会是怎样一种小小的得意……

佳作赏析：

陈忠实（1942—），西安市东郊人。作家，著有长篇小说《白鹿原》等作品。

这篇文章向读者介绍了一种陕西特产：火晶柿子。作者从柿树易活好栽切入，对几种常见的柿子品种作了对比，引出柿树的王牌品种——火晶柿子，并详细介绍了火晶柿子的外形、味道、产地、特性等，紧接着又详述了自己移植、嫁接柿树的经历。

文章语言平实，并没有太过华丽的言语，读来令人感觉似拉家常，而许多事例的加入更增添了文章的趣味性。西哈努克王子因贪吃柿子闹肚子使人对火晶柿子的美味展开无限遐想，作者家中因“事”多而伐“柿”树则反映了民间的一些风俗、传闻，而一位作家拎了筐石头赶了几千里地的路则让人哭笑不得，读来令人捧腹。

佳茗似佳人

□［中国］何为

中国的茶文化是一门高雅的学问，品茗乃韵事也。小时候爱喝家乡自制的桂花茶，只觉得甘芳好喝，不知品茶为何事。及长，烟与茶俱来，饮茶也只是因为烟吸多了解渴而已。茶香似不及烟香诱人，尽管有烟瘾者是少不了要饮茶的。吸烟 40 余年，现已戒绝五载，总觉若有所失，生活中减少了一大乐趣，这时候茶叶就显得分外重要，渐渐体会到苏东坡诗句“从来佳茗似佳人”的譬喻之妙。

中国的茶叶品种繁多，各取所需，不遑细述。30 年前初到福州时参观茶厂，进入门帘严严的窨制茉莉花茶的工场，骤觉浓烈的花香袭人，几乎令人晕眩。福州花茶名扬海内外，确有齿颊留香的独特风味。不过饮茶总以茶叶自身为上，一切形形色色花香制的茶叶，除茉莉花香以外，余如玉兰花茶、玫瑰花茶、珠兰花茶、柚子花茶和玳玳花茶等等，虽然各有自己的香味和风韵，而茶叶的原味大为减色。《群芳谱》记载：“上好细茶，忌用花香，反夺其味，是香片在茶中，实非上品也。然京、津、闽人皆嗜饮之。”至于摩洛哥等国家用中国绿茶加重糖和新鲜薄荷叶子煮而饮之，简直有点不可思议了。

我喜饮头春新绿，这是在清明前采撷焙制的绿茶。狮峰龙井或洞庭山碧螺春新茶当然是佳茗，然其上品殊为难得。50年代在老作家靳以的家里啜饮龙井新茶，沏茶饷客时，主人说这是方令孺特地托人从杭州捎来的。只见茶盅的边缘上浮绕着翠碧的氤氲，清亮鲜绿的龙井叶片透出一种近乎乳香的茶韵。我慢慢啜饮，冲泡第二次茶叶更加香醇飘逸。那杯堪称极品的龙井茶至今难忘。遗憾的是龙井茶泡饮三次后便淡而无味了。碧螺春比龙井耐泡，新茶上市时，饮碧螺春也是不可多得的享受。这两种茶叶倘若是极品，历来售价奇昂，且不易得之，即或有那么一斤半斤，多半是用来馈赠亲友的。

入闽后，每年春茶登场，我倒是常有机会以较为廉宜的价格，从产地直接向茶农购得上好绿茶。绿茶不易保存，贮藏如不得法，时间稍久便失去色香味。因此新茶一到，最好不失时机地尝新。试想春天的早晨，一杯滚水被细芽嫩叶染绿了，玻璃杯里条索整齐的春茶载沉载浮，茶色碧绿澄清，茶味醇和鲜灵，茶香清幽悠远，入口后顿感恬静闲适，可谓是一种极高的文化享受。面对绿莹莹的满杯绿色，你感到名副其实是在饮春水。

每一个饮春茶的早晨仿佛是入禅的时刻。

我总认为，福建的功夫茶才是真正的茶道，陆羽的《茶经》便对功夫茶有详尽的记述。烹治功夫茶，茶具以宜兴产者为佳，通常一茶盘有一壶四杯，壶盘器皿皆极精巧，“杯小而盘如满月”“且有壶小如拳，杯小如胡桃者”。到闽南一带作客，主人辄以功夫茶奉客。先将乌龙茶塞满茶壶，注入沸水后，加盖，再取沸水徐徐遍淋壶外。此时茶香四溢，乃端壶缓缓斟茶，挨次数匝注于杯内，必使每杯茶汤浓淡相宜。饮茶时先赏玩茶具，次闻茶香，然后细口饮之。这一番过程便足以陶冶性情，更不用说那小盅里精灵似的浓酽茶汤了。尝见一业余作者到省城修改剧本，随身携带小酒精炉和小水壶自烧开水，案头茶具齐备，改稿时照烹功夫茶不误，乍见为之惊叹。据说闽南有喝功夫茶致穷者，也有饮茶醉倒者，可见爱茶之深。不过在我这样的外省俗人看来，一般人家的功夫茶其浓无比，色如酱油，所用茶叶大抵是普通乌龙或色种之类，抿着嘴啜饮数口也就够了。

日本茶道无疑从古代中国功夫茶传过去的。他们有一套繁文缛节的茶道仪式，十分讲究排场，近乎神圣了。在日本家庭作客时，奉侍茶道就随便得多，也简单得多。不论繁简，茶道用绿茶磨研成粉后冲泡的浓茶总是苦涩的。不过若细加品尝，确乎也有几分余甘足供回味。

旅闽岁月久长，尤其是这几年戒了香烟后，对半发酵的乌龙茶家族中的铁观音就更偏爱了。铁观音倒不在于乌润结实的外形，它的美妙之处是茶叶有天然兰花的馥郁奇香，温馨高雅，具有回味无穷的茶韵，是即所谓观音韵。

我的生活中赏心乐事便是晨起一壶佳茗在手，举杯品饮，神清气爽。一天的工作也常常是从品茗开始的。最好是正宗的安溪特级铁观音，琥珀色的茶汤入口清香甘冽，留在舌尖的茶韵散布四肢百骸，通体舒泰，此时以佳茗喻佳人愈见贴切。铁观音真是天生丽质、超凡脱俗、情意绵长、并世无双。

今春从香港带来台湾产的铁观音，取名“玉露”。湖绿色的圆茶罐，用墨蓝色棉纸包裹，衬以带有白斑点的鹅黄色夹层纸，外面的包装纸上是明人唐寅的山水小品横幅，古趣盎然。文字部分力求雅致，说“冲泡与享用佳茗，是一种由技术而艺术、艺术而晋至一种境界的奇妙历程；贯穿这个历程的基本哲理在得一个‘静’字。”这段文字深得广告文学的三昧，想想人家真会做生意。开罐泡饮，茶汤呈嫩绿色，茶味中依稀也有几分观音韵。奈何桔枳有别，总不如得天独厚在安溪本土出产的铁观音纯正。据说在台湾类似的铁观音茶叶很多，有一种叫“春之韵”的，这一芳名庶几配得上佳人了。

“从来佳茗似佳人”，确是千古绝唱，此生若能常与佳茗为伴，则于愿足矣。

一九八九年十月中旬

佳作赏析：

何为（1922—2011），浙江定海人，散文家、剧作家。有散文集《织锦集》

《临窗集》《北海道之旅》等。

这是一篇介绍中国茶文化的美文。

中国茶文化源远流长，博大精深，作者从自身喝茶经历切入，详细介绍了茉莉花、龙井、碧螺春、铁观音等不同品种，接着又提到了福建的功夫茶、日本的茶道。作者文字自然流畅，优美雅致，字里行间透着一种闲适的生活情调，与韵味似佳人的“佳茗”相得益彰，令人回味无穷。

南沙垂钓

□［中国］叶楠

热带风暴一路拥抱着我们，死死纠缠着我们，给予我们无法摆脱的过分粗暴的温存。以致让我们在飓风、豪雨、浓重的乌云和滚动的浪的群山中，艰难地穿过通往南沙海域的航程。我们既看到了大洋的狞厉，也看到大洋的无与伦比的雄伟。它激起人不息的拼搏和超越的意识要远比给予人的恐惧多得多。当风暴舍我们而去的时候，眼前展现出惊人的热带海洋所特有的绚丽。光线的明亮，色彩的浓烈，是任何地域所没有的，这里是光和色彩的世界。鲣鸟、海燕、燕鸥，张开狭长的翅膀，紧贴着蓝缎子般的海面优雅地滑翔，海豚、飞鱼恣肆地忘情地弹跳，彩色云朵在海空悠然结队巡航，这里也是欢腾的世界。

夜幕沉落的时候，海鸟们丢下我们飞回到它们的栖息地去了。我们的航船孤零零在一座礁盘附近投下了沉重的铁锚。

一个舵手邀我到船尾锚灯下钓鱼，我欣然同意了。我也想领略在大洋特别是在热带海洋垂钓的意趣。钓海水鱼和钓淡水鱼是不同的，海上钓鱼的渔具是极为简陋的，只要有鱼钩、钓丝和铅坠儿，就足够了。海水鱼似乎对吃食并不讲究，肉类，包括它们同类的肉，都是极佳的鱼饵，都是它们的珍肴。南沙的鱼几乎没有一条不是贪婪的，见到鱼饵，从不产生疑虑而预先进行试探，或者温文尔雅、扭扭捏捏，讲究进餐礼仪而谦让。全是迅猛扑来，你争我夺，凶狠吞食，不少鱼，是连钩带饵一下子深深吞到腹腔中去的，以致增加了我们不少摘钩的困难。海里的鱼像是结队争先恐后让人们把它们钓到水面上来，哪怕是脱水而死亡。不一会儿，甲板上铺满了不停蹦跳的鱼。由于礁盘附近水浅，钓上来的鱼，虽然没有超过 5 千克以上的大鱼，然而，却大多是在东南亚视为海鲜上品的石斑鱼，再就是各类小鲨鱼和五光十色形体怪异不知名的热带鱼了。丰硕的收获，并没给我带来垂钓的乐趣，反而使我感到虚无，也感到羞惭。这种垂钓，太轻易了、太残酷了。我们是在对蜂拥而来的不是攻击而是扑向枪口赴死的对手作战，我们在作不瞄准的射击。这是对自愿引颈就死的对手的杀戮。现在我才明白，真正的猎手，为什么不射猎没有自卫和奔逃能力的野兽……

我的钓鱼伙伴似乎感到了我在想什么。

“在南沙深海捕鱼的渔夫们，他们只把钓上来的大鲨鱼的鳍（鱼翅）留下，鱼肉，甚至鱼肝都丢弃到海里。他们钓到的大鲨鱼太多了，船装不下，只好这样。这实在是暴殄天物！”他说。

这个时候，我想起海明威，想起他的名著《老人与海》的主人公——几十天没有捕到鱼的渔夫桑提亚哥老头儿。似乎他的运气远没有我们好……

我也想起我在童年时期的垂钓。那完全不是这个样子。那时候，垂钓几乎是我唯一的爱好。我常常在幽静的河边，特别是湖泊边，独自一人顶个破草帽，坐在水边，盯着传递水底信息的鱼漂儿——秫秸挺儿，度过一整天的时光，和那些狡黠的、顽皮的、懒慵的、呆头呆脑的或是矜持的鱼儿耍心眼儿、比耐力。与其说是在和鱼儿较量，不如说是在和大自然安详地相处，作默默无言的心息交流。我想，会有很多人和我有相同的感受。你的钓竿周围，就是一个神秘的宇宙。在你毫不察觉中，可能会有一只翠鸟悄然飞到你身边，默默地蹲在一块石头上梳理美丽的羽毛，它是来和你做伴儿的。也许一只青蛙从岸上“扑通”跳到水中，让你吃一惊，它打破了水面的平静，也打破了空间的宁静。常常会有一只蜻蜓小心翼翼地落在钓竿的尖梢，和你一起盯着水面，它那透明的翼和你的心一起，由于感知水下的鱼儿的动静而一起颤动，一旦有鱼儿游来，哪怕鱼儿只是用尾巴轻轻试探性拨动一下鱼饵，牵动了钓丝，蜻蜓会和你的心一起飞腾起来……你会感觉到具有灵性的大自然，是和你融为一体的。在你的记忆里，也许很多童年时期的经历都褪色了或完全消逝了去，但你却不会忘记，垂钓中，阳光投向水中的闪烁变幻的光斑和色彩，这定是你一生中，见到的最丰富最鲜明的色和光；微雨时节，那霏霏细雨敲击荷、菱、浮萍的叶面的情景，即便你到了迟暮之年，想到那可以直接注入心头的细雨的音响，还有那闪光的雨丝和氤氲的雾气编织的迷蒙氛围，也还会令你心灵战栗。在空中和水底同时飘过的浮云，掠过的飞鸟，溅落在水面的花朵，突然露出水而又转瞬即逝的吮啄花瓣的鱼喙，水下悠然回旋的鱼的青色脊背，还有那由微风掀起的涟漪，在水面跳跃的小蜉蝣的纤爪拨开的水纹……都会永生印刻在你的心底。即便你的童年是凄惨的，童年的心底也是纯净的，心底的映象，也总是美好的、纯真的。你记忆中留下的这一切，会常常在遥远的时光那一端，向你招手，抚慰你由于世俗烦扰带来的郁闷和忧伤，给予你以永恒的温馨……

成年以后，我常常想能再像童年那时一样，找一个幽静的所在垂钓，也许还能召回那时的心境，寻回童年的梦境。我问过我自己，我能够吗，假若有这个可能？

佳作赏析：

叶楠（1930—2003），河南信阳人，作家。著有《巴山夜雨》《花之殇》《苍老的蓝》等。

《南沙垂钓》是一篇写景记事的佳作。南海绚丽雄伟的风光、月下垂钓的思考、童年垂钓的美好回忆，构成了一道美妙的风景线。作者运用了拟人、排比等多种修辞手法，精确细致地描述立体感十足，给人以身临其境的感觉，引人入胜。

寓情于景，是这篇文章的另一大特色。作者欣赏南海风光时的喜悦，海上垂钓后的空虚、羞惭，回忆童年时光时的纯真，在看似不经意间的文字中流露出来。而关于童年安静垂钓时“周围是神秘宇宙”的描写更是韵味十足，颇有些“禅”的味道。

珍珠鸟

□［中国］冯骥才

真好！朋友送我一对珍珠鸟。放在一个简易的竹条编成的笼子里，笼内还有一卷干草，那是小鸟舒适又温暖的巢。

有人说，这是一种怕人的鸟。

我把它挂在窗前，那儿还有一盆异常茂盛的法国吊兰。我便用吊兰长长的、串生着小绿叶的垂蔓蒙盖在鸟笼上，它们就像躲进深幽的丛林一样安全；从中传出的笛儿般又细又亮的叫声，也就格外轻松自在了。

阳光从窗外射入，透过这里，吊兰那些无数指甲状的小叶，一半成了黑影，一半被照透，如同碧玉；斑斑驳驳，生意葱茏。小鸟的影子就在这中间隐约闪动，看不完整，有时连笼子也看不出，却见它们可爱的鲜红小嘴从绿叶中伸出来。

我很少扒开叶蔓瞧它们，它们便渐渐敢伸出小脑袋瞅瞅我。我们就这样一点点熟悉了。

三个月后，那一团愈发繁茂的绿蔓里边，发出一种尖细又娇嫩的鸣叫。

我猜到，是它们，有了雏儿。我呢？决不掀开叶片往里看，连添食加水时也不睁大好奇的眼去惊动它们。过不多久，忽然有一个小脑袋从叶间探出来。更小哟，雏儿！正是这个小家伙！

它小，就能轻易地由疏格的笼子钻出身。瞧，多么像它的母亲：红嘴红脚，灰蓝色的毛，只是后背还没有生出珍珠似的圆圆的白点；它好肥，整个身子好像一个蓬松的球儿。

起先，这小家伙只在笼子四周活动，随后就在屋里飞来飞去，一会儿落在柜顶上，一会儿神气十足地站在书架上，啄着书背上那些大文豪的名字；一会儿把灯绳撞地来回摇动，跟着跳到画框上去了。只要大鸟在笼里生气儿地叫一声，它立即飞回笼里去。

我不管它。这样久了，打开窗子，它最多只在窗框上站一会儿，决不飞出去。

渐渐它胆子大了，就落在我书桌上。

它先是离我较远，见我不去伤害它，便一点点挨近，然后蹦到我的杯子上，俯下头来喝茶，再偏过脸瞧瞧我的反应。我只是微微一笑，依旧写东西，它就放开胆子跑到稿纸上，绕着我的笔尖蹦来蹦去；跳动的小红爪子在纸上发出嚓嚓响。

我不动声色地写，默默享受着这小家伙亲近的情意。这样，它完全放心了。索性用那涂了蜡似的、角质的小红嘴，“嗒嗒”啄着我颤动的笔尖。我用手抚一抚它细腻的绒毛，它也不怕，反而友好地啄两下我的手指。

白天，它这样淘气地陪伴我；天色入暮，它就在父母的再三呼唤声中，飞向笼子，扭动滚圆的身子，挤开那些绿叶钻进去。

有一天，我伏案写作时，它居然落到我的肩上。我手中的笔不觉停了，生怕惊跑它。待一会儿，扭头看，这小家伙竟趴在我的肩头睡着了，银灰色的眼睑盖住眸子，小红脚刚好给胸脯上长长的绒毛盖住。我轻轻抬一抬肩，它没醒，睡得好熟！还咂咂嘴，难道在做梦？

我笔尖一动，流泻下一时的感受：

信赖，往往创造出美好的境界。

佳作赏析：

冯骥才（1942—），浙江慈溪人，作家。著有小说《义和拳》《三寸金莲》，散文集《珍珠鸟》等。

同样是写鸟，冯骥才的这篇《珍珠鸟》比孙犁的《黄鹂》轻快得多，生活气息也更加浓郁。

作者给读者描绘了这样一幅图景：一丛绿意盎然、充满生气的吊篮里的一只鸟笼里，一只红嘴小精灵在快乐地飞来飞去。作者笔下的珍珠鸟十分娇憨可爱，文中充满了温柔之情、喜爱之情。鸟与人从初识到相熟有一个过程，其中经历了怕人——喜人——亲人——爱人几个环节，作者都写得极其生动。“信赖，往往创造出美好的境界。”文章结尾的这句话是点睛之笔，文章的主题得到了升华。读者不难悟出这样的道理：人和鸟可以和谐相处，人和动物可以和谐相处，而人与人呢？更应该也可以和谐相处。

林鸟

□［英国］威廉·亨利·赫德逊

这段时间以来，我总会在闲来无事时，攀登到一座低矮宽阔的平顶小山上。当拨开灌丛，又出现空地时，我已经上了一片四望空旷的平坦高地，石楠与零星荆豆杂生，其间也有几处稠密的冷杉桦小木类。在我面前以及高地的两侧，弥望尽是一带广野。那地亩田垄时有中断，唯独那惊人的青葱翠绿则迄无中断，这点显然与新近降雨丰沛有关。依我看来，南德文郡（英国西南部郡名）里的绿色实在有些过多，另外那色调的柔和与亮度也过于单一。在眼睛饱餍这种景色之后，山顶上那些棕褐刺目的稀疏草木反而觉得有些爽心怡目。

这块石楠地宛如一片绿洲与趋避之地。我在那里漫步弄得腿脚淋湿，然后我又坐下来等脚晒干，就这样我愉快地在这里度过了几个小时，最值得高兴的是这里没有人前来打搅。但是有不少的鸟类友伴。路边丛薄间一只雄雉的鸣叫似乎在警告我已闯入了禁猎地带。或许这里的禁猎并不严格，因为我便看到我所熟识的食腐肉乌鸦出来为它的幼雏觅食。它在树上稍停了停，接着从我头顶掠过，便不见了。在初夏时期，当飞起时，它是很容易同它的近亲白嘴鸭分别清楚的。前者出来巡劫时在空中的滑翔流畅而迅速，并不断地改变着方向，时而贴近地面，继而又升腾得很高，但基本上保持着约与树齐高的高度。它的滑翔与转弯动作略与鲱鱼鸥相似，只是滑翔时翅膀挺得直直，长长的翎翮尖端呈现一稍稍上翘的曲线，但最主要的区别还在飞行时的头部姿势。至于白嘴鸭，则像苍鹭与鹳那样，总是把它的利喙笔直地伸向前面。它飞时方向明确，毫不犹豫，既不左顾，也不右盼；可说它是跟着自己的鼻尖跑。而寻觅肉食的乌鸦则像只海鸥或猎兔狗那样，不停地转动着它的头部，忽而这边，忽而那边，仿佛在对地面进行彻底搜查，或集中其视力于某个模糊难辨的事物上。

这里不仅有乌鸦，我从羊齿丛中走出来时，听到一只喜鹊的吱喳叫声，只是没有看到它的面。过了一会儿，一只樫鸟又对着我啼叫起来，那叫法在鸟中实属独特。对于这聒噪不已的警告与咒骂里所流露的一腔忿激，对于这位受惊的孤客在骇睹其他生物侵入其林中净地时，胸头盛怒的这种猝然勃发，我有时倒也能深表同情。

这个地方的鸟类还是比较丰富的，仿佛此地的荒芜和贫瘠对它们也有着莫大的吸引。各类山雀、各类鸣禽、云雀以及莺鸟飞来跑去，到处遨游，并各自吐着不同的佳音。它们时而来自树端，时而来自地上，时而逼近，时而遥远。随着放歌者的远近不同，鸣声上下，也给声音带来一些不同的特质，产生了千声万籁的效果。只有岣鸭总是停留在一个地方或保持着一种姿势，而且每次开口唱时，也总是重复着一个调子不变。尽管如此，这种鸟的鸣叫也并不如人们所说的那般单调。

不久之后，我遇到了更有趣的红尾鸟。一只雌鸟飞下地面，离我不到十五码远，它的伴侣追随其后，落在一个枯枝上面，而就这样一个胆怯易惊、生性好动的小东西，它停留的时间已经不算短了。它周身羽毛丰满，可说是英国禽羽族中心情最欢快，样子也最带异国色彩的了。它一动不动地待在熠熠的阳光之下，非常惹人注目。过了一晌，它离开这里，飞向附近一棵树上，啭喉歌唱起来。这之后一连半个小时，我都凝神倾听着它那每过一阵便重复一番的短促曲调，我认为这是一种从来没有被人们很好的描写过的特别歌唱。“多练使艺术完美”这句格言是不适用于鸟类的歌唱艺术的。以红尾鸟来说，虽然出身于有名的音乐家族，而且歌喉的天赋也极不错，却并不曾因为多练而臻于完美的境地。它的歌声之所以有趣，不仅是因为它的性质特别，还因为它的出奇糟糕。一位著名的鸟类学家曾经说过，鸟类一般靠歌喉和羽毛这两种办法来讨人喜欢。多数鸟类都是非此即彼，不出这两种途径；另外，长于歌而短于色的族类一旦变得羽毛美艳之后，势必要引起其歌艺的堕落。他这里指的就是红尾鸟而言。但出乎这条规律的例外也不好。如英国岛上的一些鸟类，那些羽毛平常的往往也音调不佳。而那些羽毛最艳丽的又偏偏都是歌唱妙手，如金翅雀、鶸鸟、金雀、红雀等。但是要人长时间地不厌其烦地去听一只红尾鸟，哪怕再多的红尾，却是不可能的。因为它那曲调最多也不过是一阕歌曲的几声前奏，而歌曲里面所预示的东西根本不能表达出来；也许在遥远的古代它曾一度是个幽美繁富、极具变化的歌唱好手，但如今所残留下来的也只不过是当年妙曲的一些零星片段。在开始时滴沥溜转的几个音符是极动听的，人们的注意力登时被它吸引了去。这包括两种声音，即那纯净浏亮、有如泉涌的知更雀式的音调，以及更加柔美和富于表情的燕子式的音调。都很美，但是一切也即此为止。那歌还没怎么唱出来便已结束，或者“垮去”；因为多数情形是，这个纯净幽美的开始曲不久便被继之而来的一连串稀奇古怪的咕咕唧唧，以及破碎不成片段的夹七杂八的混乱声音所弄坏，而且声响又极微弱，数码之外，便听不见。另外，奇怪的是，这些细碎音调最后不仅在这种鸟的不同成员身上很不一致，而且在力度、性质与频率上也很不一致。有的不过单纯一声微弱的鸣啸而已，有的则连续发至六七甚至十来声清晰音响。但整个来说，这些声音的吐放总给人以显然吃力的感觉，仿佛这种鸟只是在鼓其如簧之舌硬唱下去。

佳作赏析：

威廉·亨利·赫德逊（1841—1922），英国作家、博物学家。代表作品有《紫色的土地》《绿屋》《牧羊人的生涯》等。

一段悠闲的小山之旅，一片迷人的青葱翠绿，一场生动的百鸟聚会，一曲优美的自然音乐，这就是这篇文章呈现给我们的美妙享受。文章有两个描写重点，一个是乌鸦的飞行，这是视觉上的感受；一个是红尾鸟的叫声，这是听觉上的感受。作者运用了拟人化的写法，并展开丰富的想象，将自己闯入林地后小鸟们的惊恐与激愤之情、红毛鸟叫声的独特之处都刻画得淋漓尽致。

旅伴

□［英国］乔治·萧伯纳

不知道我俩谁先进的车厢。确实，有好一会儿我根本不知道他在车厢里。这是从伦敦开往中部一个镇子去的最后一班火车，一趟慢得要命的火车，一趟能叫你领教无始无终的滋味的火车。列车出发时车厢里的人还相当满，但我们在郊区各站停车时，旅客们就三三两两地下了车，待我们把伦敦城的最外一圈抛到后面时，我以为就剩我自己了。

车厢轰隆隆地颠簸着穿过黑夜，车厢里只剩下我独自一人坐在其中，有一种彻底获得自由的舒畅之感。这是一种非常惬意的自由和放松，此时你可以为所欲为。你可以随意高声自语，而不用担心会有人听见。你可以和琼斯辩个水落石出，然后得意洋洋地把他翻滚在地，不必担心遭到回击。你可以头朝下倒立，也不会有人看见。你可以唱歌，或跳二步舞，或是练高尔夫球打法，或是在地板上畅通无阻、尽兴地玩打弹子游戏。你尽可以打开或关上窗户，也不会有人反对。你可以把两扇窗户都打开或关上。你甚至可以伸直身子躺在这坐垫上，享受一番可能是侵犯了《英国国防令》（英国在

1914—1921 年实行的一项法令，有几百条规定，限制国民的自由——编者注）要害部分的难得的乐趣。唯有《英国国防令》自己不知道他的要害部分正在遭到侵犯。你甚至都能逃避《英国国防令》。

这天晚上，这些事我碰巧没想到去做。我的所作所为极为平常。当最后一名旅客下车后，我放下报纸，伸展开胳膊、腿，站起身来朝窗外宁静的夏夜望去，我就在这样的夜晚旅行，我注意到仍依稀可见的北部空中那朦胧的、流连忘返的白昼；我穿过车厢，从其他窗户朝外望去，点了支烟，坐下来，然后又开始看报。

就在这时，我的旅伴向我飞了过来，他落在我鼻子上。他是我们笼统地称之为蚊子的那种昆虫中的一个。我把他从鼻子上弹走。接着他就在车厢里转悠起来，查看了车厢的长、宽、高，探望了每个窗户，又扑打着翅膀围灯转了一阵。估计他判定，没有什么比待在角落里的那个大动物有趣，就又回过来看了看我的脖子。我又把他弹开。又绕着这节车厢游览了一圈，再回过来，然后便放肆地落在我的手背上。够了！我说。宽宏大量是有限度的。已经警告过你两次了，我是个重要人物，而且我对于陌生人搔我痒痒的行为最为恼火。我拿起了黑帽子（在英国，法官宣判死刑时戴黑色法帽）。正义要求我处你死刑，法庭业已判决，你罪状累累。你这个流浪汉，你是公众最为厌恶的东西，你旅行不买车票，你没有食肉证券（食肉证券是英国战时实行的食品配给制度发放的一种证券，没有配给证等于说此人不是英国公民）。由于以上种种和许许多多其他的不端行为，你必须承担死刑。我用右手迅速地给了他致命一击。他态度傲慢，毫不费力地躲开了我这一掌。这真让我出丑，并激发了我的虚荣心。我用手、用报纸向他猛击；我甚至跳到了椅子上，围着灯追逐他；我采取了猫一样狡猾的战术，等他落下来，就偷偷地靠近他，突然神速地打去。然而还是落空了。他就像一名技艺高超的斗牛士在转来转去地引逗一头发怒的公牛那样，明目张胆地要弄我。他怡然自得的样子，扰乱了我的平静。他想要稍稍运动一下，而有什么样的运动能与让一个体型硕大的动物笨重追逐相比呢？而且这个动物的味道还是那么香，看上去又是如此无用和愚蠢。我似乎开始进入这个家伙的灵魂之中。他不再仅仅是一个昆虫，他演变成了一个人，一个以平等的地位，为这节车厢的所有权向我挑战的人。我感到自己的那种优越感消失了，反而对他产生了好感。在这场我们有生以来进行的唯一的一次角逐中，我尽然对一个显然是胜利者的生物感到优越？可是为什么不能再宽宏大量一次呢？宽容和慈悲是人最崇高的品德。在体现这些高贵品质的过程中，我可以恢复自己的声望。目前，我其实就是一个笑柄、笑料。借施仁慈，我可以重新坚持人的道德尊严，并可以体面地返回我的角落。撤销死刑！我宣布道，并返回我的座位。我不能杀你，但我可以对你进行缓期执行。就这样办。

我拿起报纸，可他又飞来落在上面。傻家伙，我说，你这是自己送上门了。我只要把这份舆论喉舌周刊的两面一合，那你就会成为一具僵尸，就被干净利索地夹在《论和平圈套》和《论休斯先生的谦虚》两篇文章之间了。但我已经对你缓刑，因而我要向你证实，我是言而有信的，所以我不会这样做。此外，经过对你的进一步了解，可以说我已开始对你产生了一种好感。我相信圣弗朗西斯也会称你为“小兄弟”。但我毕竟还达不到基督教那样的仁慈和谦恭的地步。不过我认了一房远亲，命运使我们在这个夏夜成为旅伴。我引起了你的注意，而你又使我感兴趣。这种恩惠是相互的，是建立在一个基本的事实上，即我们同是尘世的生灵。

人生的奇迹是我们共同的，它的奥秘也是如此。我想，你对你的旅途还一无所知。而我也不敢说，对自己的旅途知道多少。在想到这件事时，我们确实极为相似。只是两个时隐时现的幽灵，刚从黑夜中来到这明亮的车厢内，围着灯扑打一阵，然后又出去，回到夜幕之中。或许……

“今晚还走吗，先生？”窗口有个好心的脚夫问道，暗示我该在这站下车。我谢过他，并说，我一定是打盹了。然后我就抓起帽子和手杖走出去，进入到凉爽的夏夜里。在关这节车厢的门时，我看见我的旅伴正拍打着翅膀围绕灯转……

佳作赏析：

乔治·萧伯纳（1856—1950），英国作家。1925 年获诺贝尔文学奖，代表作有喜剧作品《卖花女》等。

这是一篇幽默诙谐的佳作，作者的喜剧天分和幽默文笔在这篇作品中得到了充分的体现和发挥。一段漫长而无聊的半夜旅途因为一只蚊子的到来而令作者感到趣味盎然。作者的思维天马行空，不仅将一只小昆虫拟人化，甚至与其进行了“灵魂”对话。而穿插其中的对于英国时政、社会的调侃和讽刺则让人忍俊不禁，引人发笑的同时也发人深思，回味无穷。

旧书店

□［英国］格雷厄姆·格林

我不知道弗洛伊德对这会做什么解释，反正有三十多年时间，我最幸福的梦都是关于旧书店的：一些我从前根本不认识的书店或者我曾经光顾的熟悉的老书店。其实那些熟悉的书店肯定已经不存在了，我很不情愿地得出这个结论。在巴黎，离火车北站不远的一个地方，对于那里一条上山的长街尽头的一家书店，我有着非常生动鲜明的记忆。那是一家门进很深的，有着许多高高书架的书店。至少有两次我搜寻遍了它的每一个书架，但是在二战结束之后，我却在那里没有再寻找到那家书店的名字。当然，那家书店可能已经消失了，甚至那条街道本身也不复存在了。此外在伦敦有两家书店，非常频繁地出现在我的梦中：我能够非常清楚地记得它的门面，但是却记不得它内部的情况。它就坐落在你来尤斯顿路的路上，在夏洛特街后面的那个地区。我从来没有走进去过，但是我肯定如今那儿再也没有这么一家书店了。我总是带着一种幸福和期待感从这样的梦中醒来。

在我生活的各个不同时期，我一直坚持写关于我的梦的日记，在我今年

（1972 年）的日记里，在前七个月的日记里就有六个是关于旧书店的梦。奇怪的是，每一次它们都不是快乐的梦；也许这是因为我的一个亲爱伙伴在 1971 年底去世的缘故吧，我曾经和此人一起去淘书，在二战刚刚结束之后，我和此人一起去搜罗维多利亚时期的侦探小说。同样在今年的一些梦中，出现过一本我打算送给我的朋友约翰・苏特罗作圣诞礼物的有关铁路的旧书（他曾经在牛津创建了铁路俱乐部），当我把它从书架上抽出来的时候，书皮却已经掉了一半：甚至那些旧的红色纳尔逊七便士丛书结果都是不同版本的。在所有这些梦中，似乎没有什么好到值得一买的书。

我的朋友戴维・洛是一个书商，他的收藏品曾经使我的思想天马行空、放荡不羁。我与他不止是通过一些梦，而是通过长达五十年的淘书中的无数小小探险和其中结下的友谊。

在我以往认识的各种人物中，旧书商们是最友好又最古怪的人。如果我没有成为一个作家，那么他们的行当或许会成为我最喜欢选择的行当。在他们那儿有书籍发霉的气味儿，在那儿有寻宝探宝的感觉。由于这个缘故，我宁愿到码放得最混乱的书店，在那种地方，地形学和天文学的书籍混放在一起，神学和地质学的书籍混放在一起，一堆堆没有分类的书籍乱堆在楼梯间里，正对着一个标着“旅游图书”的房间，而在这个房间里可能会有一些我所喜欢的柯南道尔的侦探小说、《失去的世界》或者《克罗斯科的悲剧》。我害怕走进马格斯书店或者夸里奇书店，因为在那儿书商不会犯任何错误，所以我在那种地方自然是不可能作出什么个人的发现。从戴维・洛的收藏中我意识到我害怕去威廉四世大街的巴恩斯书店是多么错误。但是现在来补救我的这个错误已经太晚了。

一个人要想真正进入这个充满机会和冒险的魔幻世界，就必须既是收藏家又是书商。我本来宁愿做一个书商的，但是由于二战我失去了机会。在德国人大规模空袭伦敦期间，我与戴维・洛和小科尔是隶属于同一个哨所的临时防空员，小科尔在那些日子是一个书“贩子”。

我和科尔的第一次侦察任务是去搜寻一个伞投炸弹，有人说它挂在布鲁姆斯伯里一个广场的树上。但是我们没有找到它，就给自己放了假。科尔领着我去看了一趟他的房间：我记得破旧的书籍堆得到处都是，甚至床底下都堆着书，我们俩一致同意，如果有一天我们俩都能在战争中幸免于难，我们就一起经营旧书。后来我离开伦敦到西非干别的工作，我们失去了联系。我也失去了成为旧书商的唯一一次机会。

要成为收藏家相对比较容易。你收藏什么并不重要，只要你有入门的钥匙。收藏并不重要，重要的是寻求的乐趣，是你遇见的那些人物，或是你结交的朋友。我还是个十几岁少年的时候，就初次尝到了购买收藏南极探险作品的滋味，我对北极不感兴趣。那些书籍都已经不在了。那些书现在会有一些价值，但是谁会在乎呢？在战前，我收集查理二世复辟时期的文学作品，因为我当时正在写一部罗切斯特（英国17世纪的名人）传记，这本书直到三多年以后才得以出版。那些书也已经不在了。其中有些书是在德国人对伦敦大轰炸的时候遗失的，也有一些是在我离开英国的时候很遗憾地放弃的。

现在我依然在收藏维多利亚时期的侦探小说：在四十年代的弗伊尔斯书店，我曾经一次花半克朗找到了很多的书！虽然约翰·卡特在十年后推出了著名的斯科里布纳目录，它到处造就了无数收藏家。

对于收藏家来说，比起那种寻找的兴奋，比起有时这种寻找把你带到的那些神奇陌生的地方来说，收藏品本身价值的重要性倒变得次要了。就在最近，我和我的兄弟休，在一场倾盆大雨中穿过坐落在一片废弃地区中的令人忧郁的利茨街周围，那地方简直就是格里尔森（英国纪录片运动的创始人）绝望的纪录片的一部分。我们寻找着一家书店，它曾被收入一本很可靠的指南。但是随着我们在那些废弃的工厂之间身上变得越来越湿漉，我们对那本指南的信任也越来越少了。然而，当我们终于到达那家肯定曾经存在过的书店时，那里一扇挪了窝儿的门上挂着个招牌“书店”，其中“书”字的前三个字母都不见了，所有的窗户都破破烂烂的，地板上神秘地乱扔着一些孩子的靴子和鞋，还有一些好鞋。难道这里已经是什么小孩黑手党的聚会地点吗？好像是在那类地方，发现了一些新酒吧和过去从来没有尝过的啤酒，倒也是对淘书者的某种犒赏。

这和皮卡迪利大街上那家年代久远的书店是完全不同的两个世界，那家书店有古籍旧书部，我最近还到那里去消磨过时间，如果偶然问起他们是否有威尔弗里德·斯科恩·布伦特（英国著名诗人）的什么著作，他们就会问“他写什么，先生，是小说吗？”

我想戴维·洛对于这些昂贵的书店太宽厚仁慈了，但是一个人如果干这行，他就不得不对那种头戴大礼帽身穿燕尾服、衣着讲究的坏蛋作出友好的姿态。我避开那些新开的大学书店，那儿都是红砖和玻璃，塞满了二手的学术书籍，那些书即使在它们初次问世的时候，就显得很沉闷无聊了。至于狄龙小姐的书店，它躲过了扔在商店街周围的所有炸弹幸存下来，只是今天的它没有了昔日的那种魅力。有时候，戴维·洛在讲礼貌上做得过分了：对于那位邦珀斯书店的大名鼎鼎的威尔逊先生来说，“精”是一个褒义的形容词，我倒是宁愿说他“滑”。

不，比起查林克罗斯路来，伦敦西区现在再也不是我魂牵梦萦的地方了，但是感谢上帝！塞西尔短街依然保持着塞西尔短街的样了，即便是戴维·洛已经搬到牛津郡去了。

在一个开心的日子里，我花了五个畿尼（一种英国货币）从戴维那里买到一份奇怪的十八世纪的手稿，封面由白色皮纸制成，上面有一个手写的标题《赫尔顿尼亚纳》。在三十年代，这是很大的一笔钱，但是在经过一些研究之后，我靠着在《旁观者》杂志上写的一篇文章，把这个书价挣回来了。文章谈到这样一个故事，一连串残酷的骗局使一个名叫赫尔顿的不得人心的商人受到了很多的苦，很显然这个故事是他的敌人写的。我拥有这份手稿，一直到一封有趣的来信“插入进来”，信中谈到手稿里提到的一些十八世纪伦敦商店的名字，信是由安布罗斯·希尔爵士写的。这使我很高兴，可以说靠这种方法，在《赫尔顿尼亚纳》上面我除了付出了一点劳动之外什么钱也没花。

也许我最看重的是淘到了由沃尔特·柯卡姆·布朗特翻译的《复活节前一周的任务》，其出版于 1687 年，配有七张霍拉版画，封面是同时代压印的红色摩洛哥羊皮。它被献给英格兰女王。“英格兰的女王、王后们又称圣了，”布朗特写道，“结果无限伟大，于是人们发现通往天堂之路就是效忠宫廷之路。”在一年后荷兰的威廉（即大不列颠的威廉三世，初任尼德兰联省共和国执政官，后任英格兰、苏格兰和爱尔兰国王）到来，他就没有写这些话了。他将不得不在国外出版这本书，或者根本没有出版家的印刷，没有在坐落于海霍尔本羊羔街的马修·特纳书局公开出版。这本漂亮的书让我在克拉彭公地的盖洛普先生的书店（盖洛普先生的书店是二战的牺牲品之一，它在同一天里和两百码以外的我的房子一样“上天了”。）里花了半个克朗，我在那儿买我的安东尼·伍德（英国收藏家、学者）作品。

但愿戴维·洛在书中包括一个被炸弹和建筑师们毁掉的书店名单。例如原坐落于威斯特本园林的那家我喜欢的消失了的旧书店，还有坐落在金克罗斯车站对面三角地的消失了的小书店，在那里我曾经花了在那个时候看来过分的价格五英镑买到《探险记》和《夏洛克·福尔摩斯回忆录》的首版本。那是淘书的令人难过的一面，与新书店的开张相比，更多的旧书店消失了。甚至布莱顿也不是它当年的样子了。

佳作赏析：

格雷厄姆·格林（1904—1991），英国著名作家。代表作有《布莱顿硬糖》《沉静的美国人》《我们的人在哈瓦那》等。

本文是格林在1973年为戴维·洛的《带着所有的错误》一书所写的序言。作者在文中讲述了自己与旧书店几十年的不解之缘：做梦想着旧书店，通过去旧书店淘书与戴维·洛成为至交，收藏旧书店淘来的各种“宝贝”。作者酷爱读书、寻书、藏书的形象跃然纸上。

作为一篇序言，本文语言平实、自然，并没有对戴维·洛作品的溢美客套之词，反而像拉家常似的将自己与戴维·洛的情谊、共同爱好等娓娓道来，令人倍感亲切。

牵牛花

□［日本］志贺直哉

我从十几年前以来，年年都种牵牛花。不但为了观赏，也因它的叶子可以作治虫伤的药，所以，一直没有停止。不但蚊咬，就是蜈蚣黄蜂的伤，也很有效。拿三四枚叶子，用两手搓出一种黏液来，连叶子一起揉擦咬伤的地方，马上止痛止痒，而且以后也不会流出水来。

现在我住的热海大洞台的房子，在后山半腰里搭了一座小房作书斋。房基很窄，窗前就是斜坡。为了安全，筑了一条低低的篱笆。篱下种上一些茶树籽，打算让它慢慢长成一道茶树的生篱。但这是几年前的事了，今年又种上了从东京百货公司买来的几种牵牛花籽。快到夏天时，篱上就爬满了藤蔓，有一些相反地蔓到地上去了，我便把它拉回到篱笆上。茶籽也到处抽出苗来，可是，因牵牛藤长得很茂盛，便照不到阳光了。

这个夏天，我家里住满了儿孙，因此，有一个多月，我都住在半山腰的书斋里。大概因为年龄关系，早晨五点钟醒来再也睡不着了，只好望望外边的风景，等正房里家人起来。我家正房风景就很好，书斋在高处，望出去视野更广，西南方是天城山。大室山，小室山，川奈的犄角和交叠的新岛。与川奈犄角相去不远，是利岛，更远，有时还可以望见三宅岛，但那只是在极晴朗的天气，一年中几次才能隐约望见罢了。正面，是小小的初岛，那后面是大岛，左边，是真鹤的犄角，再过去，可以望见三浦半岛的群山，是极难得的风景区。我以前也住过尾道、松江、我孙子、山科、奈良等风景区，但比较起来还是这儿最好。

每天早晨起来，胡坐在阳台上，一边抽烟，一边看风景，而眼前，则看篱笆上的牵牛花。

我一向不觉得牵牛花有多美，首先因为爱睡早觉，没有机会看初开的花，见到的大半已被太阳晒得有些蔫了，显出憔悴的样子，并不特别喜欢。可是今年夏天，一早就起床，见到了刚开的花，那娇嫩的样子。实在很美，同美人蕉、天竺葵比起来，又显得格外艳丽。牵牛花的生命不过一两个小时，看它那娇嫩的神情，不由得想起自己的少年时代。后来想想，在少年时大概已知道娇嫩的美，可是感受还不深，一到老年，才真正觉得美。

听到正房的人声，我便走下坡去，想起给上小学的孙女作压花的材料，摘了几朵琉璃色、大红色或赤豆色的牵牛花，花心向上提在手里，从坡道走下去，忽然一只飞虻，在脸边嗡嗡飞绕，我举起空着的手把它赶开，可是，它还缠绕着不肯飞开。我在半道里停下来，这飞虻便翘起屁股钻进花心里吸起蜜来，圆圆的花斑肚子，一抽一吸地动着。

过了一息，飞虻从花心里退出来，又钻到另外一朵花里去了。吸了一回蜜，然后毫不留恋地飞走了。飞虻只见到花，全不把我这个人放在眼里，我觉得它亲切可爱。

把这事对最小的女孩说了，她听了大感兴趣，马上找出《昆虫图鉴》来，一起查看这是一种什么虻，好像叫花虻，要不就叫花蜂。据《图鉴》说明，虻科昆虫的翅膀都是一枚枚的，底下没有小翅，蜂科的翅膀，则大翅下还有小翅。这只追逐牵牛花的虫儿，见到时认为是，就称作虻吧，到底是虻是蜂，现在也没搞清。

佳作赏析：

志贺直哉（1883—1971），日本作家，“白桦派”代表作家之一。著有《克罗谛思日记》《和解》《在城崎》《佐佐木的场合》《好人物夫妇》《赤西蛎太》等。

这是一篇充满生活气息的散文。

牵牛花作为一种再常见不过的花，并不名贵，但它却有治虫咬的作用，这也是并不十分喜爱牵牛花的作者年年种牵牛花的重要因素。而当一年夏天儿孙与作者相聚住在一起时，情况发生了改变。作者住在书房要早起，当他看到刚刚盛开的牵牛花时才发现它十分“娇嫩”，十分美丽。其实，自己的儿孙又何尝不是娇嫩、可爱的呢？而后面作者为自己的孙女摘花、爷孙俩共同查飞虻资料的情景，则把一家人其乐融融的浓郁亲情表达得淋漓尽致。

诗意盎然的黎明

□［法国］科莱特

除了一小块地方，除了那棵银杏（我常常把它鳐鱼形的树叶赠给同学，他们拿去夹在地图册里），整个花园热气逼人，沐浴在略带红、紫的黄灿灿的阳光里。可是我不知道这红色的印象是来自我感情的满足，还是因为我眼花的缘故。金黄的沙砾反射光线的夏天，穿透我的大草帽的夏天，几乎没有黑夜的夏天……我母亲有感于我对黎明的深情，允许我去迎接它。她按照我的请求，三点半钟叫醒我；我两臂各挽一只篮子，朝河边狭长的沼地走去，去采摘草莓、黑茶藨子和长满须髯的醋栗。

此刻万物仍在混沌的、潮润的、隐隐约约的蓝色中沉睡，我踏着沙砾的小路行走，被自身重量羁绊的烟霞首先浸润我的双腿，然后是我的嘴唇、我的耳朵和全身最敏感的鼻孔……就在这条路上，就在这个时候，我意识到自己的价值，意识到一种不可言喻的幸福，意识到我和早起晨风、第一只鸟儿，以及椭圆形的刚刚出现的太阳之间的默契。

我母亲叫我一声“美人，金宝贝”，然后放我走了；她望着她的作品——

她把我当做她的“杰作”——跑开并且在山坡上消失。我当年也许是俊俏的，我母亲的评价和我当时的照片并非总是一致的……我那时之所以显得俊俏，那是因为我风华正茂，因为黎明，因为我碧绿的眼睛，我在晨风中飘拂的金发和我作为被唤醒的孩子同其他尚在酣睡的孩子相比的优越感。

我听见敲头遍弥撒钟就往回走。但在此之前我已经饱餐了野果，已经像独自出猎的猎犬在树林中兜了一个大圈，还品尝了我崇敬的两眼清泉。一股清冽的泉水铮铮淙淙，勃然冒出地面，并在四周形成一个小沙洲。这股泉水刚出世就丧失了勇气，重新钻入地下。另一股泉水几乎不露踪迹，像蛇一样掠过草地，在草地中央隐秘地迂回。唯有一簇簇开花的水仙证实它的存在。头一股泉水有橡树叶的味儿，另一股有铁和风信子茎的味儿。提起这些泉水，我希望我万事皆休的时候嘴里能够充满它们的芳香，并且含着这想象的清冽的泉水离去……

佳作赏析：

科莱特（1873—1954），法国著名女作家。大部分作品与爱情有关，代表作有《克罗蒂娜》《感情收敛》《亲爱的》等。

正如文章标题所言，这篇《诗意盎然的黎明》确实充满了诗意，可以说是一篇优美的散文诗。在作者的笔下，黎明前的一切事物都充满了诗意：夜色还未褪去，太阳还未升起，烟霞弥漫，一个小姑娘挽着两个篮子走在林间的小路上……而当头遍弥散钟响起时，小姑娘已经满载着劳动果实“凯旋”而归。

作者文笔优美，拟人化的写法更使文章韵味十足，字里行间洋溢着作者对大自然的爱、对生命、对生活的爱。

松鼠

□［法国］西多妮·加布里埃尔·科莱特

战前，我有一只松鼠，叫皮蒂里基。它原来的主人在我上车的时候，把它作为礼物悄悄地塞进我的大衣口袋里，当时我已经相继欣赏并谢绝了一头滑头滑脑、气味浓重的北美浣熊，一只年满一岁的豹猫，一头四个月大的小母狮和一只像生菜盆一般大、人家向我保证会伸出爪子的名叫阿纳托尔的癞蛤蟆。

这只松鼠我曾在别处也有说起过，它除了翘起的尾巴顶端和腹部为红色以外，全身呈深铜绿色。兴许我这样描绘它还早了点儿，因为，我对它还没有一个基本的了解，那时我把它叫做“母松鼠”和丽科特。比我聪明的人恐怕也会弄错的……

我一开始就觉察到它野性十足，它的身上燃烧着一颗海盗和山大王的灵魂，并在它那站起来才二十二公分长的身体内随意地表现出来。换句话说，它对于人一无所知，竟以为可以无所顾忌。

第一天，它就把波斯猫吓得直哆嗦，就连巴儿狗在它面前都说不出话来。

这个快快活活、疯疯癫癫的家伙，一本正经地坐在椅子靠背上，用它那双像羚羊般椭圆形眼睛瞪着每一样东西，这样的表情谁会不发抖呢？它一边口中咂咂作响，一边摇晃它那镶有一条“绦带”的可爱的圆耳朵，把榛子壳和它的威风胡乱撒向我那些小动物，使得它们惊愕不已。

第一天，它喝牛奶，却跳在我的头发上把两只手蹭干净，然后模仿松鸦的叫声，往空中蹦跳，沿着天花板的突饰奔跑。过一会儿，又趴在一块路易十六时代的地毯上，把一个戴头盔的半裸人物的鼻子吃掉。但是，它似乎并不认为我会惩罚它，玩了一圈后又回到我的肩上，用两只手为我梳理头发，冰冷而友好的小鼻子、肉乎乎的舌头不停地在我耳朵下方蹭，它那散发着麝香的芬芳独特的气息，让人觉得很舒服。

“它挺好看，可是……它对人亲热吗？”我的朋友们问道。

我觉得他们这样直截了当地提出问题，有点放肆，他们总是问同样的问题。多么苛刻，而且，对待动物多么卑劣……“有来有往”，可我们又给动物带来了些什么呢？一点儿食物外加一条锁链。

“拴住它，它抓了一团毛线！”

一条皮蒂里基童年时就箍在它腰周围的锁链，磨损了它的毛皮。它那如羽毛般轻盈、如火焰般闪烁、翘在空中的尾巴，在跳来跳去时总会发出一种如苦役犯戴的镣铐的声音。

“抓住它，把它拴住，它把糖果盒拿走啦！”

它被缚住以后，就把那一天要洗十次，保养得很好的手指长长的手，塞进钢制腰带和肋部之间。直到我带它去乡间时，才恍然大悟，它一直过得很沉闷。它没有立刻走出敞开的笼门，而是把一双手紧紧贴在胸前，出神地凝视着由花园、草地和大海构成的无边的绿色，身体则有规律地战栗着，我把这种战栗比作生命垂危的蝴蝶的抖动。它美丽如一颗泪珠般凸起的眼睛里映出一片绿色，不过，皮蒂里基已经与我们一道生活了相当的时间，并不指望有过分的恩赐。我牵住链子的另一端，它随我一起行走在草坪上。在草地上，它干净利落地小便，采摘一粒粒黑色的野果籽。然后，它用前肢攫住一棵鲜花盛开的女贞树底部的枝丫，发疯似的摇晃它，咬住它，仿佛要看看这树枝是不是活的。

这时，它看见了空中飞过的鸟儿，便伸长脖子向鸟儿致意，这一举动几乎使它离开了地面。

然而，那时候它只有一条稍长的锁链。我不得不提防野猫、狗、寒夜，尤其是我放养的四只来回瞭望的雀鹰。那些自由自在地走动的动物总是会走近它，使它亢奋，有时也会惹怒它。它遇见一条脆蛇蜴，便立即竖起了脖子和尾巴的簇毛，耳朵之间的前额上也立即堆起皱纹，血丝也布满了暗色水晶一样的眼睛。在我赶来调解之前，皮蒂里基已经翻了个空心筋斗，像只好斗的公鸡在空中打了个旋，那蠕蠕而动、并不伤人的小蛇已然躺在地上，断成两截……

但是，对于癞蛤蟆，松鼠只是表现出相当反常的厌恶。有时，它会显得挺友好地向表皮长满疙瘩的、肥肥的雌性癞蛤蟆伸出爪子，搔它那脓疱状的脑袋。但是，癞蛤蟆却鼓起了肚子表示抗拒，皮蒂里基似乎气得眼都发红，发出刺耳的喊杀声。

在愉快而又充实的度过了复活节假日之后，它发胖了。除了我敞开给它的榛子、核桃、杏仁外，它还咬了窗帘，镜框的三角，凿穿了一个银匙，整天在怀里搂着一根葡萄枝用嘴唇舔着。它调皮地在我双肩之间窜来窜去，往我耳朵里吹气，可是，我讨厌它身上那条链子发出的声音，我也讨厌它柔软光滑的肋部的周围那一小罔被磨损的皮毛。

五六月间，我在巴黎的那个小小的园子里开满了白洋槐花、杜鹃花和葵花。皮蒂里基在笼子里，把它的可爱的鼻子挤在两条栏杆之间……我知道，我终将打开笼子，解开它的锁链，而且我会想它的。

我回想起那年的六月，正是我给皮蒂里基自由的时候，温煦的微风轻轻吹拂，洋槐花和双瓣樱桃花如一条条雪白色的斜线在空气中摇曳，而自由了的松鼠却一动也不动。它久久地、全神贯注地坐在窗台上，习惯性的把手塞进腹部和链子之间，但是却没找到链子。它笨拙而轻轻地跳了一下，估量那根原先拴它的断链带的确切长度，然后，又试着跳了一下，那时，它只是瞅着我。最后，它不安地咳嗽，急急地奔跑起来。然后，便很快地消失了。

暮霭降临时，我叫唤它的名字，但没有回应。可是，夜色深沉时，窗台上却响起了松鼠那轻轻的、朴实的干咳声，皮蒂里基像主人似的回到它原来的房间。它就着盥洗盆的水嘴畅饮，并用一双手梳洗一番，然后准备打开那个它每天晚上打开，睡觉时裹在身上的毛线团，像粗汉那样嘟囔："我的床！他妈的，我的床！"。第二天，我看见它又自由自在地坐在窗边，等待着折断那条其实已不再存在的链子……

那天，它没有离开花园。在杜鹃花、洋槐花丛中，在我那低矮的房子的天沟里，像在人间天堂一般的重新生活。一群燕子和麻雀围着皮蒂里基飞来飞去，时而对它鸣叫，时而用喙啄它。它便咕唧不休，并开始蹦蹦跳跳，鸟儿们见它这样，劈劈啪啪地舞动翅膀，像在为它鼓掌。它欣喜若狂，忘乎所以，把我那宝贝猫从洋槐树那儿撵走，得意洋洋得像洗瓶毛刷那样蹲在洋槐树枝上，一脸满不在乎、睥睨万物的神态："现在，该轮到谁啦？"

放假了，我们管不着它啦……皮蒂里基来到花园，在三条小径环绕的几幢住房附近玩耍。它还没失去爱交际的性情，甚至还向居民施展自己的社交能力，于是，总是有人来告诉我：

"皮蒂里基在尼古罗街午餐，吃了高脚盘里的核桃和一些葡萄干……"

"皮蒂里基在维塔尔街耽搁了两个小时。它坐在钢琴上，听小姑娘学唱歌……"

"有人从埃格隆·勒鲁太太家来，说要看看皮蒂里基有没有带来一把镶银的玳瑁小梳子，它是从小梳妆台上拿走的。埃格隆·勒鲁太太说，如果找不到，也没关系……"

它精力充沛，每天早出晚归。因为获得自由的缘故，甚至因为感恩的缘故，它皮毛光亮，显得神采奕奕。它从不忘记回家，从不忘记向我滥施松鼠式的爱抚和亲吻。这重新开始的世界，这一平衡状态，这野生动物和我们之间的纯洁关系，持续了约两三个星期。有一天晚上，皮蒂里基没有回来，后来的晚上也没有再回来。我知道，人类的双手又重新攫住了它，攫住它的毛皮，攫住它用来滑跳的柔软的后爪，攫住它那为了伸出脑袋让人抚摸而贴在两侧的耳朵。

可是因为想起皮蒂里基，想起那些生活在人类中间感到别扭，因而悲伤地隐居起来的其他野生动物，我便经常感到自己“厌恶”人。

佳作赏析：

西多妮·加布里埃尔·科莱特（1873—1954），法国女作家。代表作品有《亲爱的》《麦苗》《母猫》《二重唱》等。

这是一篇充满欢乐、温馨和淡淡忧伤情绪的佳作。

一只漂亮又活泼好动的小松鼠闯入了作者的生活，这只调皮的小家伙经常闯祸，却也有令主人高兴的一面。生动形象地语言，拟人化的精确刻画读来令人趣味十足。因为不忍心损坏小松鼠的皮毛，禁锢它的自由，主人最终将锁链去除，但小家伙已经习惯与人共同生活，仍然每晚回家，俨然成了主人家庭中的一员。温馨而又美好的生活因为其他人对松鼠的禁锢突然停止，作者对失去松鼠的忧伤，对人类禁锢、伤害动物行为的愤怒，令人同情，发人深思。

最后的山

□［美国］弗兰西斯·拉塞尔

缅因州北部的秋天，黄昏将近，天上零零落落地挂着些许浮云，云影将这山区的景色装点得格外瑰丽、动人。几个取着印第安名字的少年营地就坐落在这儿。这里往东十二英里就是沃尔多博勒城。从十二岁到十四岁，我年年夏天都来这儿度假——真是岁月悠悠，往事不忍回首。

我伫立在一个土坡上，旁边就是当年的棒球场。右边是一棵几百岁的黑色橡树。那些年，一到周末，我们常常在它的身旁举行篝火晚会。每逢篝火晚会之夜，夕阳刚一西沉，我们便围聚在橡树四周。在八月炙热燠闷的日子里，我站在这个土坡上，透过蓊蓊郁郁的树林，远眺卡姆登丘陵，那景致永远是那样迷人，宛若一幅十九世纪凹版画：质朴的乡野蜿蜒开去，越山冈，过树林，直奔耸立在地平线上的巴蒂山。此时，薄暮冥冥中的巴蒂山，影影绰绰，轮廓依稀可辨。

这些年来，棒球场四周参参差差地长起了白杨、桦树和疤疤节节的桤木。遮蔽了眼前的风景，连巴蒂山也消失了。如今，碧蓝的苍穹下，除了高高低低的再生树冠，什么也见不着了。天空开始抹上了清冷的冬色。

溽闷难熬的下午，当微风在清凉渐暮的黄昏里吹来时，我喜欢站在这棵老橡树下，举目凝望，前方的灌木丛和沼泽地尽收眼底；再往前数里，一座很不起眼的小山映入眼帘。光秃秃的山峰下是一个荒芜的牧场，牧场上星星点点地生长着野桧树，裸露的花岗岩点缀其间。然而，数里以外的这座小山却以某种魔力在吸引着我，召唤着我。我无法移开自己的目光。我心里明白：假期结束以前，我一定要越过牧场，穿过灌木丛，绕过花岗岩，爬上那座山顶。我说不清这是为什么，甚至也没有问过自己，可我知道我一定要这么干。

但是，要从营地溜走可不是件容易的事。我们早晚的活动领队都是有记录的。我们必须游泳、划船、打网球或棒球，要不就练习竞赛或到野外远足，再不就到木工房做做小玩意儿。总之，一天下来，你总得做点什么。无所事事毫无缘由去爬一座山，那可是违反规定，也有悖于“营地精神”。

每逢周末下午，家长和游客便蜂拥而至。我们也就有了少许的轻松，不再有那么多活动。正是这样一个秋高气爽的周末下午，我溜出了营地，去爬我梦牵魂绕的小山。从嵯峨的橡树下望去，山峰就在眼前，神秘莫测，充满诱惑。我顺着棒球场的边沿躲躲闪闪地向前走着。接着，溜进了一片乱丛林。乱丛林里，藤蔓缠结，野草丛生，举步艰难，且无法分清南北东西。我忽而被朽木绊倒，忽而一脚踩进蚁穴，忽而陷入泥淖，忽而受到枯枝阻挠；带刺的种子设法儿钻进我潮湿的鞋子。没有一丝风影，蚊虫在耳畔嗡鸣，苍蝇飞旋着撞来撞去。我既迷失了方向，也忘记了时间，只是深一脚浅一脚地机械地向前挪动着步子。

就这般跌跌爬爬地往前赶了个把钟头，眼前蓦然出现了一片空地，空地上稀稀拉拉地长着橡树和枫树。阳光滤过枝叶洒在地上。我猛然发现前面有一排华美的小屋。在阳光的照耀下，那又窄又尖、矗指蓝天的屋顶，与扇形木瓦、云儿似的花样、尖叶形的图案相映成趣，把房子装扮得色彩斑斓，煞是迷人。房子与房子相隔不过一臂之遥。所有的屋子都是空的，没有一点儿生命的迹象。

在刚从林中出来的我的眼里，这片阳光映照的小树林宛若格林童话里境界；仿佛这是一个在魔法的笼罩下沉睡了一百年的奇异的小村落。我面前的这座黄色小屋，门廊上装饰着蓝色的小格子，像一直在等待着汉塞尔和格丽特尔（格林童话中的男女主人公）。林子静谧的连忽儿风影也没有，就连白杨的叶子也是木然地耷拉着。一些蓝的、绿的蜻蜓滞留半空，凝然不动，更添了几许似魔似幻的神秘。远方，一只小黄鹂在啾啾地吟鸣，应和着催人入梦的蝉声。除此，便是万籁无音的死寂。

我踏上一幢用石竹花装饰的房子的门廊，站在它唯一的窗下朝里探望。我看到屋子里再普通不过的情形：一对椅子、一张桌子、一只躺椅、一盏油灯；一只梯子通往阁楼，那是就寝的地方。这些小房子为何会在这儿？为什么它们空无一人但似乎又得到了很好的照顾？谁是它们的主人？看着这些小东西挤在那么大点的地方，心里不禁悚然。我倒是期盼着会有某个园丁冲过来，询问我贸然闯入此地的原因。

我想，那个谜一般的小村落兴许是个营地活动场所，只是一年的夏天才用得上几个星期。对此，我一直未能得到证实。那个下午，我毫无久留之意。此时，日光已经西斜，把地上的影子拉得老长老长。可我的小山仍在前方。我再次钻进乱丛林子，披荆斩棘，终于到了一条坑坑洼洼的路边。刚转过一道弯，就到了山脚。那是我朝思暮想的山。它坦荡地沉浸在脉脉斜晖里。山脚下稀疏的草地一派枯黄，昔日圈围牧场的石墙早已坍塌。天鹅绒般的毛缕叶子从卵石间探出头来。我跨过花岗岩架，踏过草地，踩着麻叶绣球和笑靥花，急匆匆地朝山顶攀去。

我终于气喘吁吁地站到了山顶上。头顶穹窿，脚下的山坚硬、实在。多少次，我远远地凝望，它是那样地缈缈忽忽，无可企及。此刻，我身在其中。然而，正当我站在山顶的当儿，山开始从我脚下滑走。正前方，几里林地外边，我又看见了一座更高、更长的山。牛群在砍伐过的山坡上悠然地吃草，山顶上树木葱茏。神秘的令人神往。但我是决不会再去攀登远方的那座山了，纵然登上最后一座山是我久长的渴望，是我心之所向。就在我举目凝望之时，我便感觉到，它的远方还有另一座山。巴蒂山外，缅因州外，都会有另一座山。山外有山，即便我走遍天涯海角，随时随地都会有另一座山在等着我。于是，我幡然顿悟：人生没有最后的山。

佳作赏析：

弗兰西斯·拉塞尔（1910—1989），美国著名史学家、传记作家。代表作有《美国民族的成长》等。

对于人类而言，好奇心地驱使、征服困难的精神总是促使人们去探究、涉足一些陌生事物。在这篇文章里，作者就以生动的语言描述了自己的一次探险经历——征服数里以外的一座小山。作者的探险之路并不一帆风顺，甚至有一定的危险。但作者义无反顾，只身前往，最终凭着大无畏的精神、坚强的毅力到达山顶，而途中那排空地上的房子更给整个探险活动增添了几分神秘色彩和刺激感。

人的一生需要经历许多的苦难，无时无刻不在奋斗。文章结尾充满哲理的话发人深思：人生没有最后的山。人生就是一个征服大山的过程。

音乐之车

□［韩国］许世旭

我的脚踏车，原是买的老爷货。当时的价格，仅仅一百五十元，后来它陆续吃去了我不少钱。它是那么憔悴，动辄走不动。至今我都没有换掉它，并不是还可以代步，而是说它除了尽自己的本分，并兼有人家所没有的特点，那就是你随处寄放，甚至不必加锁，也不要人看管，都不致遭到小偷们的光顾。它的样子，是朴实的，不必说灯、铃，甚至它身上的牌照——那表示它自己的存在的号码都没有。只有那一身硬朗的骨干，算是它最可贵的部分。

这些年来，它总掩不住老大悲伤的叹息，就是说当我骑在它的背上，它就呻吟出吱吱……咕咕……扰耳的声音。我今天为它修理这样，明天为它修理那样，仍然无法使它恢复健康，无法恢复原来的面目。这个声音，当初听来好不舒服，但现在我已习惯了。不知从何时起，听到这声音，还反而很顺耳呢；恰像种单调的音乐旋律——像我过去爱唱的歌曲中尚未遗忘的某一部分。

最近，我竟能更进一步地跟它一起唱和起来。有时我吹着口哨为它伴奏，并且摇摆着我的上身，随着它的节奏舞动。说来，这种表演，对我是一种享受。

我并不否认它的面貌相当老丑，可是它的筋骨却还相当健壮，如果遇见那类太保太妹型的车子，它也不甘落伍。别人总把“坐骑”当做装饰的一部分，而我一直认为我的老爷车，也和那些绅士型或太保太妹型的车，同样地为我解决了交通的问题。

幸亏，我还未羡慕过骑摩托车的人以及坐轿车的人。我没有被这虚荣强迫我的精神不安，也没有惭愧自己骑破旧的车。

几个朋友一看见这辆会唱歌的老爷车，常常打趣说：“唉！这辆车子与你，总是不配合啊！”而我无法具体地知道怎么样的车子才配合我？怎样的人才配合这辆车子？我自己倒觉得它和我搭配得还得体，这里没有存在着“相对性”的原理，更不会有彼此“划不来”的心理。因为它是始终属于我的道具而已。

它从来没有违拗过我，坎坷的道路也阻碍不了它。每当它飞驰如电的时候，我的领带都高兴得在风中飘舞。

在我三十岁的人生考验，也许是在于能够骑这个音乐脚踏车。

佳作赏析：

许世旭（1934—2010），韩国作家。历任韩国中语中文学会会长、韩国现代文学学会会长、美国加州柏克莱大学研究员、中国复旦大学顾问教授。共出版学术著作及创作、翻译等作品 70 多种。

这是一篇充满浪漫色彩和自我调侃意味的佳作。一辆除了铃铛不响哪里都响的破旧脚踏车在作者笔下成了“音乐之车”。车虽然破旧，但它还可以代步，并且有着硬朗的骨干，更重要的是，把它随便丢到哪里都不用担心被盗。小偷都看不上的一辆破车在作者眼里却是“宝贝”，这其中除了实用的缘故，还有一个缘故是数年来相濡以沫、不离不弃，作者对其已产生了深厚的感情。对于一个相识数年的“老朋友”又怎么会轻易更换呢？通篇没有煽情的文字，但作者对“音乐之车”的深情却感人至深。

林中小溪

□［苏联］米哈伊尔·米哈伊洛维奇·普里什文

如果你想了解森林的心灵，那就去找一条林中小溪吧，顺着它的岸边往上游或者下游走。初春的时候，我就在我那条可爱的小溪的岸边走过。下面就是我在那儿的见闻和所想。

我看见，水遇到一个又一个障碍，却毫不在乎。它只是聚集为一股股水流，仿佛在避免不了的一场搏斗中收紧肌肉一样。例如，流水在较浅的地方遇到云杉树根的障碍，于是冲着树根潺潺鸣响，并不停地冒出气泡来。这些气泡一冒出来，就迅速地漂走，不久即融入水里，但大部分会漂到新的障碍那儿，挤成白花花的一团，老远就可以望见。

水在颤动。阳光把颤动的水影投射到云杉树上和青草上忽闪着，水在颤动中发出淙淙声，青草仿佛在这乐声中生长，水影显得那么调和。

流水经过一段又浅又阔的地方，急急注入狭窄的深水道，因为流得急而无声，就好像在收紧肌肉。而太阳也不甘寂寞，让那水流的紧张的影子在树干和青草上不住地忽闪。如果遇上大的障碍物，水就发出嘟嘟哝哝的声音仿佛表示不满，这嘟哝声和水从障碍上飞溅过去的声音，老远就听得见。然而这不是示弱，不是诉怨，也不是绝望。每一条小溪都深信自己早晚会到达自由的水域，即使遇上像厄尔布鲁士峰一样的山，也会将它劈开……

树上和青草上晃动着太阳所反映的水上涟漪的影子。饱含树脂的幼芽在小溪的淙淙声中开放，水下的草长出水面，岸上青草越发繁茂。这儿是一个静静的深水潭，其中有一棵倒了的树，有几只亮闪闪的小甲虫在平静的水面上打转，惹起了粼粼涟漪。

水流在克制的嘟哝声中稳稳地流淌着，它们兴奋得互相呼唤着：许多支有力的水流汇合成一股大的水流，彼此间又说话又呼唤，在又要分开之前打着招呼。

水不断地牵动着新结的黄包花蕾，花蕾反又在水面漾起层层的波纹。小溪的生活，就这样，一会儿泡沫频起，一会儿在花和晃动的影子间发出兴奋的招呼声。

一棵早已横堵在小溪上的树，在初春时节竟然长出了新绿。小溪在树下找到了出路，匆匆地奔流着，晃着颤动的水影，发出潺潺的声音。有些草也早已从水下钻出来了，立在溪流中频频点头，像是在对影子的颤动及小溪的奔流作回应。

就让路途当中出现阻塞吧，让它出现好了！有障碍，才有生活。要是没有的话，水便会像不明不白的生命离开毫无生气的机体一样，毫无生气地流入大洋。是的，要是每一步没有这些障碍，水就会立刻流走了，也就根本不会有生活和时间了……

途中有一片宽阔的洼地，小溪毫不吝啬地将它灌满水，并继续前行，而留下那水塘过它自己的日子。

一棵被冬雪压弯了的大灌木，它的枝条垂挂到小溪中，灰蒙蒙的，爬在水面上，轻轻摇晃着所有细长的腿，煞像一只大蜘蛛。

小溪流经树林的过程，其实是一条充满持续搏斗的过程，时间就由此而被创造出来。搏斗持续不断，生活和我的意识就在这持续不断中形成。

小溪在搏斗中竭尽力量，溪中一股股水流像肌肉似地扭动着，但是毫无疑问的是，小溪早晚会流入大洋的，而这“早晚”正是时间，正是生活。一股股水流在两岸紧挟中奋力前进，彼此呼唤，“早晚”之声整天整夜地响个不断。当最后一滴水还没有流完，当春天的小溪还没有干涸的时候，水总是不倦地反复说着：“我们早晚会流入大洋。”

一条在发大水时留下的小狗鱼，被困在岸边的一个圆形的水湾的春水中。顺着小溪便会来到一个非常宁静的地方。一只灰雀的低鸣和一只苍头燕雀惹动枯叶的簌簌声，响遍整个树林。

有时一些强大的水流，或者有两股水的小溪，呈斜角形汇合起来，全力冲击着被百年云杉的许多粗壮树根所加固的陡岸。我坐在树根上，一边休息，一边听陡岸下面强大的水流不急不忙地彼此呼唤，听它们满怀“早晚”必到大洋的信心互打招呼。

流经小白杨树林时，溪水浩浩荡荡像一个湖，然后集中流向一个角落，从一米高的悬崖上落下来，老远就可听见哗哗声。这边一片哗哗声，那小湖上却悄悄地泛着涟漪，密集的小白杨树被冲歪在水下，像一条条蛇似的一个劲儿想顺流而去，却又被自己的根拖住。

小溪使我流连，我总是舍不得离它而去，因此反倒觉得乏味起来。

我走到林中一条路上，这儿现在长着绿得刺眼的极低的青草，路两边的两道车辙里装满了水。

年轻的白桦树上，幼芽开始舒青，芽上芳香的树脂闪闪发光，但是树林还没有穿上新装。整个林中看起来还是光秃秃的，今年曾飞来一只杜鹃。据说杜鹃飞到秃林子来，那是不吉利的。

在开花的只有草莓、白头翁和报春花的时候，在春天还没有装扮的时候，我每年总是早早地来到这个采伐之地来寻胜，如今已是第十二个年头了，这儿的灌木丛、树木，甚至树墩子都是我十分熟悉的，这片荒凉的采伐之地对我说来是一个花园：每一棵灌木，每一棵小松树、小云杉我都抚爱过，它们就像是我亲手种的一样，这里变成了我自己的花园。

我从“花园”回到小溪边上，看到一棵巨大的百年云杉，被小溪冲刷了树根，带着全部新、老球果压在小溪上，水流不断地向前冲击着每一根枝条，还一边流，一边仍然互相说着：“早晚……”

小溪从密林里流到旷地上，水面在艳阳朗照下逐渐变得开阔起来。这儿水中蹿出了第一朵小黄花，还有像蜂房似的一片已经相当成熟了的青蛙卵，从一颗颗透明体里可以看到黑黑的蝌蚪。这水湾周围的小水洼里长满了花草，早春柳树的枝条也已开花，茸茸的像黄毛小鸡。也在这儿的水上，有许多不知从哪儿飞出来，几乎同跳蚤那样小的浅蓝色的苍蝇，贴着水面飞一会就落在水中，它们短促的生命，就好像这样一飞一落。有一只水生小甲虫，像铜一样亮闪闪，在平静的水上打转。一只姬蜂往四面八方乱窜，水面却纹丝不动。一只又大又鲜艳的黑星黄粉蝶，在平静的水上翩翩飞舞。

小溪怎么样了呢？溪水在为自己的“早晚”这一信念而进行的搏斗中，各自另觅路径流向分道扬镳了：一部分水说，这一条路会早一点儿到达目的地，另一部分水认为另一边是近路，于是它们分开来流向不同方向，绕了个大弯子，彼此之间形成了一个大孤岛，然后又重新兴奋地汇合到一起，终于明白：对于水来说没有不同的道路，所有道路早晚都一定会把它带到大洋。

我的眼睛得到了愉悦，耳朵里“早晚”之声不绝，杨树和白桦幼芽的树脂的混合香味扑鼻而来。此情此景我觉得再好不过了，我再不必匆匆地向前赶了。我坐在树根之间，紧靠在树干上，举目望那和煦的太阳。于是，我梦魂萦绕的时刻翩然而至，停了下来，原是大地上最后一名的我，最先进入了百花争艳的世界。

我的小溪到达了大洋。

佳作赏析：

米哈伊尔·米哈伊洛维奇·普里什文（1873—1954），苏联作家。代表作品有《在鸟不受惊的地方》《亚当和夏娃》《黑色的阿拉伯人》《林中水滴》等。

这是一篇语言生动、意境优美、寓意深刻的散文佳作。作者描绘了俄罗斯高加索地区春天的森林：薄冰悄悄脆响，清泉潺潺流淌，芳草簌簌作声，百鸟和鸣，黑星黄粉蝶翩翩起舞。溪流越过一切障碍勇往向前……

作者的观察和表达都细致入微，无论是色彩情态，还是动作描写，都十分贴切。作者怀着一颗“爱”的心来亲近自然、融入自然，把小生物们都写得灵动可爱，连苍蝇和小甲虫都让人赏心悦目。而文末“我的小溪到达了大洋”则预示着深刻的人生道理：只要勇往直前，一切艰难险阻都能克服，目标终将实现。

版权声明

北京版权代理有限责任公司

北京市东城区朝阳门内 55 号南门 1006 室

邮编：100010

电话：（010）58642004

E-mail:bookpodcn@gmail.com

Website:www.bookpod.cn